宋·黄昇 編

花庵詞選

（一）

中國書店

花庵詞選

卷一至卷十二

一

詳校官主事臣石鴻翥

欽定四庫全書　　集部十

花菴詞選　　詞曲類　詞選之屬

提要

臣等謹案花菴詞選二十卷宋黄昇撰昇字叔暘號玉林又號花菴詞客以所居有玉林又有散花菴也毛晉刻六十家詞以昇作昃以叔暘作叔陽而諸本實多作黄昇考此書舊傳刊本又題曰黄昃而詩人玉屑前有昇序

世所傳翻刻宋本猶鈎摹當日手書亦作黄昃檢此書序末尚有當時姓名小印實𣅜字蓋許慎說文昇字篆文作𣅜昇特以篆體署名故作昃字晉不考六書妄改為昃殊為舛謬至叔陽乃盧炳之字炳即作烘堂詞者晉乃移而為昇之字益桃僵李代矣此乃所選南宋詞人之作自康與之至洪瑹凡八十八家而以己作附録於末共七百五十餘首即

所稱中興以來絶妙詞選者是也其意葢欲以繼趙宏祚花間集曾慥樂府雅詞之後故蒐羅頗廣又於作者姓名下各綴數語畧具始末亦足以資考核惟所裒詞人祇有此數而自序乃云得數百家則未免夸詞非其實耳昇論詞最服膺姜夔故所録多典雅清俊非草堂詩餘專取俗體者可比又草堂詩餘刻本多訛字及失名者而此猶舊帙於彼此並

攷之作亦可互相參證云乾隆四十九年三

月恭校上

總纂官臣紀昀臣陸錫熊臣孫士毅

總校官臣陸費墀

欽定四庫全書

花菴詞選卷一

宋　黄昇　編

唐詞

凡看唐人詞曲當看其命意造語工緻處蓋語簡而意深所以為奇作也

李太白

名白號青蓮居士賀知章號之為謫仙

菩薩蠻

二詞為百代詞曲之祖

平林漠漠煙如織寒山一帶傷心碧暝色入高樓有人

樓上愁　玉階空佇立宿鳥歸飛急何處是歸程長亭更短亭

憶秦娥

簫聲咽秦娥夢斷秦樓月秦樓月年年柳色灞陵傷別樂遊原上清秋節咸陽古道音塵絶音塵絶西風殘照漢家陵闕

清平樂令　翰林應制　按唐呂鵬遏雲集載應制詞四首以後二首無清逸氣韻疑非太白所作

禁庭春晝鶯羽披新繡百草巧求花下鬬只賭珠璣滿斗 日晚却理殘妝御前閒舞霓裳誰道腰支窈窕折旋消得君王

又

禁闈秋夜月探金窻罅玉帳鴛鴦噴沉麝時落銀燈香灺 女伴莫話孤眠六宮羅綺三千一笑皆生百媚宸遊教在誰邊

清平調辭 沈香亭應制 古詞多只四句

名花傾國兩相歡長得君王帶笑看解釋春風無限意
沈香亭北倚闌干

又

一枝紅豔露凝香雲雨巫山枉斷腸借問漢宫誰得似
可憐飛燕倚新妝

又

雲想衣裳花想容春風拂檻露華濃若非羣玉山頭見
會向瑶臺月下逢

白樂天

名居易號香山居士

長相思 閨怨二詞非後世作者所及

深畫眉淺畫眉蟬鬢鬅鬙雲滿衣陽臺行雨迴　巫山高巫山低暮雨瀟瀟郎不歸空房獨守時

又 此詞上四句皆談錢塘景

汴水流泗水流流到瓜州古渡頭吳山點點愁　思悠悠恨悠悠恨到歸時方始休月明人倚樓

王建

有宫詞百首甚工

古調笑

團扇團扇美人病來遮面玉顔顦顇三年誰復商量筦

絃絃管絃管春草昭陽路斷

又

蝴蝶蝴蝶飛上金花枝葉君前對舞春風百葉桃花樹

紅紅樹紅樹燕語鶯啼日暮

又

羅袖羅袖睹舞春風已舊遥看歌舞玉樓好日新妝坐

愁愁坐愁坐一世虚生虚過

又

楊柳楊柳日暮白沙渡口船頭江水茫茫商人少婦斷

腸腸斷腸斷鷓鴣夜來失伴

三臺令 一名翠華引

池北池南草緑殿前殿後花紅天子千秋萬歲未央明

月清風

又

魚藻池邊射鴨芙蓉苑裏看花日色赭黃相似不著紅

鸞扇遮

徐昌圖

木蘭花令

沈檀烟起盤紅霧一翦霜風吹繡戶漢宮花面學梅妝

謝女雪詩栽柳絮 長垂天幕孤鸞舞旋炙銀笙雙鳳

語紅窻酒病對寒氷永覺相思無夢處

張志和

字子同婺州金華人居江湖自稱烟波釣徒著玄真子亦以為號每垂釣不設餌志不在魚也

漁歌子五首 極能道漁家之事

西塞山前白鷺飛桃花流水鱖魚肥青蒻笠緑蓑衣斜風細雨不須歸

又

青草湖中月正圓巴陵漁父棹歌連釣車子橛頭船樂在風波不用仙

又

松江蠏舍主人歡菰飯蓴羮亦共飡楓葉落荻花乾醉宿漁舟不覺寒

又

雲溪灣裏釣漁翁舴艋為家西復東江上雪浦邊風笑著荷衣不歎窮

又

釣臺漁父褐為裘兩兩三三舴艋舟能縱棹慣乘流長江白浪不須憂

溫庭筠

詞極流麗宜為花閒集之冠

菩薩蠻

小山重疊金明滅鬢雲欲度香腮雪懶起畫蛾眉弄妝梳洗遲　照花前後鏡花面交相映新著綺羅襦雙雙

金鷓鴣

又

南園滿地堆輕絮愁聞一霎清明雨雨後却斜陽杏花零落香　無言匀睡臉枕上屏山掩時節欲黄昏無聊獨倚門

又

翠翹金縷雙鸂鶒水紋細起春池碧池上海棠梨雨晴紅滿枝　繡衫遮笑靨烟草粘飛蝶青瑣對芳菲玉關

音信稀

又

水精簾裏玻瓈枕暖香惹夢鴛鴦錦江上柳如烟鴈飛殘日天　藕絲秋色淺人勝參差翦雙鬢隔香紅玉釵頭上風

更漏子

柳絲長春雨細花外漏聲迢遞驚塞雁起城烏畫屏金鷓鴣　香霧薄透簾幕惆悵謝家池閣紅燭背繡簾垂

夢長君不知

又

玉爐香紅蠟淚偏照畫堂秋思眉翠薄鬢雲殘夜長衾枕寒 梧桐樹三更雨不道離情正苦一葉葉一聲聲空堦滴到明

又

背江樓臨海月城上角聲嗚咽堤柳動島烟昏兩行征鴈分 京口路歸帆渡正是芳菲欲度銀燭盡玉繩低

一聲村落雞

又

星斗稀鐘鼓歇簾外曉鶯殘月蘭露重柳風斜滿庭堆落花　虛閣上倚闌望還似去年惆悵春欲暮思無窮舊歡如夢中

清平樂令

洛陽愁絶楊柳花飄雪終日行人恣攀折橋下水流嗚咽　上馬爭勸離觴南浦鶯聲斷腸愁殺平原年少回

首揮淚千行

河傳

湖上閒望雨蕭蕭烟浦花橋路遥謝娘翠蛾愁不銷終朝夢魂迷晚潮　蕩子天涯歸棹遠春已晚鶯語空腸斷若耶溪溪水西柳堤不聞郎馬嘶

韋莊

西蜀宰相

菩薩蠻

洛陽城裏春光好洛陽才子他鄉老柳暗魏王隄此時心轉迷　桃花春水綠水上鴛鴦浴凝恨對殘暉憶君君不知

又

人人盡說江南好遊人只合江南老春水碧於天畫船聽雨眠　壚邊人似月皓腕凝霜雪未老莫還鄉還鄉須斷腸

應天長

緑槐陰裏黃鶯語深院無人春晝午畫簾垂金鳳舞寂寞繡屏香一縷　碧天雲無定處空有夢魂來去夜夜緑窻風雨斷腸君信否

清平樂令

野花芳草寂寞關山道柳吐金絲鶯語早惆悵香閨暗老　羅帶悔結同心獨凭朱欄思深夢覺半牀斜月小窻風觸鳴琴

謁金門

空相憶無計得傳消息天上嫦娥人不識寄書何處覓

新睡覺來無力不忍看伊書迹滿院落花春寂寂斷

腸芳草碧

小重山

一閉昭陽春又春夜寒宫漏永夢君恩卧思陳事暗銷

魂羅衣濕紅袂有啼痕　歌吹隔重閽遶庭芳草緑倚

長門萬般惆悵向誰論凝情立宫殿欲黄昏

木蘭花令

獨上小樓春欲暮望斷玉關芳草路消息斷不逢人却
斂細眉歸繡户　坐看落花空歎息羅袂濕斑紅淚滴
千山萬水不曾行䰟夢欲教何處覓

薛昭蘊

浣溪沙

握手河橋柳似金蜂鬚輕惹百花心蕙風蘭思寄清琴
意滿便同春水滿情深還似酒盃深楚烟湘月兩沈
沈

又

傾國傾城恨有餘幾多紅淚泣姑蘇倚風凝睇雪肌膚

吳主山河空落日越王宮殿半平蕪藕花菱蔓滿重

湖

小重山

春到長門春草青玉堦華露滴月朧明東風吹斷紫簫

聲金爐冷簾外曉啼鶯　愁極夢難成殘妝和宿淚不

勝情手挼裙帶遶花行思君切羅幌暗塵生

又

愁到長門青草黄畫梁雙燕去出宫墻玉簫無復理霓裳金蟬墜鸞鏡掩休妝　憶昔在昭陽舞衣紅綬帶繡鴛鴦至今猶惹御爐香魂夢斷愁聽漏更長

謁金門

春滿院疊損羅衣金線睡覺水精簾未捲簷前雙語燕　斜掩金鋪一扇滿地落花千片早是相思腸欲斷忍教頻夢見

牛嶠

更漏子

南浦情紅粉淚爭奈兩人深意低翠黛卷征衣馬嘶霜

葉飛　拈手别寸腸結還是去年時節書托鴈夢歸家

覺來江月斜

菩薩蠻

舞裙香暖金泥鳳畫梁語燕驚殘夢門外柳花飛玉郎

猶未歸　愁勻紅粉淚眉翦春山翠何處是遼陽錦屏

春晝長

張泌

浣溪沙

枕障熏爐隔繡幃二年終日兩相思杏花明月始應知天上人間何處去舊歡新夢覺來時黃昏微雨畫簾垂

又

翡翠屏開繡幄紅謝娥無力曉妝慵錦帷鴛被宿香濃

微雨小庭春寂寞燕飛鶯語隔簾櫳杏花凝恨倚東風

滿宮花

花正芳樓似綺寂寞上陽宮裏鈿籠金鎖睡鴛鴦簾冷露華珠翠　嬌艷輕盈香雪膩細雨黃鶯雙起東風惆悵欲清明公子橋邊沈醉

江城子　唐詞多無換頭如此詞兩段自是兩首故兩押情字今人不知合為一首則誤矣

碧闌干外小中庭雨初晴曉鶯聲飛絮落花時節近清

明睡起卷簾無一事匀面了没心情

又

浣花溪上見卿卿眼波明黛眉輕高綰緑雲金簇小蜻蜓好是問他來得麼還笑道莫多情

毛文錫

醉花間

休相問怕相問相問還添恨春水滿塘生鸂鶒還相趂

昨夜雨霏霏臨明寒一陣偏憶戍樓人久絶邊庭信

又

深相憶莫相憶相憶情難極銀漢是紅牆一帶遥相隔

金盤珠露滴兩岸榆花白風搖玉佩清今夕為何夕

河滿子

紅粉樓前月照碧紗窻外鶯啼夢斷遼陽音信那堪獨

守香閨恨對百花時節王孫緑草萋萋

更漏子

春夜闌春恨切花外子規啼月人不見夢難憑紅紗一

點燈　偏怨別是芳節庭下丁香千結宵霧散曉霞輝

梁間雙燕飛

牛希濟

生查子

春山烟欲收天澹星稀小殘月臉邊明別淚臨清曉

語已多情未了回首猶重道記得綠羅裙處處憐芳草

一本無已字

謁金門

秋已暮重疊關山歧路嘶馬搖鞭何處去曉禽霜滿樹夢斷禁城鐘鼓淚滴枕痕無數一點凝紅和薄霧翠蛾愁不語

歐陽炯

浣溪沙

落絮殘鶯半日天玉柔花醉只思眠惹窗映竹滿爐烟獨掩畫屏愁不語斜欹瑤枕髻鬟偏此時心在阿誰邊

賀明朝

憶昔花前相見後只憑纖手暗抛紅豆人前不解巧傳心事別來依舊孤負春晝　碧羅衣上蹙金繡覩對對鴛鴦空裛淚痕透想韶顔非久終是為伊只恁偷瘦

玉樓春

日照玉樓花似錦樓上醉和春色寢緑楊風送小鶯聲殘夢不成離玉枕　堪愛晚來韶景甚寶柱秦箏方再品青蛾紅臉笑來迎又向海棠花下飲

菩薩鬘

紅爐煖閣佳人睡隔簾飛雪添寒氣小院奏笙歌香風簇綺羅　酒傾金盞滿蘭燭重開宴公子醉如泥天街聞馬嘶

和凝

晉名宰相

採桑子

蝤蠐領上訶梨子繡帶雙垂椒戶閒時競學摴蒲賭荔

支　叢頭鞋子紅編細裙窣金絲無事嚬眉春思翻教阿母疑

喜遷鶯

曉月墜宿雲披銀燭錦屏帷建章鐘動玉繩低宮漏出花遲　春態淺來雙燕紅日漸長一線嚴妝欲罷囀黄鸝飛上萬年枝

薄命女

天欲曉宮漏穿花聲繚繞窻裏星光少　冷霞寒侵帳

額残月光沈樹杪夢斷錦幃空悄悄强起愁眉小又一本名長命女

小重山

春入神京萬木芳禁林鶯語滑蝶飛狂曉桃凝露妬啼妝紅日永風和百花香　煙鎖柳絲長御溝澄碧水轉池塘時時微雨洗風光天衢遠到處引笙簧

顧敻

河傳

棹擧舟去波光渺渺不知何處岸花汀草依依雨微鷓鴣相逐飛　天涯離恨江聲咽啼猿切此意向誰說倚蘭橈獨無憀魂銷小爐香欲焦一本汀草下有共字

玉樓春

拂水雙飛來去燕曲檻小屏山六扇春愁凝思結眉心緑綺懶調紅錦薦　話别情多聲欲顫玉筯痕留紅粉面鎮長獨立到黄昏却怕良宵頻夢見

浣溪沙

春色迷人恨正賒可堪蕩子不還家細風輕露著梨花

簾外有情雙燕颺檻前無力綠楊斜小屏狂夢遶天

涯

臨江仙

幽閨小檻春光晚柳濃花淡鶯稀舊歡思想尚依依翠

顰紅斂終日損芳菲　何事狂夫音信斷不如梁燕猶

歸畫堂深處麝烟微屏虛枕冷風細雨霏霏

孫光憲

南唐詞人

浣溪沙

花漸凋疎不耐風畫簾垂地晚堂空墮堦縈蘚舞愁紅膩粉半粘金靨子殘香猶煖繡熏籠蕙心無處與人同一本疎作零晚作滿

又

攬鏡無言淚欲流凝情半日懶梳頭一庭疎雨濕春愁楊柳秖知傷怨別杏花應信損嬌羞淚沾魂斷軫離

憂

又

輕打銀箏墜燕泥斷絲高罥畫樓西花冠閒上午牆啼粉籜半開新竹逕紅苞盡落舊桃蹊不堪終日閉深閨

菩薩鬘

木綿花映叢祠小越禽聲裏春光曉銅鼓雜蠻歌南人祈賽多　客帆風正急茜袖偎檣立極浦幾回頭烟波

無限愁

又

花冠頻鼓牆頭翼東方澹白連窻色門外早鶯聲背樓殘月明　薄寒籠醉態依舊鉛華在握手送人歸半拖金縷衣

又

小庭花落無人掃踈香滿地東風老春晚信沈沈天涯何處尋　曉堂屏六扇肴共湘山遠爭柰別離心近來

尤不禁

魏承班

菩薩鬘

羅衣隱約金泥畫玳筵一曲當秋夜聲顫覷人嬌雲鬟裊翠翹　酒醺紅玉軟眉翠秋山遠繡幌麝烟沉誰人知兩心

生查子

寂寞畫堂空深夜垂羅幕燈暗錦屏欹月冷珠簾薄

愁恨夢難成何處貪歡樂看看春又來還是長蕭索

漁歌子

柳如眉雲似髮鮫綃霧縠籠香雪夢魂驚鐘漏歇窻外曉鶯殘月　幾多情無處說落花飛絮清明節少年郎容易别一去音書斷絕

鹿虔扆

臨江仙

金鏁重門荒苑靜綺窻愁對秋空翠華一去寂無蹤玉

樓歌吹聲斷已隨風　烟月不知人事改夜闌還照深

宮藕花相向野塘中暗傷亡國清露泣香紅

闇選

浣溪沙

寂寞流蘇冷綉茵倚屏山枕惹香塵小庭花露泣濃春

劉阮信非仙洞客嫦娥終是月中人此生無路訪東

鄰

尹鶚

菩薩鬘

朧雲暗合秋天白俯窻獨坐窺煙陌樓際角重吹黃昏

方醉歸　荒唐難共語明日還應去上馬出門時金鞭

莫與伊

毛熙震

清平樂

春光欲暮寂寞閒庭户粉蝶雙雙穿檻舞簾捲晚天疎

雨　含愁獨倚閨幃玉爐煙斷香微正是銷魂時節東

風滿院花飛

菩薩鬘

梨花滿地飄香雪高樓夜靜風箏咽斜月照簾幃憶君和夢稀 小窻燈影背無語驚愁態屏掩斷香飛行雲山外歸

又

繡簾高軸臨塘看雨翻荷芰真珠散殘暑晚初凉輕風度水香 無憀悲往事爭那牽情思光影暗相催等閒

秋又來

更漏子

秋色清河影澹深戶燭寒光暗綃幌碧錦衾紅博山香

炷融 更漏咽蛩鳴切滿院霜華如雪新月上薄雲收

映簾懸玉鈎

又

煙月寒秋夜靜漏轉金壺初永羅幙下綉屏空燈花結碎

紅 人悄悄愁無了思夢不成難曉長憶得與郎期竊

香私語時

李詢

浣溪沙

入夏偏宜淡薄妝越羅衣褪鬱金黃翠鈿檀注助容光

相見無言還有恨幾回拚却又思量月窻香逕夢悠

颺

又

晚出閒庭看海棠風流學得内家妝小釵橫戴一枝芳

鏤玉梳斜雲鬢膩縷金衣透雪肌香暗思何事立殘陽

望遠行

露滴幽庭葉落時愁聚蕭娘柳眉玉郎一去負佳期水雲迢遞鴈書遲　屏半掩枕斜欹蠟淚無言對垂吟蛩斷續漏頻移入窻明月鑒空帷

菩薩蠻

迴塘風起波紋細刺桐花裏門斜閉殘日照平蕪雙雙

飛鷓鴣　征帆何處客相見還相隔不語欲魂銷望中煙水遥

河傳

去去何處迢迢巴楚山水相連朝雲暮雨依舊十二峯前猿聲到客船　愁腸容易丁香結因離别故國音書絶想佳人花下對明月春風恨應同

又

春暮微雨送君南浦愁斂雙蛾落花深處啼鳥似逐離

歌粉檀珠淚和　臨流更把同心結情哽咽後會何時節不堪回首相望已隔汀洲艣聲幽

巫山一段雲

唐詞多緣題所賦臨江仙則言仙事女冠子則述道情河瀆神則詠祠廟大槩不失本題之意爾後漸變去題遠矣如此二詞實唐人本來詞體如此

有客來巫峽停橈向水湄楚王曾此夢瑤姬一夢杳無期　塵暗珠簾捲香銷翠幄垂西風回首不勝悲暮雨洒空祠

又

古廟依青嶂行宫枕碧流水聲山色鎻妝樓往事思悠悠 雲雨朝還暮烟花春復秋啼猿何必近孤舟行客自多愁

韓致堯

名偓昭宗朝翰林學士

浣溪沙

攏鬢新收玉步揺背燈初解繡裙腰枕寒衾冷異香焦

深院不關春寂寂落花和雨夜迢迢恨情殘醉却無

憀

又

宿醉離愁慢髻鬟六銖衣薄惹輕寒慵紅悶翠掩青鸞

羅襪況兼金菡萏雪肌仍是玉琅玕骨香腰細更沈

檀

李中主

名景

望遠行

碧砌花光照眼明朱扉長日鎮長扃餘寒欲去夢難成爐香烟冷自亭亭　遼陽月秣陵砧不傳消息但傳情黄金臺下忽然驚征人歸日二毛生

李後主

名煜字重光

虞美人

春花秋葉何時了往事知多少小樓昨夜又東風故國

不堪回首月明中　彫欄玉砌應猶在只是朱顔改問君還有幾多愁恰似一江春水向東流

山花子

菡萏香銷翠葉殘西風愁起緑波閒還與韶光共憔悴不堪看　細雨夢回雞塞遠小樓吹徹玉笙寒多少淚珠何限恨倚闌干

又

手捲珠簾上玉鈎依前春恨鎖重樓風裏落花誰是主

思悠悠　青鳥不傳雲外信丁香空結雨中愁回首緑波三峡暮接天流

烏夜啼

此詞最悽惋所謂亡國之音哀以思

無言獨上西樓月如鈎寂寞梧桐深院鎖清秋　翦不斷理還亂是離愁别是一般滋味在心頭

清平樂

别來春半觸目愁腸斷砌下落梅如雪亂拂了一身還滿　鴈來音信無憑路遥歸夢難成離恨恰如春草更

行更遠還生

浪淘沙

簾外雨潺潺春意闌珊羅衾不暖五更寒夢裏不知身是客一餉貪歡　獨自莫凭欄無限江山别時容易見時難流水落花春去也天上人間

馮延已

南唐翰林學士

謁金門

風乍起吹皺一池春水閒引鴛鴦香徑裏手挼紅杏蘂
鬭鴨闌干遍倚碧玉搔頭斜墜終日望君君不至舉
頭聞鵲喜

更漏子

初夜長人近別夢覺一窻殘月鸚鵡卧蟪蛄鳴西風寒
未成　紅蠟燭彈棊局牀上畫屏山緑褰繡幌倚瑤琴
前歡泪滴襟

花菴詞選卷一

欽定四庫全書

花菴詞選卷二

宋 黄昇 編

宋詞

歐陽永叔

名修號六一居士

朝中措 送劉原父守揚州

平山欄檻倚晴空樓閣有無中手種堂前楊柳别來幾

度春風　文章太守揮毫萬字一飲千鍾行樂直須年少尊前看取衰翁

蝶戀花　春晚

庭院深深深幾許楊柳堆烟簾幕無重數玉勒雕鞍遊冶處樓高不見章臺路　雨横風狂三月暮門掩黄昏無計留春住淚眼問花花不語亂紅飛過秋千去

又　春情

海燕雙雙歸畫棟簾幕無風花影頻移動半醉騰騰春

睡重緑鬟堆枕香雲擁　翠被雙盤金縷鳳憶得前春

有箇人人共花裏鶯聲時一弄日斜驚起相思夢

又　初春

南鴈依稀回側陣雪霽牆陰遍覺蘭芽嫩中夜夢餘消

酒困爐香捲穗燈生暈　急景流年都一瞬往事前歡

未免縈方寸臘後花期知漸近東風已作寒梅信

又　清明

六曲闌干偎碧樹楊柳風輕展盡黄金縷誰把鈿箏移

玉柱穿簾海燕雙飛去　滿眼遊絲兼落絮紅杏開時
一霎清明雨濃醉覺來鶯亂語驚殘好夢無尋處

浣溪沙　春思

葉底青青杏子垂枝頭薄薄柳綿飛日高深院晚鶯啼
堪恨風流成薄倖斷無消息道歸期托腮無語翠眉
低

又　湖景

湖上朱橋響畫輪溶溶春水浸春雲碧琉璃滑淨無塵

當路遊絲縈醉客隔花啼鳥喚行人日斜歸去奈何春

又　湖上

堤上遊人逐畫船拍堤春水四垂天綠楊樓外出秋千白髮戴花君莫笑六么催拍盞頻傳人生何處似尊前

又　春半

青杏園林煑酒香佳人初試薄羅裳柳絲搖曳燕飛忙

乍雨乍晴花自落閒愁閒悶日偏長為誰消瘦減容光

採桑子　潁州西湖

羣芳過後西湖好狼籍殘紅飛絮濛濛垂柳闌干盡是風　笙歌散盡遊人去始覺春空垂下簾櫳雙燕歸來細雨中

又　西湖

荷花開後西湖好載酒來時不用旌旗前後紅幢緑蓋

隨

畫船撑入花深處香泛金危烟雨微微一片笙歌醉裏歸

踏莎行 相別

候館梅残溪橋柳細草芳風暖摇征轡離愁漸遠漸無窮迢迢不斷如春水　寸寸柔腸盈盈粉泪樓高莫近危闌倚平蕪盡處是春山行人更在春山外 句意最工

生查子 別恨

含羞整翠鬟得意頻相顧鴈柱十三絃一一春鶯語

嬌雲容易飛夢斷知何處深院鎖黄昏陣陣芭蕉雨

阮郎歸 踏青

南園春半踏青時風和聞馬嘶青梅如豆柳如眉日長蝴蝶飛　花露重草烟低人家簾幕垂秋千慵困解羅衣畫梁雙燕棲

訴衷情 眉意

清晨簾幕卷輕霜呵手試梅妝都緣自有離恨故畫作遠山長　思往事惜流芳易成傷擬歌先咽欲笑還顰

最斷人腸

木蘭花 西湖

西湖南北烟波濶風裏絲簧聲韻咽舞餘羅帶緑雙垂酒入香腮紅一抹 杯深不覺琉璃滑貪看六幺花十八明朝車馬各西東惆悵畫樓風與月

玉樓春 别恨

春山歛黛低歌扇暫解吳鈎登祖宴畫樓鐘動已魂消何況馬嘶芳草岸 青門柳色隨人遠望欲斷時腸已

斷洛城春色待君來莫待落花飛似霰

漁家傲 小春

十月小春梅蘂綻紅爐熖閣新妝遍錦帳美人貪睡暖羞起懶玉壺一夜氷澌滿　樓上四垂簾不捲天寒山色偏宜遠風急鴈行吹字斷紅日晚江天雪意雲撩亂

蘇子瞻

名軾號東坡居士晁無咎云東坡詞橫放傑出自是曲子中縛不住者

念奴嬌 赤壁懷古

大江東去浪淘盡千古風流人物故壘西邊人道是三國周郎赤壁亂石穿空驚濤拍岸捲起千堆雪江山如畫一時多少豪傑　遥想公瑾當年小喬初嫁了雄姿英發羽扇綸巾談笑處檣艣灰飛煙滅故國神遊多情應笑我早生華髮人生如夢一樽還酹江月

蝶戀花 中春

花褪殘紅青杏小燕子飛時緑水人家遶枝上柳綿吹

又少天涯何處無芳草 牆裏秋千牆外道牆外行人牆裏佳人笑笑漸不聞聲漸杳多情却被無情惱

洞仙歌 公自序云僕七歲時見眉州老尼姓朱忘其名年九十餘自言嘗隨其師入蜀主孟昶宫中一日大熱主與花蘂夫人夜起避暑摩訶池上作一詞朱具能記之今四十年朱已死久矣人無知此詞者獨記其首兩句暇日尋味豈洞仙歌令乎乃為足之云

氷肌玉骨自清涼無汗水殿風來暗香滿繡簾開一點明月窺人人未寢欹枕釵横鬢亂 起來攜素手庭户

無聲時見疎星度河漢試問夜如何夜已三更金波淡

玉繩低轉但屈指西風幾時來又不道流年暗中偷換

漁家傲 金陵賞心亭送王勝之龍圖王守金陵視事一日而移南郡

千古龍蟠并虎踞從公一弔興亡處渺渺斜風吹細雨

芳草渡江南父老留公住　公駕飛車淩彩霧紅鸞驂

乘青鸞馭却訝此洲名白鷺非吾侶翩然欲下還飛去

賀新郎 夏景

乳燕飛華屋悄無人桐陰轉午晚涼新浴手弄生綃白

團扇扇手一時似玉漸困倚孤眠清熟簾外誰來推繡户枉教人夢斷瑶臺曲又却是風敲竹　石榴半吐紅巾蹙待浮花浪蘂都盡伴君幽獨穠豔一枝君看取芳心千重似束又恐被西風驚緑若待得君來向此花前對酒不忍觸共粉淚兩蔌蔌

西江月　公自序云春夜行蘄水中過酒家飲酒醉乘月至一溪橋上解鞍曲肱少休及覺已曉亂山葱蘢不謂人世也書此語橋柱上

照野瀰瀰淺浪横空曖曖微霄障泥未解玉驄驕我欲

醉眠芳草 可惜一溪明月莫教踏碎瓊瑶解鞍欹枕
緑楊橋杜宇一聲春曉

又 感懷

世事一場大夢人生幾度秋涼夜來風葉已鳴廊看取
眉頭鬢上 酒賤常愁客少月明多被雲妨中秋誰與
共孤光把酒淒然北望

又 重九

點點樓頭細雨重重江外平湖當年戲馬會東徐今日

淒涼南浦　莫恨黄花未吐且教紅粉相扶酒闌不必看茱萸俯仰人間今古

又

三過平山堂下半生彈指聲中十年不見老仙翁壁上龍蛇飛動　欲弔文章太守仍歌楊柳春風休言萬事轉頭空未轉頭時皆夢

滿江紅　東武流盃亭

東武城南新堤固漣漪初溢隱隱遍長林高阜臥紅堆

碧枝上残花吹盡也與君試向江邊覓問向前猶有幾多春三之一　官裏事何時畢風雨外無多日相將泛曲水滿城爭出君不見蘭亭修禊事當時座上皆豪逸到而今修竹滿山陰空陳迹

水調歌頭　丙辰中秋歡飲達旦大醉作此篇兼懷子由

明月幾時有把酒問青天不知天上宫闕此夕是何年我欲乘風歸去只恐瓊樓玉宇高處不勝寒起舞弄清影何似在人間　轉朱閣低綺户照無眠不應有恨何

事偏向别時圓人有悲歡離合月有陰晴圓缺此事古難全但願人長久千里共嬋娟

水調歌頭 快哉亭

落日繡簾捲亭下水連空知君為我新作窻户濕青紅長記平山堂上攲枕江南烟雨杳杳没孤鴻認得醉翁語山色有無中　一千頃都鏡淨倒碧峯忽然浪起掀舞一葉白頭翁堪笑蘭臺公子未解莊生天籟剛道有雌雄一點浩然氣千里快哉風

水龍吟 太守閻丘公顯致仕居姑蘇公飲其家出後房佐酒有懿卿者善吹笛公因賦此以贈

楚山修竹如雲異材秀出千林表龍鬚半翦鳳膺微漲玉肌匀繞木落淮南雨晴雲夢月明風裊自中郎不見桓伊去後知辜負秋多少　聞道嶺南太守後堂深緑珠嬌小綺𥦗學弄梁州初徧霓裳未了嚼徵含宫泛商流羽一聲雲杪為使君洗盡蠻風瘴雨作霜天曉

又 次韻章質夫楊花詞

似花還似非花也無人惜從教墜拋家傍路思量却是無情有思縈損柔腸困酣嬌眼欲開還閉夢隨風萬里尋郎去處又還被鶯呼起　不恨此花飛盡恨西園落紅難綴曉來雨過遺蹤何在一池萍碎春色三分二分塵土一分流水細看來不是楊花點點是離人淚

臨江仙

夜飲東坡醒復醉歸來彷彿三更家僮鼻息已雷鳴敲門都不應倚杖聽江聲　長恨此身非我有何時忘却

營營夜闌風靜縠紋平小舟從此去江海寄餘生

南鄉子九日

霜降水痕收淺碧鱗鱗露遠洲酒力漸消風力軟颼颼破帽多情却戀頭　佳節若為酬但把金樽斷送秋萬事到頭都是夢休休明日黄花蝶也愁

阮郎歸夏景

綠槐高柳咽新蟬薫風入舜絃碧紗窻下水沈烟棊聲驚晝眠　微雨過小荷翻榴花開欲然玉人纖手掬清

泉瓊珠碎又圓

永遇樂

夜登燕子樓夢盼盼因作此詞其後秦少游自會稽入京見東坡坡云久別當作文甚勝都下盛唱公山抹微雲之詞秦遜謝坡遽云不意別後公却學柳七作詞秦荅曰某雖無識亦不至是先生之言無乃過乎坡云銷魂當此際非柳詞句法乎秦慚服然已流傳不復可改矣又問別作何詞秦舉小樓連苑橫空下窺繡轂彫鞍驟坡云十三箇字只說得一箇人騎馬樓前過秦問先生近著坡云亦有一詞說樓上事乃舉燕子樓空佳人何在空鎖樓中燕晁无咎在座云三句說盡張建封燕子樓一段事奇哉

明月如霜好風如水清景無限曲港跳魚圓荷瀉露寂寞無人見紞如五鼓錚然一葉黯黯夢雲驚斷夜茫茫重尋無覓處覺來小園行遍　天涯倦客山中歸路望斷故園心眼燕子樓空佳人何在空鎖樓中燕古今如夢何曾夢覺但有舊歡新怨異時對南樓夜景為徐浩歎

哨遍　歸去來詞

為米折腰因酒棄家口體交相累歸去來誰不遣君歸

覺從前皆非今是露未晞征夫指予歸路門前笑語喧
童稚嗟舊菊都荒新松暗老吾年今已如此但小窻容
膝閑柴扉策杖看孤雲暮鴻飛雲出無心鳥倦知還本
非有意　噫歸去來兮我今忘我兼忘世親戚無浪語
琴書中有真味步翠麓崎嶇泛溪窈窕涓涓暗谷流春
水觀草木欣榮幽人自感吾生行且休矣念寓形宇內
復幾時不自覺皇皇欲何之委吾心去留誰計神仙知
在何處富貴非吾願但知臨水登山嘯詠自引壺觴自

醉此生天命更何疑且乘流遇坎還止

如夢令

為向東坡傳語人在雪堂深處別後有誰來雪壓小橋無路歸去歸去江上一犂春雨

浣溪沙

蔌蔌衣巾落棗花村南村北響繅車牛衣古柳賣黄瓜

酒困路長惟欲睡日高人渴漫思茶敲門試問野人家 牛衣一作半依

采桑子 多景樓

多情多感仍多病，多景樓中，樽酒相逢，樂事回頭一笑空。停盃且聽琵琶語，慢撚輕攏，醉臉春融，斜照江天一抹紅。

江神子 送述古

翠蛾羞黛怯人看，掩霜紈，淚偷彈，且盡一尊，收淚唱陽關。謾道帝城天樣遠，天易見，見君難。 畫堂新締近孤山，曲闌干，為誰安，飛絮落花，春色屬明年，欲棹小舟尋

舊事無處問水連天

又　春别

天涯流落思無窮既相逢却匆匆攜手佳人和淚折殘紅為問東風餘幾許春縱在與誰同　隋堤三月水溶溶背歸鴻去吳中回望彭城清泗與淮通寄我相思千點淚流不到楚江東

又　别意

相逢不覺又初寒對尊前惜流年風緊離亭氷結淚珠

圓雪意留君君且住從此去少清歡　轉頭山下轉頭看路漫漫玉花翻雲海光寬何處是超然知道故人相念否携琴袖倚朱闌

菩薩蠻 西湖送述古

秋風湖上蕭蕭雨使君欲去還留住今日謾留君明朝愁殺人　佳人千點泪灑向長江水不用斂雙蛾路人啼更多

卜算子 黄山谷云坡在黄州作此語意高妙似非喫烟火食人語非胷中有數萬卷書筆下

無一點塵俗氣孰能至此　鮦陽居士云缺月刺明微也漏斷暗時也幽人不得志也獨往來無助也驚鴻賢人不安也回頭愛君不忘也無人省君不察也揀盡寒枝不肯棲不偷安於高位也寂寞吳江冷非所安也此與考槃詩相似

缺月挂踈桐漏斷人初靜時見幽人獨往來縹緲孤鴻影　驚起却回頭有恨無人省揀盡寒枝不肯棲楓落吳江冷

昭君怨

誰作桓伊三弄驚破綠窗幽夢新月與愁烟滿江天

欲去又還不去明日落花飛絮飛絮送行舟水東流

行香子 別意

攜手江村梅雪飄裙情何限處處銷魂故人不見舊曲重聞向望湖樓孤山寺湧金門　尋常行處題詩千首繡羅衫與拂紅塵別來相憶知是何人有湖中月江邊柳隴頭雲

又 茶

綺席纔終歡意猶濃酒闌時高興無窮共誇君賜初圻

臣封看分香餅黃金縷密雲龍　鬬贏一水功敵千鍾

覺涼生兩腋清風暫留紅袖少却紗籠放笙歌散庭館

靜睡從容

又七里瀨

一葉舟輕雙槳鴻驚水天清影湛波平魚翻藻鑑鷺點

煙汀過沙溪急霜溪冷月溪明　重重似畫曲曲如屏

算當年虛老嚴陵君臣一夢今古空名但遠山長雲山

亂曉山青

王介甫

名安石丞相荆國文公

桂枝香 金陵懷古

登臨送目正故國晚秋天氣初肅千里澄江似練翠峯如簇征帆去棹殘陽裏背西風酒旗斜矗綵舟雲淡星河鷺起圖畫難足 念自昔豪華競逐歎門外樓頭悲恨相續千古憑高對此謾嗟榮辱六朝舊事隨流水但寒烟衰草凝緑至今商女時時猶歌後庭遺曲

漁家傲 極能道閒居之趣

平岸小橋千嶂抱揉藍一水縈花草茅屋數間窗窈窕塵不到時時自有清風埽 午枕覺來聞語鳥欹眠似聽朝雞早忽憶故人今總老貪夢好茫茫忘了邯鄲道

菩薩蠻

數間茆屋閒臨水窄衫短帽垂楊裏花是去年紅吹開一夜風 一本作今日是何朝看余渡石橋 柳梢新月偃午醉醒來晚何許最關情黃鸝三兩聲

浣溪沙

百畝庭中半是苔門前古道水縈迴愛閒能有幾人來
小院回廊人寂寂山桃野杏兩三栽為誰零落為誰
開

浪淘沙　伊呂

伊呂兩衰翁歷遍窮通一為釣叟一耕農假使當時俱
不遇老了英雄　湯武一相逢風虎雲龍興王只在笑
談中及至而今千載下誰與爭功

千秋歲引 秋景

別館寒砧孤城畫角一派秋聲入寥廓東歸燕從海上去南來鴈向沙頭落楚臺風庾樓月宛如昨　無奈被些名利縛無奈被它情擔閣可惜風流總閒却當初謾留華表語而今誤我秦樓約夢闌時酒醒後思量著

王元澤

名雱荆公之子封臨川伯

倦尋芳

露晞向曉簾幙風輕小院閒晝翠徑鶯來驚下亂紅鋪繡倚危闌登高榭海棠著雨胭透算韶華又因循過了清明時候　倦游燕風光滿目好景良辰誰共攜手恨被榆錢買斷兩眉長皺憶得高陽人散後落花流水仍依舊這情懷對東風盡成消瘦

王平甫

名安國荆公之弟

點絳唇　秋景

秋氣微凉夢回明月穿簾幕井梧蕭索正遠南枝鵲寳瑟塵生金鴈空零落情無托鬢雲慵掠不似君恩薄

清平樂 春晚

留春不住費盡鶯兒語滿地殘紅宫錦污昨夜南園風雨　小憐初上琵琶曉來思遶天涯不肯畫堂朱户春風自在梨花

減字木蘭花 春情

畫橋流水雨濕落紅飛不起月破黄昏簾裏餘香馬上

闌徘徊不語令夜夢魂何處去不佀垂楊猶解飛花

入洞房

林君復

名逋贈和靖先生

長相思 别情

吳山青越山青兩岸青山相送迎誰知離别情　君淚

盈妾淚盈羅帶同心結未成江頭潮已平

點絳脣 草

金谷年年亂生春色誰為主餘花落處滿地和烟雨

又是離愁一闋長亭暮王孫去萋萋無數南北東西路

錢思公

名惟演

玉樓春 此詞暮年作詞極悽惋

城上風光鶯語亂城下烟波春拍岸綠楊芳草幾時休

淚眼愁腸先已斷 情懷漸變成衰晚鸞鏡朱顏驚暗

換昔年多病厭芳尊今日芳尊惟恐淺

賈子明

名昌朝仁宗朝宰相謚文元公

木蘭花令 平生惟賦此一詞極有風味

都城水綠嬉遊處仙棹往來人笑語紅隨遠浪泛桃花雪散平堤飛柳絮 東君欲共春歸去一陣狂風和驟雨碧油紅旆錦障泥斜日畫橋芳草路

夏子橋

名竦慶歷間所謂一不肖者然文章有名于

世謚文莊公

喜遷鶯令景德中水殿按舞時公以翰林内直上遣中使取新詞公援毫立成以進大蒙

天獎

霞散綺月垂鈎簾捲未央樓夜凉銀漢截天流宫闕鎖清秋　瑶臺樹金莖露鳳髓香盤烟霧三千珠翠擁宸遊水殿按凉州

丁謂之

名謂真宗朝宰相謚晉公

鳳棲梧

十二層樓春色早三殿笙歌九陌風光好堤柳岸花連複道玉梯相對開蓬島　鶯囀喬林魚在藻太液微波綠鬬王孫草南闕萬人瞻羽葆後天祝聖天難老

又

朱闕玉城通閬苑月桂星榆春色無深淺簫瑟箕笙仙客宴蟠桃花滿蓬萊殿　九色明霞裁羽扇雲霧爲車鸞鶴驂雕輦路指瑶池歸去晚壺中日月如天遠

寇平仲

名準真宗朝宰相贈萊國公

踏莎行　春暮

春色將闌鶯聲漸老紅英落盡青梅小畫堂人靜雨濛濛屏山半掩餘香裊　密約沈沈離情杳杳菱花塵滿慵將照倚樓無語欲銷魂長空暗淡連芳草

點絳唇

小陌輕寒社公雨足東風慢定巢新燕濕雨穿花轉

象尺熏爐拂曉停針線愁蛾淺飛紅零亂側卧珠簾捲

謝希深

名絳仁宗朝知制誥

菩薩蠻 詠目

娟娟侵鬢妝痕淺雙眸相媚彎如翦一瞬百般宜無論笑與啼 酒闌思翠被特故瞢騰地生怕促歸輪微波先注人

夜行船 別情

昨夜佳期初共鬢雲低翠翹金鳳尊前和笑不成歌意偷轉眼波微送 草草不容成楚夢漸寒深翠簾霜重相看送到斷腸時月西斜畫樓鐘動 後段語最奇

訴衷情 宮怨

銀釭夜永影長孤香草續殘爐倚屏脉脉無語粉泪不成珠 雙粲枕百嬌壺憶當初君恩莫似秋葉無情欲向人疎

花菴詞選卷二

花菴詞選卷三

宋　黄昇　編

宋詞

宋子京

名祁張子野所稱紅杏枝頭春意鬧尚書者也

玉樓春　春景

東城漸覺風光好縠皺波紋迎客棹緑楊烟外曉寒輕紅杏枝頭春意鬧　浮生長恨歡娛少肯愛千金輕一笑爲君持酒勸斜陽且向花間留晚照

蝶戀花　情景

繡幕茫茫羅帳捲春睡騰騰困入嬌波慢隱隱枕痕留玉臉膩雲斜溜釵頭燕　遠夢無端懽又散泪落胭脂界破蜂黄淺整了翠鬟匀了面芳心一寸情何限

鷓鴣天　子京過繁臺街逢内家車子中有褰簾者曰小宋也子京歸遂作此詞都下傳唱達

于禁中後仁宗知之問內人第幾車子何人呼小宋有內人自陳頃侍御宴見宣翰林學士左右內臣曰小宋也時在車子中偶見之呼一聲爾上召子京從容語及子京皇懼無地上笑曰蓬山不遠因以內人賜之

畫轂雕鞍狹路逢一聲腸斷繡簾中身無彩鳳雙飛翼心有靈犀一點通　金作屋玉為籠車如流水馬游龍劉郎已恨蓬山遠更隔蓬山幾萬重

好事近

睡起玉屏風吹去亂紅猶落天氣驟生輕暖襯沉香帷

箔　珠簾約住海棠風愁拖兩眉角昨夜一庭明月冷

秋千紅索

顏持約

名博文

西江月　詞簡意高佳作也

草草書傳錦字厭厭夢繞梅花海山無計駐仙槎腸斷

芭蕉影下　缺月舊時庭院飛雲到處人家而今憔悴

鬢先華說著多情已怕

陳希元

名堯佐仁宗朝宰相號知餘子謚文惠公

踏莎行 皇祐中呂公夷簡乞致仕歸仁宗因問卿去誰可代者夷簡乃薦堯佐上遂召還大拜申公生日公作此詞携酒過之申公使之歌申公笑曰只恐捲簾人已老公曰莫愁調鼎事無功老於廊廟猶藴藉如此

二社良辰千家庭院翩翩又覩雙飛燕鳳皇巢穩許為鄰瀟湘烟暝來何晚 亂入紅樓低飛綠岸畫梁輕拂歌塵轉為誰歸去為誰來主人恩重珠簾捲

范希文

名仲淹謚文正公

蘇幕遮　別恨

碧雲天紅葉地秋色連波波上寒烟翠山映斜陽天接水芳草無情更在斜陽外　黯芳魂追旅思夜夜除非好夢留人睡明月樓高休獨倚酒入愁腸化作相思泪

漁家傲　秋思

塞下秋來風景異衡陽鴈去無留意四面邊聲連角起

千嶂裏長烟落日孤城閉　濁酒一杯家萬里燕南未勒歸無計羌管悠悠霜滿地人不寐将軍白髮征夫淚

蘇子美

名舜欽娶杜祁公女坐監進奏院市故紙會客削籍為民自號滄浪翁善書草聖尤妙

水調歌頭 滄浪亭

瀟洒太湖岸淡竚洞庭山魚龍隱處烟霧深鎖渺瀰間方念陶朱張翰忽有扁舟急槳撇浪載鱸還落日暴風

雨歸路遶汀灣 丈夫志當景盛恥疎閒壯年何事憔悴華髮改朱顏擬借寒潭垂釣又恐鷗鳥相猜不肯傍青綸刺棹穿蘆荻無語看波瀾

王元之

名禹偁翰林學士太宗嘗稱其文章獨步當世

點絳唇 感興

雨恨雲愁江南依舊稱佳麗水村漁市一縷孤烟細

天際征鴻遥認行如綴平生事此時凝眸誰會憑欄意

蘇叔黨

名過坡仙季子

點絳唇 此詞作時方禁坡文故隱其名以傳于世今或以為汪彦章所作非也

新月娟娟夜寒江静山銜斗起來搔首梅影横窻瘦

好箇霜天閒却傳杯手君知否亂鴉啼後歸興濃如酒

王君玉

名琪仁宗朝翰林學士

望江南

江南柳，烟穗拂人輕。愁黛空長描不似，舞腰雖瘦學難成。天意與風情　攀折處，離恨幾時平。已縱柔條縈客棹，更飛狂絮撲旗亭。三月亂鶯聲

又

江南雨，風送滿長川。碧瓦烟昏沉柳岸，紅綃香潤入梅天。飄洒正瀟然　朝與暮，長在楚峯前。寒夜愁欹金帶枕，暮江深閉木蘭船。烟浪遠相連

又

江南岸雲樹半晴陰帆去帆來天亦老潮生潮落日還沉南北別離心　興廢事千古一沾襟山下孤烟漁市晚柳邊踈雨酒家深行客莫登臨

張文潛

名耒元祐中為館職與魯直少游无咎號四學士並從東坡游

風流子　秋思

亭皐木葉下重陽近又是擣衣秋奈愁入庾腸老侵潘鬢謾簪黃菊花也應羞楚天晚白蘋烟盡處紅蓼水邊頭芳草有情夕陽無語鴈橫南浦人倚西樓　玉容知安否香牋共錦字兩處悠悠空恨碧雲離合青鳥沈浮向風前懊惱芳心一點寸眉兩葉禁甚閒愁情到不堪言處分付東流

解方叔

名昉

永遇樂 春晴

風暖鶯嬌，露濃花重，天氣和煦。院落烟收，垂楊舞困，無奈堆金縷。誰家巧縱，青樓絃管，惹起夢雲情緒。憶當時、紋衾粲枕，未嘗暫孤鴛侶。　芳菲易老，故人難聚，到此翻成輕誤。閬苑仙遥，蠻牋縱寫，何計傳深訴。青山緑水，古今長在，惟有舊歡何處。空贏得、斜陽暮草，淡烟細雨。

程觀過

名過

滿江紅 梅

春欲來時長是與江梅有約還又向竹林疎處一枝開

却對酒漸驚身老大看花應念人離索但十分沉醉祝

東君長如昨 芳草渡孤舟泊山斂黛天垂幕黯銷魂

無奈暮雲殘角便好折來和雪戴莫教酒醒隨風落待

殷勤留此寄相思誰堪託

昭君怨

試問愁來何處門外山無量數芳草不知人翠連雲

欲看不忍看心事只堪腸斷腸斷宿孤村雨昏昏

孫濟師

名巘

菩薩蠻 落梅

一聲羌管吹嗚咽玉溪夜半梅翻雪江月正茫茫斷橋流水香　含章春欲暮落日千山雨一點著枝酸吳姬先齒寒

王晉卿

名誂與東坡最善

燭影摇紅 春恨

香臉輕匀黛眉巧畫宮妝淺風流天付與精神全在嬌波轉早是縈心可慣更那堪頻頻顧盼幾回得見見了還休爭如不見　燭影揺紅夜闌飲散春宵短當時誰解唱陽關離恨天涯遠無奈雲收雨散凭闌干東風淚眼海棠開後燕子來時黄昏庭院

蝶戀花

鐘送黄昏雞報曉昏曉相催世事何時了萬恨千愁人自老春來依舊生芳草　忙處人多閒處少閒處光陰幾箇人知道獨上高樓雲渺渺天涯一點青山小

玉樓春　海棠

錦城春色花無數排比笙歌留客住輕寒輕暖夾衣天乍雨乍晴寒食路　花雖不語鶯能語莫放韶光容易去海棠開後月明前縱有千金無買處

花發沁園春

帝里春歸早先粧點皇家池館園林雛鶯未遷燕子乍歸時節戲弄晴陰瓊樓珠閣恰正在柳曲花心翠袖艷衣凭闌干慣聞絃管新音　此際相攜宴賞縱行樂隨處芳樹遙岑桃腮杏臉嫩英萬葉千枝緑淺紅深輕風終日泛暗香長滿衣襟洞户醉歸訪笙歌晚來雲海沈沈

踏青遊 春遊

金勒䩞鞍西城嫩寒春曉路漸入垂楊芳草過平堤穿

綠逕幾聲啼鳥是處裏誰家杏花臨水依約靚妝斜照
極目高原東風露桃烟島望十里紅圍綠繞更相將
乘酒興幽情多少待向晚從頭記將歸去說與鳳樓人
道

人月圓 元夜

小桃枝上春來早初試薄羅衣年年此夜華燈盛照人
月圓時 禁街簫鼓寒輕夜永纖手同攜更闌人靜千
門笑語聲在簾幃

李景元

過秦樓 春晚

賣酒壚邊尋芳原上亂花飛絮悠悠已蝶稀鶯散便擬把長繩繫日無由謾道草忘憂也徒將酒解閒愁正江南春盡行人千里蘋滿汀洲　有翠紅徑裏盈盈侶簇芳茵禊飲時笑時謳當暖風遲景任相將永日爛漫狂遊誰信感狂中有離情忽到心頭向樽前擬問雙燕來時曾過秦樓

帝臺春 春感

芳草碧色萋萋遍南陌暖絮亂紅也知人春愁無力憶得盈盈拾翠侶共攜賞鳳城寒食到今來海角逢春天涯倦客 愁旋釋還似織泪暗拭又偷滴謾倚遍危欄儘黄昏也只是暮雲凝碧拚則而今已拚了忘則怎生便忘得又還問鱗鴻試重尋消息

孫巨源

名洙

河滿子 秋怨

悵望浮生急景淒涼寶瑟餘音楚客多情偏怨别碧山遠水登臨目送連天衰草夜闌幾處疎砧　黃葉無風自落秋雲不雨長陰天若有情天亦老摇摇幽恨難禁惆悵舊歡如夢覺來無處追尋

菩薩鬘 公于元豐間為翰苑與李端愿太尉往來尤數會一日鎖院宣召者至其家則出數十輩蹤跡得之於李氏時李新納妾能琵琶公飲不肯去而迫於宣命入院幾二鼓矣草三制罷作此詞記恨遲明遣示李

樓頭尚有三通鼓何須抵死催人去上馬苦匆匆琵琶曲未終　回頭凝望處那更廉纖雨謾道玉為堂玉堂今夜長

石曼卿

名延年真宗朝為學士死後人有見之者云我今為仙主芙蓉城

燕歸梁 春愁

芳草年年惹恨幽想前事悠悠傷春傷别幾時休算從

古為風流　春山總把深匀翠黛千疊在眉頭不知供
得幾多愁更斜日凭危樓

晏同叔

名殊以神童出身仁宗朝宰相謚元獻公有
詞名珠玉集張子野為序

玉樓春　春恨

緑楊芳草長亭路年少拋人容易去樓頭殘夢五更鐘
花底離情三月雨　無情不似多情苦一寸還成千萬

縷天涯地角有窮時只有相思無盡處

破陣子 春景

燕子來時新社梨花落後清明池上碧苔三四點葉底黃鸝一兩聲日長飛絮輕 巧笑東鄰女伴采桑徑裏逢迎疑怪昨宵春夢好元是今朝鬭草贏笑從雙臉生

踏莎行 春景

細草愁烟幽花泣露凭欄總是銷魂處日高深院靜無人穿簾海燕雙飛去 帶緩羅衣香殘蕙炷天長不禁

迢迢路垂楊只解惹春風何曾繫得行人住

又 春思

小徑紅稀芳郊緑遍高臺樹色陰陰見春風不解禁楊花濛濛亂撲行人面 翠葉藏鶯朱簾隔燕爐香静逐遊絲轉一場愁夢酒醒時斜陽却照深深院

更漏子 佳人

蕣華濃山翠淺一寸秋波如剪紅日永綺筵開暗隨仙馭來 遏雲聲迴雪袖占斷曉鶯春柳才送目又顰眉

此情誰得知

又早春

雪藏梅烟著柳依約上春時候初送鴈欲聞鶯緑池波浪生 探花開留客醉憶得去年情味金盞酒玉爐香任他紅日長

晏叔原

元獻公之暮子自號小山有樂府行于世山谷為之序稱其詞為高唐洛神之流其下者不減

桃葉團扇云

鷓鴣天慶歷中開封府與棘寺同日奏獄空仁宗與宮中宴集宣晏叔原作此大稱上意

碧藕花開水殿涼萬年枝上轉紅陽昇平歌管隨天仗祥瑞封章滿御牀　金掌露玉爐香歲華方共聖恩長皇州又奏圜扉静十樣宫眉捧壽觴

又佳會

彩袖殷勤捧玉鍾當筵拚却醉顔紅舞低楊柳樓心月歌盡桃花扇底風　從别後憶相逢幾回魂夢與君同

今宵剩把銀釭照猶恐相逢是夢中

蝶戀花 別恨

醉别西樓醒不記春夢秋雲聚散真容易斜月半窻還少睡畫屏閒展吴山翠 衣上酒痕詩裏字點點行行總是淒凉意紅燭自憐無好計夜闌空替人垂淚

又 别恨

夢入江南煙水路行盡江南不與離人遇睡裏消魂無説處覺來惆悵佳期誤 欲盡此情書尺素浮鴈沉魚

終了無憑據却倚緩絃歌别緒斷腸移破秦箏柱

又 深秋

庭院碧苔紅葉遍黄菊開時已近登高宴日日露荷凋

緑扇粉塘煙水明如練 試倚凉風醒酒面鴈字來時

恰向層樓見幾點護霜雲影轉誰家蘆管吟秋怨

生查子 閨思

金鞍美少年去躍青驄馬牽繫玉樓人繡被春寒夜

消息未歸來寒食梨花謝無處説相思背面秋千下

又 別思

一分殘酒霞，兩點愁蛾暈。羅幕夜猶寒，玉枕春先困。
心情翦綵慵，時節燒燈近。見少別離多，還有人堪恨。

又 閨思

紅塵陌上遊，碧柳堤邊住。才趁彩雲來，又逐飛花去。
深深美酒家，曲曲幽香路。風月有情時，總是相逢處。

清平樂 春情

波紋碧皺，曲水晴明後。折得疎梅香滿袖，暗喜春紅依

舊　歸來紫陌東頭金釵換酒消愁柳影深深細路花

梢小小層樓

滿庭芳　秋思

南苑吹花西樓題葉故園惟事重重凭欄秋思閒記舊

相逢幾處歌雲夢雨可憐便流水西東别來久淺情未

有錦字繫征鴻　年光還少味開殘檻菊落盡溪桐漫

留得樽前淡月淒風此恨誰堪説與清愁付緑酒杯中

佳期在歸時待把香袖看啼紅

南鄉子

綠水帶春潮水上朱欄小渡橋橋上女兒雙笑靨夭饒倚着闌干弄柳條 月夜與花朝減字偷聲按玉簫柳外行人回首處迢迢若比銀河路更遙

阮郎歸

粉痕閑印玉尖纖啼紅傍晚奩舊寒新暖尚相兼梅疎待雪添 春冉冉恨厭厭章臺對卷簾箇人鞭影弄涼蟾樓前側帽簷

花菴詞選卷三

花菴詞選卷四

宋 黄昇 編

宋詞

黄魯直

名庭堅號山谷陳後山云今代詞手惟秦七黄九耳唐諸人不逮也

驀山溪 别意

鴛鴦翡翠小小思珍偶眉黛斂秋波盡湖南山明水秀
娉娉裊裊恰近十三餘春未透花枝瘦正是愁時候
尋芳載酒肯落他人後只恐遠歸來緑成陰青梅如豆
心期得處每自不由人長亭柳君知否千里猶回首

又春晴

朝來風日陡覺春衫便翠柳艷明眉戲秋千誰家倩盼
烟匀露洗草色媚横塘平沙軟彫輪轉行樂聞絃管
追思年少走馬尋芳伴一醉幾纏頭過揚州珠簾盡捲

而今老矣花似霧中看懽意淺天涯遠信馬歸來晚

水調歌頭 春行

瑶草一何碧春入武陵谿谿上桃花無數花上有黄鸝我欲穿花尋路直入白雲深處浩氣展虹霓秖恐花深裏紅露濕人衣 坐白石欹玉枕拂金徽謫仙何處無人伴我白螺杯我為靈芝仙草不為朱唇丹臉長嘯亦何為醉舞下山去明月逐人歸

江城子 情景

畫堂高會酒闌珊宴時閒倚闌干千里關山長恨見伊難及至而今相見了依舊是隔關山　倩人傳語問平安省愁煩泪偷彈泣損眼兒不似舊時單尋得石榴雙葉子憑寄與插雲鬟

踏莎行春晚

臨水夭桃倚牆繁李長楊風掉青驄尾樽中有酒可酬春更尋何處無愁地　明日重來落花如綺芭蕉漸展山公啓欲𢧐心事寄天公教人長壽花前醉

清平樂 晚春

春歸何處寂寞無行路若有人知春去處喚取歸來同住　春無蹤跡誰知除非問取黃鸝百囀無人能會因風飛過薔薇

鷓鴣天

西塞山前白鷺飛桃花流水鱖魚肥朝廷尚覓玄真子何處如今更有詩　青蒻笠綠蓑衣斜風細雨不須歸人間欲避風波險一日風波十二時

菩薩蠻集句

半烟半雨溪橋畔漁翁醉後無人喚疎懶意何長春風花草香 江山如有待此意陶潛解問我去何之君行到自知

好事近

一弄醒心絃意在兩山斜疊彈到古今愁處有真珠承睫 使君來去本無心休泪界紅頰自恨老來憎酒負十分蕉葉

黃元明

名知命山谷之兄

青玉案 和賀方回韻送山谷弟貶宜州

千峰百嶂宜州路天黯淡知人去曉別吾家黃叔度弟兄華髮舊山脩水異日同歸處　樽罍飲散長亭暮別語丁寧不成句已斷離腸知幾許水村山館酒醒無寐滴盡空堦雨

秦少游

名觀一字太虛號淮海居士

水龍吟 寄營妓婁婉婉字東玉詞中藏其姓名與字在焉

小樓連苑橫空下窺繡轂彫鞍驟疎簾半捲單衣初試清明時候破暖輕風弄晴微雨欲無還有賣花聲過盡垂楊院宇紅成陣飛鴛甃 玉佩丁東別後悵佳期參差難又名韁利鎖天還知道和天也瘦花下重門柳邊深巷不堪回首念多情但有當時皓月照人依舊

風流子 初春

東風吹碧草年華換行客老滄洲見梅吐舊英柳揺新
緑惱人春色還上枝頭寸心亂北隨雲黯黯東逐
水悠悠斜日半山暝烟兩岸數聲横笛一葉扁舟
青門同攜手前歡記渾似夢裏揚州誰念斷腸南陌回
首西樓算天長地久有時有盡奈何綿綿此恨無休擬
待倩人說與生怕伊愁

夢揚州 中春

晚雲收正柳塘烟雨初休燕子未歸惻惻輕寒如秋曲

闌干外東風軟透繡幃花密香稠江南遠人何處鷓鴣
啼破春愁 長記曾陪燕遊酬妙舞清歌麗錦纏頭殢
酒為花十載因甚淹留醉鞭拂面歸來晚望翠樓簾捲
金鈎佳會阻離情正亂頻夢揚州

滿庭芳 晚景

山抹微雲天連衰草畫角聲斷譙門暫停征棹聊共飲
離尊多少蓬萊舊事空回首烟靄紛紛斜陽外寒鴉數
點流水遶孤村 銷魂當此際香囊暗解羅帶輕分謾

贏得秦樓薄倖名存此去何時見也襟袖上空染啼痕

傷情處高城望斷燈火已黃昏

又　秋思

碧水澄秋黃雲凝暮敗葉零亂空堦洞房人靜斜月照

徘徊又是重陽近也幾處處砧杵聲催重簾外風搖翠

竹疑是故人來　情懷增悵望新歡易失往事難猜問

籬邊黃菊知為誰開謾道愁須殢酒酒未醒愁已先回

憑欄久金波漸轉白露點蒼苔

又 春遊

曉色雲開春隨人意驟雨才過還晴古臺芳榭飛燕蹴紅英舞困榆錢自落秋千外緑水橋平東風裏朱門映柳低按小秦箏 多情行樂處珠鈿翠蓋玉轡紅纓漸酒空金榼花困蓬瀛豆蔻梢頭舊恨十年夢屈指堪驚凭欄久疎烟淡日寂寞下蕪城

江城子 春別

西城楊柳弄春柔動離憂淚難收猶記多情曾為繫歸

舟碧野朱橋當日事人不見水空流　韶華不為少年留恨悠悠幾時休飛絮落花時節一登樓便做春江都是泪流不盡許多愁

千秋歲　少游謫處州日作今郡治有鶯花亭蓋因此詞取名

水邊沙外城郭春寒退花影亂鶯聲碎飄零疏酒盞離別寬衣帶人不見碧雲暮合空相對　憶昔西池會鵷鷺同飛蓋攜手處今誰在日邊清夢斷鏡裏朱顏改春去也落紅萬點愁如海

踏莎行 東坡絶愛尾兩句

霧失樓臺月迷津渡桃源望斷無尋處可堪孤館閉春寒杜鵑聲裏斜陽暮 驛寄梅花魚傳尺素砌成此恨無重數郴江幸自遶郴山為誰流下瀟湘去

阮郎歸

退花新綠漸團枝撲人風絮飛秋千未拆水平堤落紅成地衣 遊蝶困乳鶯啼怨春春不知日長早被酒禁持那堪更別離

又 旅況

湘天風雨破寒初深沉庭院虛麗譙吹徹小單于迢迢清夜徂　鄉夢斷旅魂孤崢嶸歲又除衡陽猶有鴈傳書郴陽和鴈無

南歌子 贈陶心兒

玉漏迢迢盡銀潢淡淡橫夢回宿酒未全醒已被鄰雞催起怕天明　臂上妝猶在襟間泪尚盈水邊燈火漸人行天外一鉤殘月帶三星

又

香墨彎彎畫燕脂淡淡匀揉藍衫子淡黄裙獨倚玉欄無語點檀唇　人去空流水花飛半掩門亂山何處覓行雲又是一鈎新月照黄昏

菩薩鬘 秋思

蛩聲泣露喧秋枕羅幃泪濕鴛鴦錦獨卧玉肌凉殘更與恨長　陰風翻翠幌雨濕燈花暗畢竟不成眠鴉啼金井寒

畫堂春 春情

東風吹柳日初長雨餘芳草斜陽杏花零落燕泥香睡損紅妝 香篆暗消鸞鳳畫屏縈遶瀟湘暮寒輕透薄羅裳無限思量

又

落紅堆徑水平池弄晴小雨霏微杏園憔悴杜鵑啼無奈春歸 柳外畫樓獨上凭欄手撚花枝放花無語對斜暉此恨誰知

賀方回

名鑄少為武弁以定力寺一絕見奇於舒王山谷又賞其詞遂知名當世小詞二卷名東山寓聲樂府張右史序之

青玉案　山谷稱此詞云解道江南斷腸句世間只有賀方回

凌波不過橫塘路但目送芳塵去錦瑟年華誰與度月臺花榭瑣窻朱户惟有春知處　碧雲冉冉蘅皋暮綵筆新題斷腸句試問閒愁都幾許一川煙草滿城風絮

梅子黃時雨

薄倖 憶故人

淡妝多態更滴滴頻回盼睞便認得琴心先許欲綰合歡雙帶記畫堂風月逢迎輕顰淺笑都無奈待翡翠屏開芙蓉帳掩羞把香羅暗解　自過了燒燈都不見踏青挑菜幾回憑雙燕丁寧深意往來却恨重簾礙知何時再正春濃酒困人閒晝永無聊賴厭厭睡起猶有花梢日在

浣溪沙 閨思

樓角紅銷一縷霞淡黃楊柳帶棲鴉玉人和月折梅花

笑撚粉香歸繡户半垂羅幙護窻紗東風寒似夜來些

又 春思

閑把琵琶舊譜尋四絃聲怨却沈吟燕飛人静畫堂陰 欹

枕有時成雨夢隔簾無處説春心一從燈夜到如今

又 春事

鸚鵡無言理翠衿杏花零落晝陰陰畫橋流水一篙深

芳徑與誰同鬬草繡牀終日罷拈針小牋香管寫春心

菩薩蠻 閨思

章臺遊冶金龜壻歸來猶帶醺醺醉花漏怯春宵雲屏無限嬌　絳紗燈影背玉枕釵聲碎不待宿酲消馬嘶催早朝

南柯子 別恨

斗酒才供泪扁舟只載愁畫橋青柳小朱樓猶記出城

車馬為遲留　有恨花空委無情水自流河陽新鬢儘
禁秋蕭散楚雲巫雨此生休

望湘人 春思

厭鶯聲到枕花氣動簾醉魂愁夢相半被惜餘薰帶驚
剩眼幾許傷春春晚泪竹痕鮮佩蘭香老湘天濃暖記
小江風月佳時屢約非烟游伴　須信鸞絃易斷奈雲
和再鼓曲終人遠認羅襪無蹤舊處弄波清淺青翰棹
艤白蘋洲畔儘目臨臯飛觀不解寄一字相思幸有歸

來雙燕

感皇恩 記別

蘭芷滿汀洲游絲橫路羅襪塵生步迎顧整鬟顰黛脉脉多情難語細風吹柳絮人南渡 回首舊游山無重數花底深朱户何處半黃梅子向晚一簾疎雨斷魂分付與春歸去

臨江仙 立春

巧翦合歡羅勝子釵頭春意翩翩艷歌淺笑拜嫣然願

郎宜此酒行樂駐華年　未至文園多病客幽襟悽斷堪憐舊遊夢掛碧雲邊人歸落鴈後思發在花前

憶秦娥　春思

曉朦朧前溪百鳥啼匆匆啼匆匆凌波人去拜月樓空　舊年今日東門東鮮妝輝映桃花紅桃花紅吹開吹落一任東風

舒信道

名亶仁宗朝御史與李定同陷東坡于罪者

菩薩鬘 別意此詞極有味

畫船槌鼓催君去高樓把酒留君住去住若爲情江頭潮欲平　江潮容易得却是人南北今日此樽空知君何日同

又 冬

江梅未放枝頭結江樓已見山頭雪待得此花開知君來未來　風帆雙畫鷁小雨隨行色空得鬱金裙酒痕和泪痕

一落索 春

正是看花天氣為春一醉醉來却不帶花歸誚不解看花意 試問此花明媚將花誰比只應花好似年年花不似人憔悴

木蘭花令 别意

金絲絡馬青錢路笑指玉皇香案去點衣柳陌墮殘紅拂面風橋吹細雨 曉釵壓鬢頭慵舉恨裏歌聲兼别苦西湖一頃白菱花惆悵行雲無覓處

卜算子 苔

池臺小雨乾門巷香輪少誰把青錢襯落紅滿地無人掃　何時鬬草歸幾度尋花了留得佳人蓮步痕宮樣鞋兒小

秦處度

名湛山谷嘗稱其詞

卜算子 春情

春透水波明寒峭花枝瘦極目烟中百尺樓人在樓中

否　四和裊金爐雙陸思纖手擬倩東風浣此情情更濃於酒

李方叔

名豸東坡門下士

虞美人

玉闌干外清江浦渺渺天涯雨好風如扇雨如簾時見岸花汀草漲痕添　青林枕上關山路卧想乘鸞處碧蕪千里思悠悠惟有霎時涼夢到南州

清平樂

落梅嗚咽暗淡城頭月吹滿江天驚夢蝶喚起畫樓傷別　簾風輕觸銀鈎梧桐玉露新秋底事瑣窗深夜素娥常伴人愁

廖世美

好事近　夕景

落日水鎔金天淡暮烟凝碧樓上誰家紅袖靠闌干無力　鴛鴦相對浴紅衣短棹弄長笛驚起一雙飛去聽

波聲拍拍

燭影揺紅　别愁

靄靄春空畫樓森聳凌雲漢紫薇登覽最關情絶妙誇能賦惆悵相思遲暮記當日朱欄共語塞鴻難問岸柳何窮别愁紛絮　催促年光舊來流水知何處斷腸何必更殘陽極目傷平楚晚霽波聲帶雨悄無人舟横古渡數峰江上芳草天涯參差烟樹

李嬰

滿江紅 元豐中為天水令作此上東坡坡甚奇之

荆楚風烟寂寞近中秋時候露下冷蘭英將謝葦花初秀歸燕慇懃辭巷陌鳴蛩凄楚來窻牖又誰念江邊有神仙飄零久　橫琴膝攜筇手曠望眼閒吟口任紛紛萬事到頭何有君不見凌煙冠劍客何人氣貌長依舊歸去來一曲為君吟為君壽

杜安世

名壽域

訴衷情

燒殘絳蠟泪成痕街鼓報黄昏碧雲又阻來信廊上月侵門　愁永夜拂香裀待誰温夢蘭憔悴擲果凄凉兩處銷魂

花菴詞選卷四

欽定四庫全書

花菴詞選卷五

宋 黄昇 編

宋詞

晁无咎

名補之濟北人

永遇樂 東皐寓居

松菊堂深芰荷池小長夏清暑燕引雛還鳩呼婦往人

靜郊原趣麥天已過薄衣輕扇試起遶園徐步聽衡宇欣欣童稚共説夜來初雨　蒼苔徑裏紫葳枝上數點幽花垂露東里催鋤西鄰助餉相戒清晨去斜川歸興僾然滿目回首帝鄉何處只愁恐輕鞍犯夜灞陵舊路

摸魚兒 幽居真西山絶愛此詞

買陂塘旋栽楊柳依稀淮岸湘浦東臯雨足輕痕漲沙觜鷺來鷗聚堪愛處最好是一川夜月光流渚無人自舞任翠幕張天柔茵藉地酒盡未能去　青綾被休憶

金閨故步儒冠曾把身誤弓刀千騎成何事荒了召平
瓜圃君試覷滿青鏡星星鬢影今如許功名浪語便做
得班超封侯萬里歸計恐遲暮

惜分飛　湖州作

山水光中元無暑是我銷魂別處只有多情雨會人深
意留人住　不及梅花來暮未見荷花又去圖畫他年
覷斷腸千古苕溪路

憶少年　送別

無窮官柳無情畫舸無根行客南山尚相送只高城人隔　罨畫園林溪紺碧算重來盡成陳迹劉郎鬢如此況桃花顔色

臨江仙 別意

身外閒愁滿眼中歡事常稀明年應賦送春詩試從今夜數相會幾多時　淺酒欲邀誰共飲深情惟有君知東溪春近好同歸柳垂江上影梅謝雪中枝

洞仙歌 泗州中秋作此絶筆之詞也

青烟幕處碧海飛金鏡永夜閒階臥桂影露凉時零亂多少寒蛩神京遠惟有藍橋路近　水晶簾不下雲母屏開冷浸佳人淡脂粉待都將許多明付與金尊投曉共流霞傾盡更攜取胡牀上南樓看玉做人間素秋千頃

晁叔用

感皇恩　寒食

寒食不多時牡丹初賣小院重簾燕飛礙昨宵風雨尚有一分春在今朝猶自得陰晴快　熟睡起來宿醒微

帶不惜羅襟揾眉黛日長梳洗看著花陰移改笑拈雙杏子連枝戴

又春情

蝴蝶滿西園啼鶯無數水閣橋南路凝竚兩行烟柳吹落一池風絮秋千斜挂起人何處　把酒勸君閒愁莫許留取笙歌住休去幾多春色怎禁許多風雨海棠花謝也君知否

玉蝴蝶春思

目斷江南千里灞橋一望烟水微茫畫鎖重門人去暗

惜流光雨輕輕梨花院落風淡淡楊柳池塘恨偏長佩

沈湘浦雲散高唐　清狂重來一夢手搓梅子煮酒新

嘗寂寞經春小橋依舊燕飛忙玉鈎闌凭多漸暖金縷

枕别久猶香最難忘看花南陌待月西厢

傳言玉女　上元

一夜東風吹散柳梢殘雪御樓烟暖對鼇山彩結蕭鼓

向晚鳳輦初回宮闕千門燈火九街風月　繡閣人人

乍嬉遊困又歇艷妝初試把珠簾半揭嬌波溜人手撚玉梅低說相逢長是上元時節

如夢令 春情

牆外轆轤金井驚夢騰初省深院閉斜陽燕入陰陰簾影人靜人靜花落鳥啼風定

張子野

名先宋子京稱為雲破月來花弄影郎中者也

天仙子 春恨

水調數聲持酒聽午醉醒來愁未醒送春春去幾時回臨晚鏡傷流景往事悠悠空記省　沙上竝禽池上暝雲破月來花弄影重重翠幙密遮燈風不定人初靜明日落紅應滿徑

醉落魄　美人吹笛

雲輕柳弱内家髻子新梳掠生香真色人難學橫管孤吹月淡天垂幕　朱脣淺破櫻桃萼倚樓人在闌干角夜寒指冷羅衣薄聲入霜林蔌蔌飛梅落

浣溪沙　江景

樓倚江邊百尺高烟中還未見歸橈幾時期信似春潮　花片片飛風弄蝶柳陰陰下水平橋日長才過又今宵

青門引　春思

乍暖還輕冷風雨晚來方定庭軒寂寞近清明殘花中酒又是去年病　樓頭畫角風吹醒入夜重門靜那堪更被明月隔牆送過秋千影

滿江紅 初春

飄盡寒梅笑粉蝶遊蜂未覺漸迤邐水明山秀暖生簾幕過雨小桃紅未透舞烟新柳青猶弱記畫橋深處水邊亭曾偷約 多少恨今猶昨愁和悶都忘却拚從前爛醉被花迷著晴鴿試鈴風力軟雛鶯弄舌春寒薄但只愁錦繡鬭妝時東風惡

行香子 美人

舞雪歌雲閒淡妝勻藍溪水深染輕裙酒香熏臉粉色

生春更巧談話美情性好精神　空江無伴凌波何處
月橋邊青柳朱門斷鐘残角又送黃昏奈心中事眼中
泪意中人

清平樂　末二句最工

清歌逐酒醉臉鮮霞透櫻小杏青寒食後衣換縷金輕
繡　畫堂新月朱扉嚴城夜鼓歸遲細看玉人牀面春
工不在花枝

李元膺

洞仙歌 一年春物惟梅柳間意味最深至鶯花爛漫時則春已衰遲使人無復新意予作洞仙歌使探春者歌之無復後時之悔

雪雲散盡放曉晴庭院楊柳於人便青眼更風流多處一點梅心相映遠約略嚬輕笑淺 一年春好處不在濃芳小艷疎香最嬌軟到清明時候百紫千紅花正亂已失春風一半蚤占取韶光共追遊但莫管春寒醉紅自暖

又 雨

簾纖細雨殢東風如困縈斷千絲為誰恨向楚宮一夢多少悲涼無處問愁到而今未盡　分明都是淚泣柳沾花常與騷人伴孤悶記當年得意處酒力方酣怯輕寒玉爐香潤又豈識情懷苦難禁對點滴簷聲夜寒燈暈

茶瓶兒　悼亡

去年相逢深院宇海棠下曾歌金縷歌罷花如雨翠羅衫上點點紅無數　今歲重尋攜手處空物是人非春

暮回首青門路亂紅飛絮相逐東風去

鷓鴣天 春情

寂寞秋千兩繡旗日長花影轉堦遲燕驚午夢周遮語

蝶困春遊落拓飛　思往事入顰眉柳梢陰重又當時

薄情風絮難拘束飛過東牆不肯歸

王通叟

名觀有冠柳集序者稱具高於柳詞故曰冠

柳至於踏青一詞又不獨冠柳詞之上也踏青

詞即慶清朝慢今載于首

慶清朝慢 踏青

調雨為酥催氷做水東君分付春還何人便將輕暖點破殘寒結伴踏青去好平頭鞋子小雙鸞煙郊外望中秀色如有無間　晴則箇陰則箇餖飣得天氣有許多般須教鏤花撥柳爭要先看不道吳綾繡襪香泥斜沁幾行斑東風巧盡收翠綠吹在眉山風流楚楚詞林中之佳公子也世謂柳耆卿工為浮艷之詞方之此作蔑矣詞名冠柳豈偶然哉

清平樂 擬太白應制

黄金殿裏燭影雙龍戲勸得官家真箇醉進酒猶呼萬歲 美人舞徹梁州天恩與整搔頭一夜御前宣住六宫多少人愁

又 同前

宜春小苑處處花開滿學得紅妝紅要淺催上金車要看 君王曲宴瑶池小舟掠水如飛奪得錦標歸去匆匆不惜羅衣

雨中花令 呈元厚之

百尺清泉聲陸續映瀟洒碧梧翠竹面千步回廊重重簾幕小枕欹寒玉　試展鮫綃看畫軸見一派瀟湘凝綠待玉漏穿花銀河垂地月上闌干曲

木蘭花令 柳

銅駝陌上新正後第一風流除是柳勾牽春事不如梅斷送離人强似酒　東君有意偏撋就慣得腰肢真箇瘦阿誰道你不思量因甚眉頭長恁皺

生查子

關山魂夢長塞鴈音書少兩鬢可憐青一夜相思老
歸傍碧紗窻說與人人道真箇别離難不似相逢好

卜算子 送鮑浩然之湘東

水是眼波横山是眉峯聚欲問行人去那邊眉眼盈盈
處　才始送春歸又送君歸去若到江南趕上春千萬
和春住

菩薩鬘 歸思

單于吹落山頭月漫漫江上沙如雪誰唱縷金衣水寒
船舫稀　蘆花楓葉浦憶抱琵琶語身未發長沙夢魂
先到家

江城梅花引

年年江上看寒梅暗香來為誰開疑是月宫仙子下瑶
臺冷艷一枝春在手故人遠相思寄與誰　怨極恨極
嗅香蘂念此情家萬里暮霞散綺楚天碧片片輕飛為
我多情特地點征衣花易飄零人易老正心碎那堪塞管吹

田不伐

工於樂府

南柯子 春景

夢怕愁時斷春從醉裏回悽凉懷抱向誰開些子清明時候被鶯催　柳外都成絮闌邊半是苔多情簾燕獨徘徊依舊満身花雨又歸來

又 春思

團玉梅梢重香羅芰扇低簾風不動蝶交飛一樣緑陰

庭院鎖斜暉　對月懷歌扇因風念舞衣何須惆悵惜芳菲拚却一年憔悴待春歸

汪正夫

名輔之

行香子　記恨

晚綠寒紅芳意匆匆惜年華今與誰同碧雲零落數字賓鴻看渚蓮凋宫扇舊怨秋風　流波墜葉佳期何在想天教離恨無窮試將前事閒倚梧桐有銷魂處明月

夜錦屏空

趙承之

名鼎臣宣和中自開封少尹除少蓬以右文撰除知鄧州召為太府卿卒贈待制

念奴嬌送王長卿赴河間司録

舊遊何處記金湯形勝蓬瀛佳麗緑水芙蓉元帥與賓僚風流濟濟萬柳亭邊雅歌堂上醉倒春風裏十年一夢覺來烟水千里　惆悵送子重遊南樓依舊否朱闌

誰倚要識當時惟是有明月曾陪珠履量減盃中雪添
頭上甚矣吾衰矣酒徒相問為言憔悴如此

章質夫

名楶

水龍吟 柳花

燕忙鶯懶花殘正堤上柳花飄墜輕飛點畫青林誰道
全無才思閒趁游絲靜臨深院日長門閉傍珠簾散漫
垂垂欲下依前被風扶起　蘭帳玉人睡覺怪春衣雪

霑瓊綴繡妝漸滿香毬無數才圓却碎時見蜂兒仰粘

輕粉魚吞池水望章臺路杳金鞍遊蕩有盈盈泪傍珠簾散

漫數語形容盡矣

劉仲方

六州歌頭 項羽廟

秦亡草昧劉項起呑并驅龍虎鞭寰宇斬長鯨掃欃槍

血染彭門戰視餘耳皆鷹犬平禍亂歸炎漢勢奔傾兵

散月明風急旌旗亂刁斗三更命虞姬相對泣聽楚歌

聲玉帳魂驚　泪盈盈恨花無主凝愁緒揮雪刃掩泉扃時不利騅不逝困陰陵叱追兵喑嗚推天地望歸路忍偷生功蓋世成閒紀建遺靈江靜水寒烟冷波紋細古木凋零遺行人到此追念痛傷情勝負難憑

水調歌頭

落日塞垣路風勁戞貂裘翩翩數騎閑獵深入黑山頭極目平沙千里惟見琱弓白羽鐵面駭騂騮隱隱望青冢特地起閒愁　漢天子方鼎盛四百州玉顏皓齒深

鎖三十六宮秋堂有經綸賢相邊有縱橫謀將不作翠蛾羞戎行和樂也聖主永無憂

聶冠卿

多麗

想人生美景良辰堪惜向其間賞心樂事古來難是并得況東城鳳臺沁苑泛晴波淺照金碧露洗華桐烟霏絲柳綠陰搖曳蕩春一色畫堂迴玉簪瓊佩高會盡詞客（一本於此分段）清歡久重然絳蠟別就瑤席 有翩若輕鴻

體態暮為行雨標格逞朱唇緩歌妖麗似聽流鶯亂花隔慢無縈回嬌鬟低嚲腰肢纖細困無力忍分散彩雲歸後何處更尋覓休辭醉明月好花莫漫輕擲冠卿之詞不多見如此篇亦可謂才情富麗矣其露洗華桐四句又所謂玉中之拱璧珠中之夜光每一觀之撫玩無斁

柳耆卿

名永長於纖艷之詞然多近俚俗故市井之人悅之今取其尤佳者

醉蓬萊　慶老人星現

漸亭臯葉下隴首雲飛素秋新霽華闕中天鎖葱葱佳氣嫩菊黃深拒霜紅淺近寶階香砌玉宇無塵金莖有露碧天如水　正值昇平萬幾多暇夜色澄鮮漏聲迢遞南極星中有老人呈瑞此際宸遊鳳輦何處度管絃聲脆太液波翻披香簾捲月明風細永為屯田員外郎會太史奏老人星見時秋霽宴禁中仁宗命左右詞臣為樂章內侍屬柳應制柳方冀進用作此詞奏呈上見首有漸字色若不懌讀至宸遊鳳輦何處乃與御製真宗挽詞暗合上慘然又讀至太液波翻曰何不言波澄投之于地自此不復擢用

滿江紅

暮雨初收長江靜征帆夜落臨島嶼蓼烟踈淡葦風蕭索幾許漁人橫短艇盡將燈火歸村郭遺行客到此念回程傷漂泊　桐江好煙漠漠波似染山如削遶嚴陵灘畔鷺飛魚躍游宦區區成底事平生況有林泉約歸去來一曲仲宣樓從軍樂換頭數語最工

木蘭花慢　清明

拆桐花爛漫乍踈雨洗清明正艷杏燒林緗桃繡野芳

景如屏傾城盡尋勝賞驟雕鞍紺幰出郊坰風暖繁絃
脆管萬家競奏新聲　盈盈鬭草踏青人艷冶遞逢迎
向路傍往往遺簪墮珥珠翠縱橫歡情對佳麗地任金
罍罄竭玉山傾拚却明朝永日畫堂一枕春酲

玉蝴蝶　春遊

漸覺東郊明媚夜來膏雨一洒塵埃滿目淺桃深杏露
染烟裁銀塘靜魚鱗簟展煙岫翠龜甲屏開殷晴雷雲
中鼓吹遊徧蓬萊　徘徊隼旟前後三千珠履十二金

敘雅俗熙熙下車成宴盡春臺好雍容東山妓女堪笑
傲北海樽罍且追陪鳳池歸去那更重來

又 秋思

望處雨收雲斷凭欄悄悄目送秋光晚景蕭疎堪動宋
玉悲凉水風輕蘋花漸老月露冷梧葉飄黃遣情傷故
人何在煙水茫茫 難忘文期酒會幾孤風月屢變星
霜海濶山遥未知何處是瀟湘念雙燕難憑遠信指暮
天空識歸航黯相望斷鴻聲裏立盡斜陽

雨霖鈴 秋別

寒蟬凄切對長亭晚驟雨初歇都門帳飲無緒方留戀處蘭舟催發執手相看泪眼竟無語凝噎念去去千里烟波暮靄沈沈楚天闊　多情自古傷離別更那堪冷落清秋節今宵酒醒何處楊柳岸曉風殘月此去經年應是良辰好景虛設便縱有千種風流待與何人說

二郎神 七夕

炎光謝過暮雨芳塵輕洒乍露冷風清庭戶爽天如水

玉鈎遥掛應是星娥嗟久阻叙舊約飊輪欲駕極目處微雲暗度耿耿銀河高瀉　閒雅須知此景古今無價運巧思穿針樓上女擡粉面雲鬟相亞鈿合金釵私語處算誰在回廊影下願天上人間占得歡娱年年今夜

柳腰輕　贈妓

英英妙舞腰肢軟章臺柳昭陽燕錦衣冠蓋綺堂筵宴是處千金爭選顧香砌絲管初調倚輕風珮環微顫作入霓裳促遍逞盈盈漸催檀板慢垂霞袖急趨蓮步

進退奇容千變算何止傾國傾城暫回眸萬人腸斷

晝夜樂 贈妓

秀香家住桃花徑算神仙才堪竝層波細翦明眸膩玉圓搓素頸愛把歌喉當筵逞遏天邊亂雲愁凝言語似嬌鶯一聲聲堪聽 洞房飲散簾幃靜擁香衾歡心稱金爐麝裊青煙鳳帳燭搖紅影無限狂心乘酒興這歡娛漸入佳境猶自怨鄰雞道秋宵不永 此詞麗以淫不當入選以東坡嘗引用其語故錄之

甘草子

秋暮亂洒衰荷顆顆真珠雨雨過月華生冷徹鴛鴦浦

池上凭闌無語奈此箇單棲情緒却傍金籠教鸚鵡

念粉郎言語

少年遊

長安古道馬遲遲高柳亂蟬嘶夕陽島外秋風江上目

斷四天垂　歸雲一去無蹤跡何處是前期狎興生疎

酒徒蕭索不似少年時

鄭毅夫

名獬仁宗朝舉進士第一

好事近初春

江上探春回正值早梅時節兩行小槽雙鳳按涼州初徹　謝娘扶下繡鞍來紅靴踏殘雪歸去不須銀燭有山頭明月

花菴詞選卷五

欽定四庫全書

花菴詞選卷六

宋　黄昇　編

宋詞

趙德麟

名令畤東坡之友襲封安定郡王

清平樂　春情

春風依舊著意隋堤柳搓得鵝兒黄欲就天氣清明厮

勾 去年紫陌青門今宵雨魄雲魂斷送一生憔悴能
消幾箇黃昏

蝶戀花 清明

欲減羅衣寒未去不捲珠簾人在深深處紅杏枝頭花
幾許啼痕止恨清明雨 盡日水沈香一縷宿酒醒遲
惱破春情緒飛燕又將歸信誤小屏風上西江路

又 春恨

卷絮風頭寒欲盡墜粉飄香日日紅成陣新酒又添持

酒困今春不减前春恨　蝶去鶯來無處問隔水盈盈望斷雙魚信惱亂横波秋一寸斜陽只與黄昏近

天仙子　春情

宿雨洗空臺榭瑩下盡珠簾寒未定花開花落幾番晴春欲竟愁未醒池面杏花紅透影　一紙短書言不盡明月清風還記省玉樓香斷又添香閒展興臨好景心似亂萍何處整

浣溪沙

風急花飛晝掩門一簾疏雨滴黃昏便無離恨也銷魂

翠被任熏終不暖玉杯慵舉幾番溫這般情事與誰論

思越人

素玉朝來有好懷一枝梅粉照人開晴雲欲向杯中起

春色先從臉上來　深院落小樓臺玉盤香篆看徘徊

須知月色撩人恨數夜春寒不下堦

又　情景

可是相逢意便深爲郎巧笑不須金門前一尺春風髻

窗内三更夜雨衾　情渺渺信沉沉青鸞無路寄芳音

山城鐘鼓愁難聽不解襄王夢裏尋

烏夜啼　春思

樓上縈簾弱絮牆頭礙月低花年年春事關心事腸斷

欲棲鴉　舞鏡鸞衾翠减啼珠鳳蠟紅斜重門不鎖相

思夢隨意遶天涯

虞美人　春恨

畫船穩泛春江渺夕雨寒聲小紫烟深處數峯橫鷺起一灘鷗鷺照人明 玉樓今夜歸期誤恨入闌干暮可堪春事滿春懷不似珠簾新燕早歸來

蔡子正

名挺神宗朝樞密謚敏肅

喜遷鶯 元豐間公自西掖出鎮平陽府經數歲意欲歸作此詞詞播中都遂徹聖聽上因語呂丞相曰蔡挺欲歸遂以西掖召還

霜天秋曉正紫塞故壘黃雲衰草漢馬嘶風邊鴻叫月

隴上鐵衣寒早劍歌騎曲悲壯盡道君恩須報塞垣樂盡櫜鞬錦領山西年少 談笑刁斗靜烽火一把時報平安耗聖主憂邊威懷遐遠驕敵尚寬天討歲華向晚愁思誰念玉關人老太平也且歡娛莫惜金尊頻倒

阮閱休

名閱有詩話總龜行于世曾守袁州

眼兒媚 離情

樓上黃昏杏花寒斜月小闌干一雙燕子兩行征鴈畫

角聲殘　綺窻人在東風裏灑泪對春閒也應似舊盈盈秋水淡淡春山閟休小詞惟有此篇見于世英妙傑特所謂百不為多一不為少

毛澤民

名雱有東堂集十卷

惜分飛元祐中東坡守錢塘澤民為法曹掾秩滿辭去是夕宴客有妓歌此詞坡問誰所作妓以毛法曹對坡語坐客曰郡寮有詞人不及知某之罪也翌日折簡追還留連數月澤民因此得名

泪濕闌干花著露愁到眉峯碧聚此恨平分取更無言

語空相覷　斷雨殘雲無意緒寂寞朝朝暮暮今夜山深處斷魂分付潮回去

玉樓春　立春

小園半夜東風轉吹皺氷池雲母面曉披閶闔見朝陽知向碧堦添幾線　小烟弄柳晴先暖殘雪禁梅香尚淺殷勤洗拂舊東君多少韶華都借看

相見懽　秋思

十年湖海扁舟幾多愁白髮青燈今夜不宜秋　中庭

樹空堦雨思悠悠寂寞一生心事五更頭

西江月 春夕

烟雨半藏楊柳風光初著桃花玉人細細酌流霞醉裏將春留下　柳外鴛鴦作伴花邊胡蝶為家醉翁醉裏也隨他月在柳橋花榭

青玉案 秋思

芙蕖花上濛濛雨又冷落池塘暮何處風來搖碧樹捲簾凝望淡烟衰柳翡翠穿花去　玉京人去無由駐恐

獨在凭闌處試問緑窻秋到否可人今夜新凉一枕無
計相分付

謝無逸

名逸臨川進士自號溪堂

蝶戀花 春景

荳蔻梢頭春色淺新試紗衣拂袖東風軟紅日三竿簾
幕卷畫樓影裏雙飛燕 攏鬢步揺青玉碾缺樣花枝
葉葉蜂兒顫獨倚闌干凝望遠一川烟草平如翦

踏莎行 春思

柳絮風輕梨花雨細春陰院落簾垂地碧溪影裏小橋橫青帘市上孤烟起　鏡約關情琴心破睡輕寒漠漠侵鴛被酒醒霞散臉邊紅夢回山蹙眉峯翠

南歌子 春夜

雨洗溪光淨風掀柳帶斜畫樓朱户玉人家簾外一眉新月浸梨花　金鴨香凝袖銅荷燭映紗鳳盤宮錦小屏遮夜靜寒生春筝理琵琶

減字木蘭花 七夕

荷花風細乞巧樓中凉似水天幕低垂新月彎環淺暈眉　橋横烏鵲不負年年雲外約殘角疎鐘腸斷朝霞一縷紅

漁家傲 漁父

秋水無痕清見底蓼花汀上西風起一葉小舟烟霧裏蘭棹艤柳條帶雨穿雙鯉　自歎直鉤無處使笛聲吹散雲山翠鱠落霜刀紅縷細新酒美醉來獨枕蓑衣睡

驀山溪 月夜

霜清水落深院簾櫳靜池面捲輕波瑩香水一奩明鏡脩篁拂檻疎翠挽嬋娟山霧斂水雲收野闊江天迥紅消醉玉酒面風前醒羅幕護輕寒錦屏空金爐燼冷星橫參昴梅徑月黃昏清夢覺淺眉顰窻外橫斜影

玉樓春 寒食

弄晴數點梨梢雨門外畫橋寒食路杜鵑飛破草間烟蛺蝶惹殘花底霧　東君著意憐樊素一段韶華都付

與粧成不管露桃嗔舞罷從教風柳妬

南鄉子 美人

淺色染春衣衣上雙雙小鴈飛袖捲藕絲寒玉瘦彈棊
贏得尊前酒一巵 氷雪拂胭脂絳蠟香融落日西唱
徹陽關人欲去依依醉眼橫波翠黛低

江神子 別情

一江秋水碧灣灣繞青山玉連環簾幕低垂人在畫圖
間閒抱琵琶尋舊曲彈未了意闌珊 飛鴻數點拂雲

端倚闌看楚天寒擬倩春風吹夢到長安恰似梨花春帶雨愁滿眼淚闌干

又春思

杏花村館酒旗風水溶溶颺殘紅野渡舟横楊柳緑陰濃望斷江南山色遠人不見草連空　夕陽樓外晚烟籠粉香融淡眉峯記得年時相見畫屏中只有關山今夜月千里外素光同

千秋歳夏景

楝花飄砌蔌蔌清香細梅雨過蘋風起情隨湘水遠夢遶吳峯翠琴書倦鷓鴣喚起南窻睡　密意無人寄幽恨憑誰洗脩竹畔疎簾裏歌餘塵拂扇舞罷風掀袂人散後一鈎淡月天如水

如夢令

花落鶯啼春暮陌上緑楊飛絮金鴨晚香寒人在洞房深處無語無語葉上數聲疎雨

清平樂　春情

花邊柳際已漸知春意歸信不知何日是舊恨欲拚無

計故人零落西東題詩待倩歸鴻不似多情芳草年

年處處相逢

謝幼槃

名邁自號竹友無逸之弟

醉蓬萊 中秋懷無逸兄

望晴峯染黛暮靄澄空碧天無漢圓鏡高飛又一年秋

半皓色誰同歸心暗折聽唳雲孤鴈悶月停盃錦袍何

處一尊無伴　好在南鄰詩盟酒社刻燭爭成引觴愁緩今夕樓中繼阿連清玩飲劇狂歌歌終起舞醉冷光零亂樂事難窮疎星易曉又成浩歎

江神子　美人

破瓜年紀柳腰身懶精神帶羞嗔手把江梅冰雪鬬清新不向鴉兒飛處著留乞與眼中人　水精船裏酒鱗鱗皺香茵駐行雲舞罷歌餘花困不勝春問著些兒心底事才醫笑又眉顰

減字木蘭花 贈棊妓宋瑤

風篁度曲倦倚銀屏初睡足清簟疎簾金鴨香消懶更添 纖纖露玉風雹縱横飛鈿局顰斂雙蛾凝竚無言密意多

陳瑩中

名瓘延平人號了翁

青玉案 雪

碧空黯淡同雲繞漸枕上風聲峭明透紗窻天欲曉珠

簾才捲美人驚報一夜青山老　使君命客金尊倒正

千里瓊瑤未經掃欹壓江梅春信早十分農事滿城和

氣管取來年好

滿庭芳　離情

淮葉繽紛江烟濃淡別樽同倒寒暉未逢春信霜露惹

征衣往事元無是處何須待回首知非春鵑語從來勸

我常道不如歸　家山何處近江樓簾棟夕捲朝飛問

西江蔔蕨何似鱸肥且置華胥舊夢忘言處千古同時

君知我平生心事相契古來稀

臨江仙 贈别

聞道洛陽花正好家家庭户春風道人飲散百壺空年年花下醉閑謝幾番紅 此别又從何處去風萍一任西東語聲雖異笑聲同一輪深夜月何處不相逢

徐師川

名俯號東湖山谷之甥

卜算子 春愁

天生百種愁掛在斜陽樹緑葉陰陰占得春草滿鶯啼處不見凌波步空憶如簧語柳外重重疊疊山遮不斷愁來路

鷓鴣天 漁父

七澤三湘碧草連洞庭秋到水如天朝廷若覓玄真子不在雲邊即酒邊 明月棹夕陽船鱸魚恰似鏡中懸絲綸釣餌都收盡八字山前聽雨眠

王履道

名安中受知於蔡元長有文章盛名號初寮先生

蝶戀花 迎春花

雪霽花梢春欲到殘臘迎春一夜花開早青帝回輿雲縹緲鮮鮮金雀來飛繞　繡閣紗窻人窈窕翠縷紅絲鬬翦幡兒小戴在花枝爭笑道願人長共春難老

洞仙歌 情景

深庭夜寂但涼蟾如畫鵲起高槐露華透聽西樓玉管

吹徹伊州金釧響軋軋朱扉暗扣　迎人巧笑道好箇今宵怎不相尋暫攜手見淡淨晚粧殘對月偏宜多情更越饒纖瘦早促分飛霎時休便恰似陽臺夢雲歸後

一落索　送楊伯紹帥慶陽

塞柳未傳春信霜花侵鬢送君西去指秦關看日近長安近　玉帳同時英俊合離無定路逢新鴈北飛來寄一字燕山問

清平樂　春宴

花時微雨未減春分數占取簾疎花密處把酒聽歌金縷　斜風輕度濃香閒情正與春長向晚紅燈入座嘗新青杏催觴

玉樓春　春情

飛鴻只解留箏柱終寄青樓書不去手因春夢有携時眼到花梢無著處　泥金小字回文句翠袖紅裙知在否欲尋楚館舊時雲看取高唐臺畔路

小沖山　夜宴

椽燭垂珠清漏長酒黏衫袖濕有餘香紅牙雙捧旋排行將歌處相向更匀粧　明月映東牆海棠花逕密迸流光遲留春筍緩催觴菊堂靜人已倸虚廊

蝶戀花

千古銅臺今莫問流水浮雲歌舞西陵近烟柳有情看不盡東風約定年年信　天與麟符行樂分緩帶輕裘雅宴催雲鬢翠霧縈紆銷篆印箏聲恰度秋鴻陣

李世英

名冠山東人

蝶戀花 春暮

遥夜亭皐閒信步才過清明漸覺傷春暮數點雨聲風約住朦朧淡月雲來去 桃杏依稀香暗度誰在秋千笑裏輕輕語一寸相思千萬緒人間没箇安排處

六州歌頭 驪山

凄凉繡嶺宫殿倚山阿明皇帝曾游地鎖烟蘿鬱嵯峨憶昔真妃子艷傾國方妹麗朝復暮嬪嬙妬寵偏頗三

尺玉泉新浴蓮羞吐紅浸秋波聽花奴敲羯鼓酣奏鳴鼉體不勝羅舞婆娑　正霓裳曳驚烽燧千萬騎擁琱戈情宛轉魂空亂蹙雙蛾奈兵何痛惜三春暮委妖麗馬嵬坡平寇亂回宸輦忍重過香瘞紫囊猶有鴻都客鈿合應訛使行人到此千古只傷歌事往愁多

葉道卿

名清臣

賀聖朝　留別

滿斟綠醑留君住莫匆匆歸去三分春色二分愁更一分風雨　花開花謝都來幾許且高歌休訴不知來歲牡丹時再相逢何處

沈公述

念奴嬌　春恨

杏花過雨漸殘紅零落胭脂顏色流水飄香人漸遠難託春心脉脉恨別王孫牆陰目斷手把青梅摘金鞍何處綠楊依舊南陌　消散雲雨須臾多情因甚有輕離別燕子不來春又晚只

亂山凝碧幾時重見見了方端的而今無奈寸腸千恨堆積

望海潮 上太原知府王君貺尚書

山光凝翠川容如畫名都自古并州簫鼓沸天弓刀似水連營十萬貔貅金騎走長楸少年人一一錦帶吳鈎路入榆關鴈飛汾水正宜秋 追思昔日風流有儒將醉吟才子狂遊松偃舊亭城高故國空餘舞榭歌樓方面倚賢侯便恐爲霖雨歸去難留好向西溪恣携絃管燕蘭舟 公述此詞典雅有味而今世但傳其杏花過雨之曲真所謂吾未見好德如好色者也

楊時可

名适，棣州人，年十八登第，未肯出仕，從陳后山學詩，晚為尚書比部外郎。

南柯子　送淮漕向伯恭

怨草迷南浦，愁花傍短亭。有情歌酒莫催行。看取無情花草也關情。　舊日臨歧曲，而今忍淚聽。淮山何在暮雲凝。待倩春風吹夢過江城。

蔣元龍

名子雲

好事近 春晚

簾暗亂鴉啼風定亂紅猶落胡蝶不隨春去入薰風池閣休歌金縷勸金卮酒病煞如昨簾捲日長人靜任楊花飄泊

阮郎歸 春雨

小池芳草綠初勻柳寒眉尚顰東風吹雨細於塵一庭花臉皺 鶯共蝶怨還嗔眼前無好春這般天氣殺愁

人人愁旋旋新

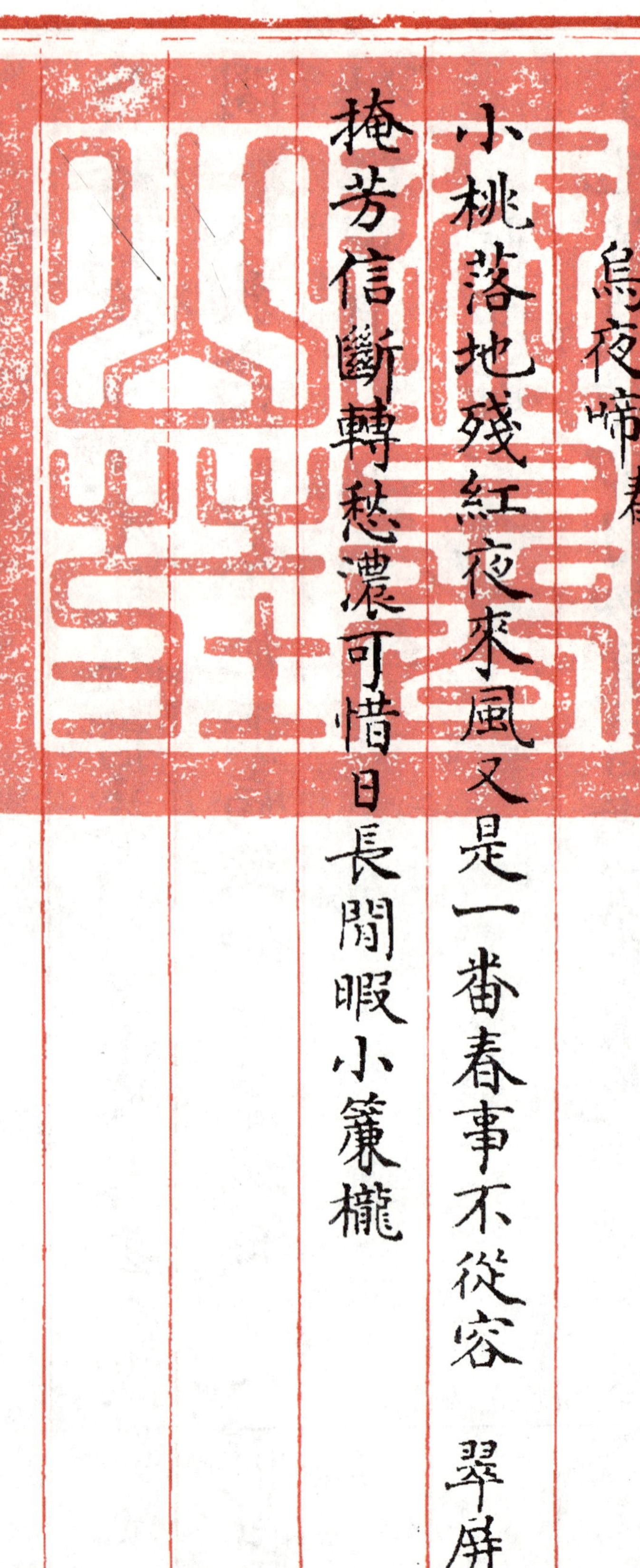

烏夜啼　春

小桃落地殘紅夜來風又是一番春事不從容　翠屏

掩芳信斷轉愁濃可惜日長閒暇小簾櫳

花菴詞選卷六

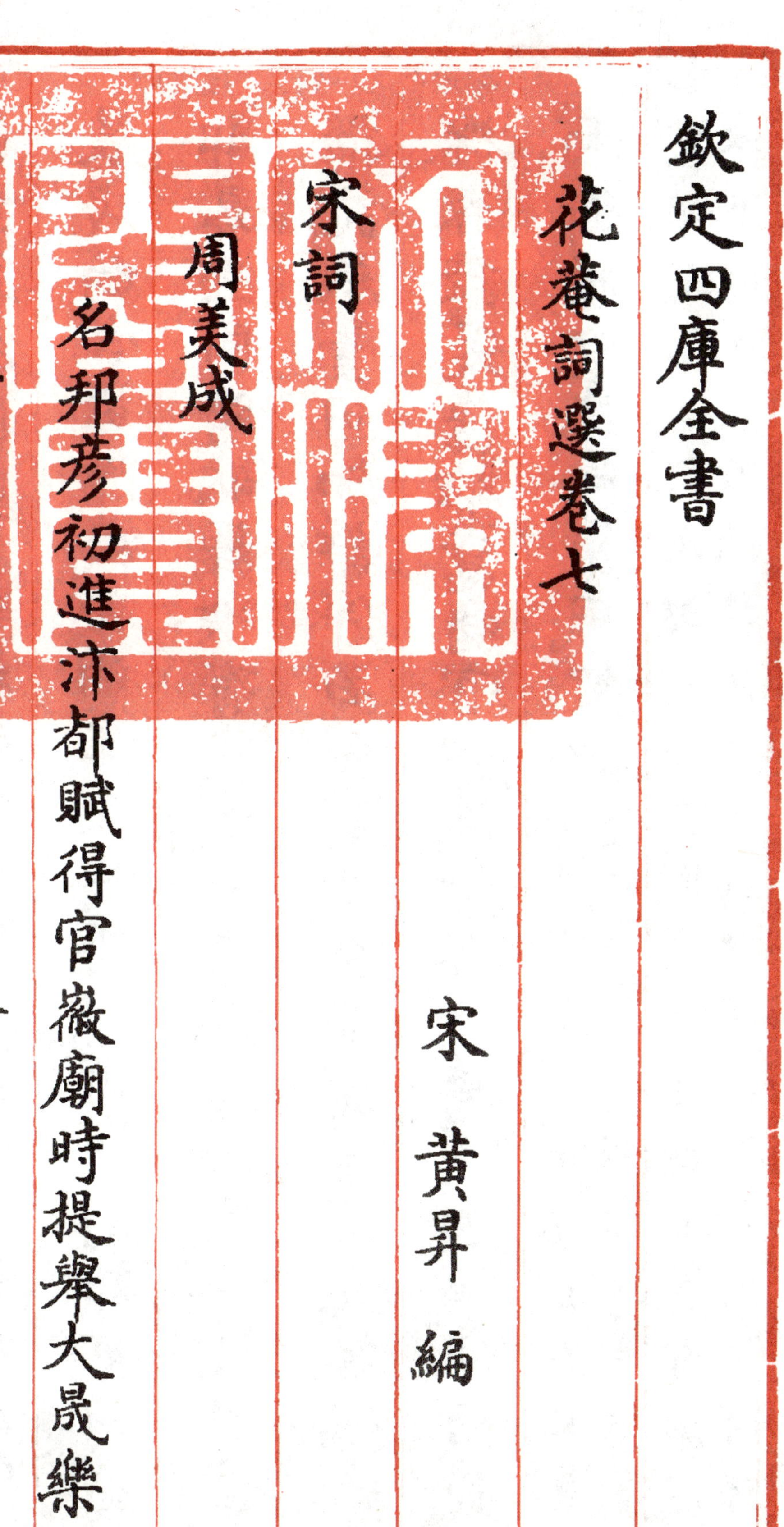

欽定四庫全書

花菴詞選卷七

宋 黄昇 編

宋詞

周美成

名邦彦初進汴都賦得官徽廟時提舉大晟樂府官至待制詞名清眞詩餘

瑞龍吟 春詞

章臺路還見褪粉梅梢試花桃樹愔愔坊陌人家定巢燕子歸來舊處 黯凝竚因記箇人癡小乍窺門户侵晨淺約宫黄障風映袖盈盈笑語 前度劉郎重到訪鄰尋里同時歌舞惟有舊家秋娘聲價如故吟牋賦筆猶記燕臺句知誰伴名園露飲東城閒步事與孤鴻去探春盡是傷離意緒官柳低金縷歸騎晚纖纖池塘飛雨斷腸院落一簾風絮今按此詞自章臺路至歸來舊處是第一段自黯凝竚至盈盈笑語是第二段此謂之雙拽頭屬正平調自前度劉郎以下即犯大石係第三段至歸騎晚以下四句再歸正

平今諸本皆於吟牋賦筆處分段者非也

蘭陵王 柳

柳陰直烟裏絲絲弄碧隋堤上曾見幾番拂水飄綿送行色登臨望故國誰識京華倦客長亭路年去歲來應折柔條過千尺　閒尋舊蹤跡又酒趁哀絃燈照離席棃花榆火催寒食愁一箭風快半篙波暖回頭迢遞便數驛望人在天北　悽惻恨堆積漸別浦縈迴津堠岑寂斜陽冉冉春無極記月榭攜手露橋聞笛沈思前事

似夢裏淚暗滴

隔浦蓮近 夏景

新篁搖動翠葆曲徑通深窈夏果收新脆金丸落驚飛鳥濃靄迷岸草蛙聲鬧驟雨鳴池沼水亭小　浮萍破處簾花簷影顛倒綸巾羽扇困卧北窻清曉屏裏吳山夢自到驚覺依然身在江表

西河 金陵懷古

佳麗地南朝盛事誰記山圍故國遶清江髻鬟對起怒

濤寂寞打空城風檣遥度天際　斷崖樹猶倒倚莫愁艇子曾繫空餘舊迹鬱蒼蒼霧沈半壘夜深月過女牆來傷心東望淮水　酒旗戲鼓甚處市想依俙王謝鄰里燕子不知何世向尋常巷陌人家相對如説興亡斜陽裏

解連環 怨別

怨懷難託嗟情人斷絕信音遼邈縱妙手能解連環似風散雨收霧輕雲薄燕子樓空暗塵鎖一牀絃索想移

根換葉盡是舊時手種紅藥　汀洲漸生杜若料舟移岸曲人在天角謾記得當日音書把閒語閒言待總燒却水驛春回望寄我江南梅萼拚今生對花對酒為伊泪落

風流子　初夏

新緑小池塘風簾動碎影舞斜陽羨金屋去來舊時巢燕土花繚繞前度莓牆繡閣鳳幃深幾許聽得理絲簧欲說又休慮乖芳信未歌先咽愁近清觴　遙知新妝

了開朱户應自待月西廂最苦夢魂今宵不到伊行問甚時說與佳音密耗寄將秦鏡偷換韓香天便教人霎時廝見何妨

又 秋詞

楓林凋晚葉關河迴楚客慘將歸望一川暝靄鴈聲哀怨半規凉月人影參差酒醒後淚花銷鳳蠟風幙卷金泥砧杵韻高喚回殘夢綺羅香減牽起餘悲　亭皋分襟地難拚處偏是掩面牽衣何况怨懷長結重見無期

想寄恨書中銀鉤空滿斷腸聲裏玉筯偷垂多少暗愁
密意惟有天知

花犯 梅花

粉牆低梅花照眼依然舊風味露痕輕綴疑淨洗鉛華
無限清麗去年勝賞曾孤倚冰盤同宴喜更可惜雲中
高樹香篝熏素被 今年對花太匆匆相逢似有恨依
依愁悴凝望久青苔上旋看飛墜相將見脆圓薦酒人
正在空江烟浪裏但夢想一枝瀟洒黄昏斜照水此只詠梅

花而紆餘反覆道盡三年間事昔人謂好詩圓美流轉如彈丸余於此詞亦云

意難忘　美人

衣染鶯黃愛停歌駐拍勸酒持觴低鬟蟬影動私語口脂香荷露滴竹風涼拚劇飲淋浪夜漸深籠燈就月細與端相　知音見說無雙解移宮換羽未怕周郎長顰知有恨貪耍不成粧些箇事惱人腸待說與何妨又恐伊尋消問息瘦減容光

側犯　荷花

暮霞霽雨小蓮出水紅粧靚風定看步襪江妃照明鏡飛螢度暗草秉燭遊花徑人靜攜豔質追涼就槐影金環皓腕雪藕清泉瑩誰念省滿身香猶是舊荀令見説吴姬酒壚寂靜烟鎖漠漠藻池苔井

蝶戀花 早行

月皎驚烏棲不定更漏將闌轆轤牽金井喚起兩眸清炯炯淚花落枕紅綿冷　執手霜風吹鬢影去意徊徨別語愁難聽樓上闌干横斗柄露寒人遠雞相應

齊天樂 秋詞

綠蕪凋盡臺城路殊鄉又逢秋晚暮雨生寒鳴蛩勸織深閣時聞裁翦雲窗靜掩嘆重拂羅裀頊疎花簟尚有練。囊露螢清夜照書卷 荆江留滯最久故人相望處離思何限渭水西風長安亂葉空憶詩情宛轉凴高眺遠正玉液新篘蟹螯初薦醉倒山翁但愁斜照斂

滿庭芳 夏景

風老鶯雛雨肥梅子午陰嘉樹清圓地卑山近衣潤費

爐烟人静烏鳶自樂小橋外新緑濺濺凭闌久黄蘆苦竹疑泛九江船　年年如社燕漂流瀚海來寄脩椽且莫思身外長近尊前憔悴江南倦客不堪聽急筦危絃歌筵畔先安簟枕容我醉時眼

渡江雲　春詞

晴嵐低楚甸暖回鴈翼陣勢起平沙驟驚春在眼借問何時委曲到山家塗香暈色盛粉飾爭作妍華千萬絲陌頭楊柳漸漸可藏鴉　堪嗟清江東注畫舸西流指

長安日下愁宴闌風翻旗尾潮濺烏紗今宵正對初弦月傍水驛深艤蒹葭沈恨處時時自剔燈花

過秦樓 夜景

水浴清蟾葉喧涼吹巷陌馬聲初斷閒依露井笑撲流螢惹破畫羅輕扇人靜夜久凭闌愁不歸眠立殘更箭嘆年華一瞬人今千里夢沈書遠 空見說鬢怯瓊梳容消金鏡漸懶趁時勻染梅風地溽虹雨苔滋一架舞紅都變誰信無憀為伊才減江淹情傷荀倩但明河影

下遙看稀星數點

解蹀躞　秋詞

候館丹楓吹盡面旋隨風舞夜寒霜月飛來伴孤旅還是獨擁秋衾夢餘酒困都醒滿懷離苦　甚情緒深念凌波微步幽房暗相遇泪珠都作秋宵枕前雨此恨音驛難通待憑征鴈歸時寄將愁去

一寸金　新定作

州夾蒼崖下枕江山是城郭望海霞接日紅翻水面晴

風吹草青搖山脚波暖鳧鷺作沙痕退夜潮正落踈林外一點炊烟渡口參差正寥廓　自歎勞生經年何事京華信漂泊念渚蒲汀柳空歸閒夢風輪雨楫終辜前約情景牽心眼流連處利名易薄回頭謝冶葉倡條便入漁釣樂

晁次膺

宣和間充大晟府協律郎與万俟雅言齊名按月律進詞

黃河清慢 應制作

晴景初升風細細雲收天淡如洗望外鳳皇城闕蔥蔥佳氣朝罷香烟滿袖侍臣報天顔有喜夜來連得封章奏大河徹底清泚 君王壽與天齊馨香動上穹頻降祥瑞大晟奏功六樂初調宮徵合殿薫風乍轉萬花覆千官盡醉內家傳詔重開宴未央宮裏

水龍吟 早春

倦遊京洛風塵夜來病酒無人問九衢雪小千門月淡

元宵燈近香散梅梢凍消池面一番春信記南樓醉裏西城宴闋都不管人春困　屈指流年未幾早驚人潘郎雙鬢當時體態而今情緒多應瘦損馬上牆頭縱教瞥見也難相認凭闌干但有盈盈淚眼把羅襟揾

又　梅花

夜來深雪前村路應是早梅初綻故人念我江頭春信南枝向暖疎影横斜暗香浮動月明清淺向亭邊驛畔行人立馬頻回首空腸斷　別有玉溪仙館壽陽人宮

粧粉面天教占了百花頭上和羮未晚最是傷情處高樓上一聲羌管仗何人向道爭如留取倚闌干看

鷓鴣天　升平詞

霜壓天街不動塵千官環珮賀成禋三竿閶闔樓邊日五色蓬萊頂上雲　隨步輦卷香絪六宮紅粉倍添春樂章近與中聲合一片仙韶特地新

清平樂　夏詞

深沈院宇桃簟清無暑睡起花陰初轉午一霎飛雲過

雨　雨餘隱隱殘雷夕陽却照庭槐莫把珠簾垂下妨他雙燕歸來

鷓山溪　春情

風流心膽直把春償酒選得一枝花綺羅中算來未有名園翠苑風月最佳時夜迢迢車欵欵是處曾攜手重來一夢池館皆依舊幽恨寫新詩托何人章臺問柳漁舟歸後雲鎖武陵溪水潺潺花片片纔棹空回首

行香子　别恨

别恨綿綿屈指三年再相逢情分依然君初霜鬢我已華顛況其間有多少恨不堪言　小庭幽檻菊蘂斕斑近清宵月已嬋娟莫思身外且鬬尊前願花長好人長健月長圓

万俟雅言

精於音律自號詞隱崇寧中充大晟府製撰依月用律製詞故多應制所作有大聲集五卷周美成為序山谷亦稱之為一代詞人

三臺　清明應制

見梨花初帶夜月海棠半含朝雨内苑春不禁過青門御溝漲潛通南浦東風静細柳垂金縷望鳳闕非煙非霧好時代朝野多懽徧九陌太平簫鼓乍鶯兒百囀斷續燕子飛來飛去近緑水臺榭映秋千鬬草聚雙雙遊女

餳香更酒冷踏青路會暗識夭桃朱户向晚驟寶馬雕鞍醉襟惹亂花飛絮正輕寒輕暖漏永半陰半晴雲暮禁火天已是試新粧歲華到三分佳處清明看漢

宮傳蠟炬散翠煙飛入槐府歛兵衛閶闔門開住傳宣又還休務

戀芳春慢 寒食前進

蜂蘂分香燕泥破潤暫寒天氣清新帝里繁華昨夜細雨初勻萬品花藏四苑望一帶柳接重津寒食近蹴踘秋千又是無限遊人　紅粧趂戲綺羅夾道青帘賣酒臺榭侵雲處處笙歌不負治世良辰共見西城路好翠華定將出嚴宸誰知道仁主祈祥爲民非事行春

安平樂慢 都門池苑應制

瑞日初遲緒風乍暖千花百草爭香瑤池路穩閬苑春深雲樹水殿相望柳曲沙平看塵隨青蓋絮惹紅妝賣酒綠陰傍無人不醉春光　有十里笙歌萬家羅綺身世疑在仙鄉行樂知無禁五侯半隱少年場舞妙歌妍空妬得鶯嬌燕忙念芳菲都來幾日不堪風雨疎狂

卓牌兒 春晚

東風綠楊天如畫出清明院宇玉艷淡泊梨花帶月胭

脂零落海棠經雨單衣怯黃昏人正在珠簾笑語相竝
戲蹴秋千共攜同倚闌干暗香時度　翠窗繡户路繚
繞潛通幽處斷魂凝佇嗟不似飛絮閒悶閒愁難消遣
此日年年意緒無據奈酒醒春去

昭君怨

春到南樓雪盡驚動燈期花信小雨一番寒倚闌干
莫把闌干倚一望幾重烟水何處是京華暮雲遮

又

一望西山烟雨目斷心飛何處天外白雲城幾多程

謾記陽關句衣上粉啼痕汚隴水一分流此生休

訴衷情 送春

一鞭清曉喜還家宿醉困流霞夜來小雨新霽雙燕舞

風斜　山不盡水無涯望中賒送春滋味念遠情懷分

付楊花

梅花引 冬怨

曉風酸曉霜乾一雁南飛人度關客衣單客衣單千里

斷魂空歌行路難　寒梅驚破前村雪寒雞啼破西樓
月酒腸寬酒腸寬家在日邊不堪頻倚闌

憶秦娥

天如洗金波冷侵冰壺裏冰壺裏一年得似此宵能幾　等閒
莫把闌干倚馬蹄去便三千里三千里幾重雲岫幾重
烟水

又　別情

千里草萋萋盡處遥山小遥山小行人遠似此山多少

天若有情天亦老此情說便說不了說不了一聲喚

起又驚春曉

憶少年 隴首山

隴雲溶洩隴山峻秀隴泉嗚咽行人暫駐馬已不勝愁

絶 上隴首凝眸天四濶更一聲塞鴈悽切征書待寄

遠有知心明月

長相思 雨

一聲聲一更更窻外芭蕉窻裏燈此時無限情 夢難

成恨難平不道愁人不喜聽空堦滴到明

又 山驛

短長亭古今情樓外涼蟾一暈生雨餘秋更清　暮雲平暮山橫幾葉秋聲和鴈聲行人不要聽

雅言之詞詞之聖者也發妙音於律呂之中運巧思於斧鑿之外平而工和而雅比諸刻琢句意而求精麗者遠矣

潘元質

倦尋芳 閨思

獸鐶半掩鴛甃無塵庭院瀟洒樹色沈沈春盡燕嬌鶯

姹夢草池塘青漸滿海棠軒檻紅相亞聽簫聲記秦樓夜約彩鸞齊跨　漸迤邐更催銀箭何處貪懽猶繫驕馬旋翦燈花兩點翠眉誰畫香滅羞回空帳裏日高猶在重簾下恨疎狂待歸來碎挼花打

蘇養直

名伯固號後湖居士

菩薩蠻 春園

園林寂寂春歸去濛濛柳下飄香絮野水接雲横緑烟

啼曉鶯　江南鵜鴂夢山色歸來重小艇小灣頭蘋花蘋葉舟

鷓鴣天 和康伯可韻

梅妬晨粧雪妬輕遠山依約學眉青樽前無復歌金縷夢覺空餘月滿林　魚與鴈兩浮沉淺顰微笑總關心相思恰似江南柳一夜東風一夜深

又

楓落河梁野水秋淡烟衰草接郊丘醉眠小塢黃茅店

夢倚高城赤葉樓　天杳杳路悠悠鋃筝歌扇等閒休
灞橋楊柳年年恨鴛浦芙蕖葉葉愁

阮郎歸 春恨

西園風暖落花時綠陰鶯亂啼倚闌無語惜芳菲絮飛
胡蝶飛　緣底事減腰圍遣愁愁著眉波連春渚暮天
垂燕歸人未歸

木蘭花令

江雲疊疊遮鴛浦江水無情流薄暮歸帆初張葦邊風

客夢不禁蓬背雨　渚花不解留人住只作深愁無盡
處白沙烟樹有無中鴈落滄洲何處所

李蕭遠

名祁少有詩名官至尚書郎宣和間責監漢陽
酒稅

如夢令

不見玉人清曉長歎一聲雲杪碧水滿蘭塘竹外一枝
風梟奇妙奇妙半夜山空月皎

水龍吟 郎官湖

碧山横繞清湖茂林秀麓波光裏南宫老大西州漂蕩危樓重倚雨步雲行餌風飲露平生遊戲笑此中空洞都無一物有神妙浩然氣　掃盡雲南夢北看三江五湖秋水狂歌雨解清尊一舉超然千里江漢蒼茫故人何處山川良是待白蘋露下青天月上約騎鯨起

醉桃源

春風碧水滿郎湖水清梅影踈渡江桃葉酒家壚髻鬟

雲鬟梳　吹玉蘂飲雲腴不須紅袖扶少年隨意數花

鬚老來心已無

減字木蘭花

棃花院宇澹月傾雲初過雨一枕輕寒夢入西瑤小道山

花深人静簾鎖御香清晝永紅藥闌干玉梜春風窈

窕閒

孫浩然

雝亭燕

一帶江山如畫風物向秋瀟洒水浸碧天何處斷霽色冷光相射蓼嶼荻花洲掩映竹籬茅舍 雲際客帆高挂烟外酒旗低亞多少六朝興廢事盡入漁樵閒話悵望倚層樓寒日無言西下

李重元

憶王孫 春詞

萋萋芳草憶王孫柳外樓高空斷魂杜宇聲聲不忍聞欲黃昏雨打梨花深閉門

又夏詞

風蒲獵獵小池塘過雨荷花滿院香沈李浮瓜氷雪凉竹方牀針線慵拈午夢長

又秋詞

颼颼風冷荻花秋明月斜侵獨倚樓十二珠簾不上鈎凝眸一點漁燈古渡頭

又冬詞

彤雲風掃雪初晴天外孤鴻三兩聲獨擁寒衾不忍聽

月籠明窻外梅花瘦影横

查荎

透碧霄 惜别

艤蘭舟十分端是載離愁練波送遠屏山遮斷此去難留相從爭奈心期久要屢變霜秋歎人生杳似萍浮又翻成輕别都將深恨付與東流　想斜陽影裏寒烟明處雙槳去悠悠愛渚梅幽香動須採掇倩纖柔艷歌粲發誰傳餘韻來說仙遊念故人留此遐州但春風老後

秋月圓時獨倚江樓

林少詹

少年遊 早行

霽霞散曉月猶明疎木挂残星山徑人稀翠蘿深處啼鳥兩三聲　霜華重迫駝裘冷心共馬蹄輕十里青山一溪流水都做許多情

花菴詞選卷七

欽定四庫全書

花菴詞選卷八

宋　黃昇　編

宋詞

魯逸仲

詞意婉麗佀万俟雅言

南浦　旅懷

風悲畫角聽單于三弄落譙門投宿駸駸征騎飛雪滿

孤村酒市漸聞燈火正敲窻亂葉舞紛紛送數聲驚鴈下離烟水嘹唳度寒雲　好在半朧溪月到如今無處不銷魂故國梅花歸夢愁損緑羅裙為問暗香清艶也相思萬點付啼痕算翠屏應是兩眉餘恨倚黄昏

水龍吟 梅花

歲窮風雪飄零望迷萬里雲垂凍紅銷碎翦凝酥繁綴煙深霜重踈影沈波暗香和月横斜浮動悵别來欲把芳菲寄遠還羌管吹三弄　寂寞玉人睡起涴殘粧不

勝嬌鳳盈盈山館紛紛江路相思誰共才與風流賦稱
清艷多情唯宋箕襄王枉被棃花瘦損又成春夢

惜餘春慢 情景

弄月餘花團風輕絮露濕池塘春草鶯鶯戀友燕燕將
雛惆悵睡殘清曉還似初相見時携手旗亭酒香梅小
向登臨長是傷春滋味淚彈多少　因甚却輕許風流
終非長久又説分飛煩惱羅衣瘦損繡被香消那更亂
紅如埽門外無窮路歧天若有情和天須老念高唐歸

夢淒凉何處水流雲遶

劉偉明

名弇號龍雲先生

洞仙歌 别恨

淒凉楚弄行客腸應斷濤捲秋容暗淮甸去年時正是今日孤舟烟浪裏身與江雲共遠 别來單枕夢幾過滄洲皓月而今為誰滿薄倖苦無端誤却嬋娟有人在玉樓天半最不慣西風破帆來甚時節收拾望中心眼

宋退翁

名齊愈宣和間為太學官

眼兒媚

固陵召對曰卿文章新奇可作梅詞進呈須是不經人道語齊愈立進此詞天語稱善次日諭近臣曰宋齊愈梅詞非惟不經人道又且自開花說至結子黃熟并天色言之可謂盡之矣

霏霏疎影轉征鴻人語暗香中小橋斜渡曲屏深院水月濛濛 人間不是藏春處玉笛曉霜空江南處處黃垂密雨綠漲薰風

唐子西

名庚眉山人累為學官張天覺拜相擢京畿提舉常平後坐貶惠州有詩文十卷行于世

訴衷情 旅愁

平生不會斂眉頭諸事等閒休元來却到愁處須著與他愁　殘照外大江流去悠悠風悲蘭杜烟淡滄浪何處扁舟

何晉之

名大圭

小重山 惜别

綠樹鶯啼春正濃釵頭青杏小綠成叢玉船風動酒鱗紅歌聲咽相見幾時重 車馬去匆匆路隨芳草遠恨無窮相思只在夢魂中今宵月偏照小樓東

陸敦信

感皇恩 旅思

殘角兩三聲催登古道遠水長山又重到水聲山色看

盡輪蹄昏曉風頭日脚下人空老　匹馬舊時西征談笑緑鬢朱顔正年少旗亭斗酒任是十千傾倒而今酒興減詩情少

趙循道

名企

感皇恩入京

騎馬踏紅塵長安重到人面依前似花好舊歡才展又被新愁分了未成雲雨夢巫山曉　千里斷腸關山古

道回首高城似天杳滿懷離恨付與落花啼鳥故人何處也青春老

何子初

名籀

宴清都 春詞

細草沿堦軟遲日薄蕙風輕靄微暖春工靳惜桃紅尚小柳芽猶短羅幃繡幕高捲又早是歌慵笑懶凭畫樓那更天遠山遠水遠人遠　堪歎傅粉疎狂竊香俊雅

無計拘管青絲絆馬紅巾寄羽甚時迷戀無言淚珠零亂翠袖滴重重漬徧故要知别後思量歸時覷見

向伯恭

名子諲自號薌林居士

鷓鴣天 上元有懷京師

紫禁烟花一萬重鼇山宫闕隱晴空玉皇端拱彤雲上人物嬉游陸海中　星轉斗駕回龍五侯池館醉春風而今白髮三千丈愁對寒燈數點紅

阮郎歸 乙卯番陽道中

江南江北雪漫漫遥思易水寒同雲深處是三關斷腸山又山　天可老海能翻消除此恨難頻聞遣使報平安幾時鸞輅還報一本作問

清平樂 詠木犀贈韓叔夏

吳頭楚尾踏破芒鞋底散入千巖秋色裏不奈惱人風味　如今老我鄉林世間百不關心獨喜愛香韓壽能來同醉花陰

韓叔夏

名璜

清平樂 同向伯恭賦木犀

秋光如水釀作鵝黃蟻散入千岩佳樹裏惟許修門人醉　輕鈿重上風鬟不禁月冷霜寒步障深沈歸去依然愁滿江山

沈會宗

小冲山 初夏

花過園林清蔭濃琅玕新脱笋緑成叢語聲只在小樓東閒欹枕敵面芰荷風　長日敞簾櫳輕塵飛不到畫堂空一尊今夜與誰同人如玉相對月明中

菩薩鬘 初夏

落花迤邐層陰少青梅競弄枝頭小江色雨和烟行人江那邊　好花都過了滿地空芳草落日醉醒閒一春無此寒

驀山溪 惜别

想伊不住船在藍橋路別語未甘聽更忍問而今是去門前楊柳幾日轉西風行色欲留心忽忽城頭鼓一番幽會只覺添愁緒邂逅却相逢又還有此時歡否臨岐把酒莫惜十分斟尊前月月中人明夜知何處

天仙子 幽居

景物因人成勝槩滿目更無塵可礙等閒簾幕小闌干衣未解心先快明月清風如有待 誰信門前車馬隘別是人間閒世界坐中無物不清涼山一帶水一派流

水白雲長自在

陳子高

名克天台人吕安老帥建康辟為參議有赤城

詞一卷

菩薩鬘春

赤闌橋盡香街直籠街細柳嬌無力金碧上晴空花晴

簾影紅　黄衫飛白馬日日青樓下醉眼不逢人午香

吹暗塵

又 春詞

緑蕪牆遶青苔院中庭日淡芭蕉卷胡蝶上堦飛風簾自在垂 玉鈎雙語燕寶甃楊花轉幾處簸錢聲緑窻春夢輕

又 清明

池塘淡淡浮鸂鶒杏花吹盡垂楊碧天氣度清明小園新雨晴 緑窻描繡罷笑語荼蘼下圍坐賭青梅困從雙臉來

謁金門 春晚

愁脉脉目斷江南江北烟樹重重芳信隔小樓山幾尺細草孤雲斜日一向弄晴天色簾外落花飛不得東風無氣力

又 春晚

花滿院飛去飛來雙燕紅雨入簾寒不卷曉屏山六扇翠袖玉笙悽斷脉脉兩蛾愁淺消息不知郎近遠一春長夢見

又 寒食

柳絲碧柳下人家寒食鶯語匆匆花寂寂玉堦春蘚溼
閒凭熏籠無力心事有誰知得檀炷繞窗燈背壁畫
簷殘雨滴

臨江仙 有感

四海十年兵不解邊塵直到江城歲華銷盡客心驚踈
鬢渾似雪衰涕欲生氷 送老虀鹽何處是我緣應在
吳興故人相望若為情別愁深夜雨孤影小窗燈

山花子　佳人

鬆慢梳頭淺畫眉亂鶯殘夢起多時不道小庭花露濕
翦荼蘼　簾額好風低燕子窻油晴日打蜂兒翠袖粉
牋閒弄筆寫新詩

浣溪沙　佳人

淺畫香膏拂紫綿牡丹花重翠雲偏手挼梅子並郎肩
病起心情終是怯困來模樣不禁憐旋移針線小姑
前

又 夜景

短燭熒熒照碧窻重重簾幕護梨霜幽歡不怕夜偏長羅襪鈿箏紅粉醉曲屏深幔緑橙香征鴻雖遠斷人腸

鷓鴣天 憶舊

小市橋彎更向東便門長記舊相逢踏青會散秋千下鬢影衣香怯晚風 悲往事向孤鴻斷腸腸斷舊情濃梨花院落黄茅店繡被春寒此夜同

豆葉黄 初夏

粉牆丹柱柳陰中簾幙輕明花影重午醉醒來一面風緑蔥蔥幾顆櫻桃葉底紅

又 新晴

樹頭初日鵓鴣鳴野店山橋新雨晴短褐無泥竹杖輕水泠泠梅片飛時春草青

張敏叔

選冠子 詠柳

瀲水挼藍遥堤影翠半雨半烟橋畔鳴禽弄舌夢草縈心偏稱謝家池館紅粉牆頭步搖金縷纖柔舞腰低軟被和風搭在闌干終日畫簾高卷　春易老細葉舒眉輕花吐絮漸覺緑陰成幔章臺繫馬灞水維舟誰念鳳城人遠惆悵故國陽關盃酒飄零惹人腸斷恨青青客舍江頭風笛亂雲空晚

曹元寵

名組工諧詞有寵於徽宗任睿思殿待制

鷓鴣天

輦路薰風起緑槐都人凝望滿天街雲韶杳杳鳴鞘肅芝蓋亭亭障扇開　微雨過絕纖埃内家車子走晴雷千門不敢垂簾看總上銀鉤等駕來

阮郎歸　春夢

簷頭風珮響丁東簾疎燭影紅秋千人散月溶溶樓臺花氣中　春酒醒夜寒濃蘭衾誰與同只愁夢短不相逢覺來羅帳空

青玉案 旅情

碧山錦樹明秋霽路轉陡疑無地忽有人家臨曲水竹籬茅舍酒旗沙岸一簇漁樵市 淒涼只恐鄉心起鳳樓遠回頭謾凝睇何處今宵孤館裏一聲征鴈半窻殘月總是離人淚

又 旅情

田園有計歸須早在家縱貧亦好南去北來何日了光陰送盡可憐青鬢暗逐流年老 寂寥孤館殘燈照正

鄉思驚時夢初覺落月蒼蒼關河曉一聲雞唱馬嘶人
起又上長安道

如夢令 春情

門外綠陰千頃兩兩黃鸝相應睡起不勝情行到碧梧
金井人靜人靜風動一庭花影

驀山溪 梅

洗粧真態不假鉛華御竹外一枝斜想佳人天寒日暮
黃昏小院無處著清香風細細雪垂垂何況江頭路

月邊疎影夢到消魂處結子欲黄時又須作廉纖微雨孤芳一世供斷有情愁消瘦損東陽也試問花知否

好事近 梅花

茆舍竹籬邊雀噪晚枝時節一陣暗香飄處已不勝愁絶　江南得地故先開不待有飛雪腸斷幾回山路恨無人攀折

憶少年 春恨

年時酒伴年時去處年時春色清明又近也却天涯爲

客念過眼光陰難再得想前歡盡成陳迹登臨恨無語把闌干暗拍

徐幹臣

名伸三衢人有青山樂府一卷行于世然多雜調詞惟此一曲天下稱之

二郎神 春詞

悶來彈鵲又攪碎一簾花影謾試著春衫還思纖手熏徹金猊燼冷動是愁端如何向但怪得新來多病嗟舊

日沈腰如今潘鬢怎堪臨鏡　重省别時泪溼羅衣猶凝料爲我厭厭日高慵起長托春酲未醒鴈足不來馬蹄難去門掩一庭芳景空佇立盡日闌干倚遍晝長人靜

李玉

賀新郎　春情

篆縷銷金鼎醉沈沈庭陰轉午畫堂人靜芳草王孫知何處惟有楊花糝徑漸玉枕騰騰春醒簾外殘紅春已透鎮無聊殢酒厭厭病雲鬢亂未忺整　江南舊事休

重省遍天涯尋消問息斷鴻難倩月滿西樓憑闌久依舊歸期未定又只恐餅沉金井嘶騎不來銀燭暗枉教人立盡梧桐影誰伴我對鸞鏡 李君之詞雖不多見然風流醞藉盡此篇矣

王昴

嘉王榜狀元及第

好事近 催粧詞

喜氣擁朱門光動綺羅香陌行到紫薇花下悟身非凡客不須脂粉涴天真嫌怕太紅白留取黛眉淺處畫

章臺春色

花菴詞選卷八

欽定四庫全書

花菴詞選卷九

宋　黄昇　編

宋詞

僧覺範

名惠洪許彦周稱其善作小詞情思婉約似

秦少游云

鳳棲梧　梅花

碧瓦籠晴香霧繞水殿西偏小駐聞啼鳥風度女牆吹語笑南枝破臘應開了　道骨不凡江瘴曉春色通靈醫得花重少爆㸌釀寒春杳杳江城畫角留殘照

點絳唇

流水泠泠斷橋横路梅枝亞雪花飛下渾似江南畫白璧青錢欲買春無價歸來也風吹平野一點香隨馬

青玉案　上元

凝祥宴罷囘歌吹畫轂兖香塵起冠壓花枝馳萬騎馬

行燈鬧鳳樓簾卷陸海鼇山對　當年曾看天顏醉御杯舉懽聲沸時節雖同悲樂異海風吹夢嶺猿啼月一枕思歸泪

僧仲殊

名揮姓張氏安州　進士棄家為僧居杭州吳山寶月寺東坡所稱蜜殊者是也有詞七卷沈注為序

訴衷情 春情

楚江南岸小青樓樓前人艤舟别來後庭花晚花上夢悠悠山不斷水空流謾凝眸建康宫殿燕子來時多少閒愁

又 建康

鍾山影裏看樓臺江烟晩翠開六朝舊時明月清夜滿秦淮寂寞處兩潮廻黯愁懷汀花雨細水樹風閒又是秋來

又 寶月山作

清波門外擁輕衣楊花相送飛西湖又逢春晚水樹亂鶯啼 閒院宇小簾幃晚初歸鐘聲已過篆香才點月到門時

又 春詞

長橋春水拍堤沙疎雨帶殘霞幾聲脆管何處橋下有人家 宮樹綠晚烟斜噪閒鴉山光無盡水風長在滿面楊花

又 寒食

湧金門外小瀛洲寒食更風流紅船滿湖歌吹花外有高樓　晴日暖淡烟浮恣嬉遊三千粉黛十二闌干一片雲頭

仲殊之詞多矣佳者固不少而小令為最小令之中訴衷情一調又其最盖篇篇奇麗字字清婉高處不減唐人風致也

蝶戀花　春愁

鬧到杏花寒食近人在花前宿酒和春困酒有盡時情不盡日長只恁厭厭悶　經歲別離聞與問花上啼鶯觧道深深恨可惜斷雲無定準不能為寄藍橋信

念奴嬌 荷花

水楓葉下乍湖光清淺凉生商素西帝宸遊羅翠蓋擁出三千宮女絳綵嬌春鉛華掩畫占斷鴛鴦浦歌聲搖曳浣沙人在何處 別岸孤裊一枝廣寒宮殿冷落洒愁苦雪艷冰肌羞淡泊偷把胭脂勻注媚臉籠霞芳心泣露不肯為雲雨金波影裏為誰長恁凝竚

南柯子 憶舊

十里青山遠潮平路帶沙數聲啼鳥怨年華又是淒凉

時候在天涯　白露收殘月清風散曉霞緑楊堤畔閙
荷花記得年時沽酒那人家

柳梢青　吳中

岸草平沙吳王故苑柳裊烟斜雨後寒輕風前香軟春
在梨花　行人一棹天涯酒醒處殘陽亂鴉門外秋千
牆頭紅粉深院誰家

夏雲峯　傷春

天濶雲高溪横水遠晚日寒生輕暈閒堦靜楊花漸少

朱門掩鶯聲猶嫩悔匆匆過却清明旋占得餘芳已
成幽恨都幾日陰沈連宵慵困起来韶華都盡 怨
入雙眉閒鬬損乍品得情懷看承全近深深態無非
自許厭厭意終羞人問爭知道夢裏蓬萊待忘了餘香
時傳音信縱留得鶯花東風不住也則眼前愁悶

僧祖可

字正平俗蘇氏伯固之子江西詩社之一也

小重山 春晚

誰向江頭遺恨濃碧波流不斷楚山重柳烟和雨隔疎鐘黄昏後羅幙更朦朧　桃李小園空阿誰猶笑語拾殘紅珠簾捲盡夜來風人不見春在緑蕪中

僧如晦

卜算子 送春

有意送春歸無計留春住畢竟年年用著來何似休歸去　目斷楚天遥不見春歸路風急桃花也似愁點點飛紅雨

花菴詞選卷九

欽定四庫全書

花菴詞選卷十

宋 黄昇 編

宋詞 閨秀

吴城小龍女

清平樂令

黄魯直登荆州亭柱間有此詞魯直悽然曰似為余發也筆勢類女子又有淚眼不曾晴之語疑其鬼也是夕有女子見夢曰我家豫章吴城山附客舟至此墮水死登江亭有感而作不意公能識之魯直驚悟曰此必吴城小龍女也

簾卷曲闌獨倚山展暮天無際泪眼不曾晴家在吳頭
楚尾　數點雪花亂委撲鹿沙鷗驚起詩句欲成時沒
入蒼烟叢裏

魏夫人

曾子宣丞相之内子

菩薩鬘 春景

溪山掩映斜陽裏樓臺影動鴛鴦起隔岸兩三家出牆
紅杏花　綠楊堤下路早晚溪邊去三見柳綿飛離人

猶未歸

又 夏

紅樓斜倚連溪曲樓前溪水凝寒玉蕩漾木蘭船船中
人少年　荷花嬌欲語笑入鴛鴦浦波上暝烟低菱歌
月下歸

武陵春 別情

小院無人簾半卷獨自倚闌時寬盡春來金縷衣憔悴
有誰知　玉人近日音書少應是怨來遲夢裏長安早

晚歸和泪立斜暉

好事近 恨別

雨後曉寒輕，花外曉鶯啼歇。愁聽隔溪殘漏，正一聲淒咽。不堪西望去程賒，離腸萬回結。不似海棠花下，按涼州時節。

減字木蘭花 春晚

落花飛絮，杳杳天涯人甚處。欲寄相思，春盡衡陽鴈漸稀。離腸泪眼，腸斷泪痕流不斷。明月西樓，一曲闌干

一倍愁

阮郎歸 別意

夕陽樓外落花飛晴空碧四垂去帆回首已天涯孤烟
卷翠微　樓上客鬢成絲歸期未有期斷魂不忍下危
梯桐陰月影移

江神子 春恨

別郎容易見郎難幾何般懶臨鸞憔悴容儀陡覺纏衣
寬門外紅梅將謝也誰信道不曾看　曉粧樓上望長

安怯輕寒莫憑闌嫌怕東風吹恨上眉端為報歸期須
及早休誤妾一春閒

李易安

趙明誠之妻善為詞有漱玉集三卷

漁家傲 記夢

天接雲濤連曉霧星河欲轉千帆舞彷彿夢魂歸帝所
聞天語殷勤問我歸何處 我報路長嗟日暮學詩謾
有驚人句九萬里風鵬正舉風休住蓬舟吹取三山去

一剪梅 别愁

紅藕香殘玉簟秋輕解羅裳獨上蘭舟雲中誰寄錦書來鴈字回時月滿一本有西字方叶調樓花自飄零水自流一種相思兩處閒愁此情無計可消除才下眉頭却上心頭

如夢令 酒興

常記溪亭日暮沈醉不知歸路興盡晚回舟誤入藕花深處爭渡爭渡驚起一行鷗鷺

又 苕溪漁隱云近時婦人能文詞如李易安頗多佳句如云綠肥紅瘦此語甚新

昨夜雨疎風驟濃睡不消殘酒試問卷簾人却道海棠依舊知否知否應是綠肥紅瘦

醉花陰 九日

薄霧濃雲愁永晝瑞腦銷金獸時節又重陽玉枕紗厨半夜凉初透 東籬把酒黄昏後有暗香盈袖莫道不消魂簾卷西風人似黄花瘦

念奴嬌 春情

蕭條庭院又斜風細雨重門須閉寵柳嬌花寒食近種種惱人天氣險韻詩成扶頭酒醒别是閒滋味征鴻過盡萬千心事難寄　樓上幾日春寒簾垂四面玉闌干慵倚被冷香銷新夢覺不許愁人不起清露晨流新桐初引多少遊春意日高烟斂更看今日晴未 前輩嘗稱易安綠肥紅瘦爲佳句余謂此篇寵柳嬌花之語亦甚奇俊前此未有能道之者

蝶戀花 離情

暖雨和風初破凍柳潤梅輕已覺春心動酒意詩情誰

與共泪融殘粉花鈿重　乍試夾衣金縷縫山枕欹斜枕損釵頭鳳獨抱濃愁無好夢夜闌猶剪燈花弄

鳳凰臺上憶吹簫

香冷金猊被翻紅浪起來慵自梳頭任寳奩塵滿日上簾鈎生怕離懷别苦多少事欲說還休新來瘦非干病酒不是悲秋　休休這回去也千萬遍陽關也則難留念武陵人遠烟鎖秦樓惟有樓前流水應念我終日凝眸凝眸處從今又添一段新愁

孫夫人

名道絢號冲虛居士黄穀城之母

滴滴金 梅

月光飛入林前屋風策策度庭竹夜半江城擊析聲動寒梢棲宿　等閒老去年華促秖有江梅伴幽獨夢繞夷門舊家山恨驚回難續

菩薩鬘 梅

闌干六曲天圍碧松風亭下梅梢白臘盡見春回寒花

驚又開　曲瓊閒不捲沈燎孤星轉凝竚小徘徊雲間

征鴈來

清平樂　雪

悠悠颺颺做盡輕模樣半夜蕭蕭窗外響多在梅邊竹

上　朱樓向曉簾開六花片片飛來無奈熏爐烟霧騰

騰扶上金釵

醉思仙　寓居妙湛悼亡作此

晚霞紅看山迷暮靄烟暗孤松動翩翩風袂輕若驚鴻

心似鑑鬢如雲弄清影月明中謾悲涼歲冉冉蕣華潛改衰容　前事銷凝久十年光景匆匆念雲軒一夢回首春空彩鳳遠玉簫寒夜悄悄恨無窮歎黃塵久埋玉斷腸揮淚東風

如夢令　宮詞

翠壁紅蕉影亂月上朱闌一半風自碧空來吹落歌珠一串不見不見人被繡簾遮斷

吳淑姬

女流中黠慧者有詞五卷名陽春白雪佳處不減李易安也

小重山 春愁

謝了荼蘼春事休無多花片子綴枝頭庭槐影碎被風揉鶯雖老聲尚帶嬌羞 獨自倚粧樓一州烟瘴浪襯雲浮不如歸去下簾鉤心兒小難著許多愁

惜分飛 送别

岸柳依依拖金縷是我朝來别處惟有多情絮故來衣

上留人住　兩眼啼紅空彈與未見桃花又去一片征帆舉斷腸遥指茗溪路

祝英臺近　春恨

粉痕銷芳信斷好夢久無據病酒無聊攲枕聽春雨斷腸曲曲屏山温温沈水都是舊看承人處　久離阻應念一點芳心閑愁知幾許偷照菱花清瘦自羞覷可堪梅子酸時楊花飛絮亂鶯啼催將春去

阮氏

阮逸之女工於文詞惟此曲傳于世

花心動　春詞

仙苑春濃小桃開枝枝已堪攀折乍雨乍晴輕暖輕寒漸近賞花時節柳摇臺榭東風軟簾櫳靜幽禽調舌斷魂遠閒尋翠徑頻成愁結　此恨無人共説還立盡黄昏寸心空切强整綉衾獨掩朱扉簟枕為誰鋪設夜長更漏傳聲遠紗窗映銀釭明滅夢回處梅梢半籠淡月

盧氏

蝶戀花　天聖中隨父往漢州作縣令歸題泥溪驛

蜀道青天烟靄翳帝里繁華迢遞何時至回望錦川揮粉泪鳳釵斜嚲烏雲膩　綬帶雙垂金鏤細玉珮珠璫露滴寒如水從此鸞粧添遠意畫眉學得遥山翠

聶勝瓊

鷓鴣天

玉慘花愁出鳳城蓮花樓下柳青青尊前一唱陽關曲別箇人人第五程　尋好夢夢難成有誰知我此時情

枕前泪共堦前雨隔箇窓兒滴到明

陳鳳儀

成都樂妓

一落索 送蜀守蔣龍圖

蜀江春色濃如霧擁雙旌歸去海棠也似别君難一點

點啼紅雨 此去馬蹄何處沙堤新路禁林賜宴賞花

時還憶著西樓否

陸氏侍兒

如夢令 送別

日暮馬嘶人去船逐清波東注後夜最高樓還肯思量人否無緒無緒生怕黃昏疎雨

花菴詞選卷十

欽定四庫全書

花菴詞選卷十一

宋　黄昇　編

宋詞南渡以後諸賢

康伯可

名與之號順庵渡江初有聲樂府受知秦申王王薦於太上皇帝以文詞待詔金馬門凡中興粉飾治具及慈寧歸養兩宮歡集必假伯可之

歌詠故應制之詞為多書市刊本皆假托其名
令得官本乃其壻趙善貢及其友陶安世所校
定篇篇精妙汝陰王性之一代名士嘗稱伯可
樂章非近代所及令有晏叔原亦不得獨擅蓋
知言云

瑞鶴仙上元應制

瑞煙浮禁苑正絳闕春回新正方半冰輪桂華滿溢花
衢歌市芙蓉開遍龍樓兩觀見銀燭星毬有爛捲珠簾

盡日笙歌盛集寶釵金釧　堪羨綺羅叢裏蘭麝香中正宜遊翫風柔夜暖花影亂笑聲喧鬧蛾兒滿路成團打塊簇着冠兒鬭轉喜皇都舊日風光太平再見　按此詞進入太上皇帝極稱賞風柔夜煖以下至於末章賜金甚厚

瑞鶴仙　別恨

薄寒羅袖怯教小玉添香被翻宮襭蘭缸半明滅聽幾聲歸鴈一簾微月情波恨葉索新詞猶自怨別夢回時雪暖酥凝掠鬢寶鴛釵折　凄切紋窗描繡舊譜尋綦

變成虛設同心對結重來是甚時節悵姑蘇臺上征帆何許隱隱遥山萬疊袖紅綃獨立無言偷彈淚血

漢宮春 慈寧殿元夕被旨作

雲海沉沉峭寒收建章雪殘鳷鵲華燈照夜萬井禁城行樂春隨鬢影映參差柳絲梅萼丹禁杳鼇峰對聳三山上通寥廓　春衫綉羅香薄步金蓮影下三千綽約冰輪桂滿皓色冷浸樓閣霓裳帝樂奏昇平天風吹落留鳳輦通宵宴賞莫放漏聲閒却

喜遷鶯 丞相生日

臘殘春早正簾幕護寒樓臺清曉寶運當千佳辰餘五嵩岳誕生元老帝遣阜安宗社人仰雍容廊廟盡總道是文章孔孟勲庸周召　師表方眷遇魚水君臣須信從來少玉帶金魚朱顔緑鬢占斷世間榮耀篆刻鼎彝將遍整頓乾坤都了願歲歲見柳梢青淺梅英紅小此詞雖佳惜皆媚竈之語蓋為檜相作耳

又 秋夜聞鴈

秋寒初勁看雲路鴈來碧天如鏡湘浦煙深衡陽沙遠風外幾行斜陣回首塞門何處故國關河重省漢使老認上林欲下裴回清影　江南煙水暝聲過小樓燭暗金猊冷送目鳴琴裁詩挑錦此恨此情無盡夢想洞庭飛下散入雲濤千頃過盡也奈杜陵人遠玉關無信

醜奴兒令　促養直赴雪夜溪堂之約

憑夷翦碎澄溪練飛下同雲著地無痕柳絮梅花處處春　山陰此夜明如畫月滿前村莫掩溪門恐有扁舟

乘興人

又自嶺表還臨安作

紅樓紫陌青春路柳色皇州月簷煙裊裊亭亭不自由　舊時扶上雕鞍處此地重遊總是新愁柳自輕盈水自流

訴衷情令登鬱孤臺與施德初同讀坡詩作

鬱孤臺上立多時煙晚暮雲低山川城郭良是回首昔人非　今古事秖堪悲此心知一樽芳酒慷慨悲歌月

墮人歸

又 長安懷古

阿房廢址漢荒坵狐兔又羣遊豪華盡成春夢留下古今愁 君莫上古原頭淚難收夕陽西下塞鴈南飛渭水東流

菩薩鬘令 長安懷古

秦時宮殿咸陽裏千門萬户連雲起複道亘西東不禁三月風 漢唐乘王氣萬歲千秋計畢竟是荒邱荊榛

滿地愁

又 金陵懷古

龍蟠虎踞金陵郡古來六代豪華盛縹鳳不來遊臺空江自流 下臨全楚地包舉中原勢可惜草連天晴郊黯晚烟

感皇恩 幽居

一雨一番涼江南秋興門掩蒼苔鏁寒徑紅塵不到晝日鳥啼人靜綠荷風已過摇香柄 簷陰未解園林清

潤一片飛花墮紅影殘書讀盡袖手髙吟清詠任從車馬客勞方寸

洞仙歌令　荷花

若耶溪路别岸花無數欲歛嬌紅向人語與緑荷相倚恨回首西風波淼淼三十六陂煙雨　新妝明照水汀渚生香不嫁東風被誰誤遣踟蹰騷客意千里緜緜仙浪遠何處凌波微步想南浦潮生畫橈歸正月曉風清斷腸凝佇

賣花聲 閨思

蹵損遠山眉幽怨誰知羅衾滴盡淚胭脂夜過春寒愁未起門外鵑啼　惆悵阻佳期人在天涯東風頻動小桃枝正是銷魂時候也撩亂花飛

又 閨思

愁撚斷釵金遠信沉沉秦箏調怨不成音郎馬不知何處也樓外春深　好夢已難尋夜夜餘衾目窮千里正傷心記得當年郎去路綠樹陰陰

江城子 越臺春遊作

南溪二月雨初晴四郊明暖風輕一雨一風鋪地落紅英枝上流鶯啼勸我春欲去且留春 登臨行樂慰閒情過長亭暮潮平四面青蕪中是越王城信馬行吟歸路晚山簇簇柳陰陰

風入松 春晚

一宵風雨送春歸綠暗紅稀畫樓盡日無人到與誰同撚花枝門外薔薇開也枝頭梅子酸時 玉人應是數

歸期翠斂愁眉塞鴻不到雙魚遠嘆樓前流水難西新恨欲題紅葉東風滿院花飛

又 閨思

碧苔滿地襯殘紅綠樹陰濃曉鶯啼破眉心事舊愁新恨重重翠黛不忺重埽佳時每恨難同 花開花謝任東風此恨無窮夢魂擬逐楊花去殢人休下簾櫳要見只憑清夢幾時真箇相逢

謁金門 暮春

春又晚風勁落紅如剪睡起繡牀飛絮滿日長門半掩

不管離腸欲斷聽畫梁間雙燕試上小樓還不見樓

前芳草遠

長相思 遊西湖

南高峰北高峰一片湖光煙靄中春來愁殺儂　郎意

濃妾意濃油壁車輕郎馬驄相逢九里松

應天長 閨思

管絃繡陌燈火畫橋塵香舊時歸路腸斷蕭娘舊日風

簾映朱户鶯能舞花解語念後約頓成輕負緩雕轡獨自歸來凭欄情緒　楚岫在何處香夢悠悠花月更誰主惆悵後期空有鱗鴻寄紈素枕前淚窗外雨翠幕冷夜涼虛度未應信此度相思寸腸千縷

玉樓春令

青箋後約無憑據誤我碧桃花下語誰將消息問劉郎悵望玉溪溪上路　春來無限傷情緒擬欲題紅都寄與東風吹落一庭花手把新愁無寫處

憶秦娥 春思

春寂寞長安古道東風惡東風惡胭脂滿地杏花零落臂銷不柰黄金約天寒尚怯春衫薄春衫薄不禁揾淚為君彈却

陳去非

名與義自號簡齋居士以詩文被簡注於高宗皇帝入參大政有無住詞一卷詞雖不多語意超絶識者謂其可摩坡仙之壘也

臨江仙 夜登小閣憶吳中舊遊

憶昔午橋橋上飲，坐中多是豪英。長溝流月去無聲。杏花疎影裏，吹笛到天明。　二十餘年成一夢，此身雖在堪驚。閒登小閣看新晴。古今多少事，漁唱起三更。

又 端午

高詠楚詞酬午日，天涯節序匆匆。榴花不似舞裙紅。無人知此意，歌罷滿簾風。　萬事一身傷老矣，戎葵凝笑牆東。酒杯深淺去年同。試澆橋下水，今夕到湘中。

虞美人 邢子友會上

超然堂上閒賓主不受人間暑氷盤圍坐此間無却有一瓶和露玉芙蕖　亭亭風骨涼生牖更盡尊中酒酒闌踏月轉城西照見幅巾藜杖帶香歸

又 祖席醉中

張帆欲去仍搔首更醉君家酒吟詩日日待春風及至桃花開後却匆匆　歌聲頻為行人咽記著樽前雪明朝酒醒大江流滿載一船離恨向衡州

漁家傲　福建道中

今日山頭雲欲舉。青蛟素鳳移時舞。行到石橋聞細雨。聽還住。風吹却過溪西去。　我欲尋詩寬久旅。桃花落盡春無數。渺渺籃輿穿翠楚。悠然處。高林忽送黄鸝語。

菩薩鬘　荷花

南軒面對芙蓉浦。宜風宜月還宜雨。紅少緑多時。簾前光景奇。　繩牀烏木几。盡日繁香裏。睡起一篇新。與花為主人。

南歌子 塔院僧閣

矯矯千年鶴茫茫萬里風欄干三面看秋空背插浮屠千尺冷煙中　林塢村村暗溪流處處通此間何似玉霄峰遥望蓬萊依約晚雲東

李漢老

名邴號雲龕居士其伯父昭玘字成季元祐名士漢老才學世其家者也建炎二年入翰林從駕南渡

漢宮春　梅花

瀟洒江梅向竹梢疎處橫兩三枝東君也不愛惜雪壓霜欺無情燕子怕春寒輕失花期惟是有南來塞鴈年年長見開時　清淺小溪如練問玉堂何似茅舍疎籬傷心故人去後冷落新詩微雲淡月對孤芳分付它誰空自倚清香未減風流不在人知

洞仙歌　柳花

一團嬌軟是將春揉做撩亂隨風到何處自長亭人去

後烟草萋迷歸來了裝點離愁無數　飄揚無箇事剛被縈牽長是黃昏怕微雨記那回深院静簾幕低垂花陰下霎時留住又只恐伊家忒踈狂驀地和春帶將歸去

小重山 立春

誰勸東風臘裏來不知天待雪惱江梅東郊寒色尚徘徊雙綵燕飛傍鬢雲堆　玉冷曉妝臺宜春金縷字拂香腮紅羅先繡踏青鞋春猶淺花信更須催

木蘭花 美人書字

沉吟不語晴窗畔小字銀鉤題欲遍雲情散亂未成篇花骨欹斜終帶軟 重重說盡情和怨珍重提攜常在眼暫時得近玉尖纖翻羨鏤金紅象管

清平樂 閨情

露花煙柳春思濃如酒幾陣狂風新雨後滿地落紅鋪綉 風流何處疎狂厭厭恨結柔腸又是危闌獨倚一川煙草斜陽

葉少藴

名夢得自號石林居士妙齡秀發有文章盛名早受知於蔡元長建炎初名為户侍入翰苑參大政以節度使致仕

賀新郎 春晚

睡起流鶯語掩蒼苔房櫳向曉亂紅無數飛盡殘花無人見惟有垂楊自舞漸暖靄初回輕暑寶扇重尋明月影暗塵侵尚有乘鸞女驚舊恨鎮如許　江南夢斷蘅

皋渚浪黏天蒲萄漲綠半空煙雨無限樓前滄波意誰
采蘋花寄取但悵望蘭舟容與萬里雲帆何日到送孤
鴻目斷千山阻誰為我唱金縷

江神子 湘靈鼓瑟

銀濤無際捲蓬瀛落霞明暮雲平遥見青鸞紫鳳下層
城二十五絃彈不盡空感慨有餘情 蒼梧雲水斷歸
程卷霓旌為誰迎空有千行流淚寄幽貞舞罷魚龍雲
海冷千古恨入江聲

浣溪沙 重陽前一日

小雨初回昨夜涼繞籬新菊已催黃碧雲無際卷蒼茫千里斷鴻供遠目十年芳草掛愁腸緩歌聊與送清觴

念奴嬌 中秋燕客

洞庭波冷望氷輪初轉滄海沉沉萬頃孤光雲陣卷長笛吹破層陰洶湧三江銀濤無際遥帶五湖深酒闌歌罷至今鼉怒龍吟 回首江海平生漂流容易散佳會

難尋縹緲高城風露爽獨倚危檻重臨醉倒清樽孀娥應笑猶有向來心廣寒宮殿為余聊借瓊林

虞美人 雨後置酒林檎花下

落花已作風前舞又送黃昏雨曉來庭院半殘紅惟有游絲千丈舞晴空　殷勤花下重攜手更盡樽中酒美人不用斂歌眉我亦多情無奈酒闌時

醉蓬萊 上巳日有懷許下西湖

問春風何事斷送繁紅便擠歸去牢落征途笑行人羇

旅一曲陽關斷雲殘靄做渭城朝雨欲寄離愁緑陰千囀黄鸝空語　遥想湖邉浪揺空翠絃管風高亂花飛絮曲水流觴有山翁行處翠袖朱欄故人應也弄畫船煙浦會寫相思尊前為我重翻新句

鷓鴣天　元夕

夾路行歌盡落梅篆煙香細裊寒灰雲移碧海三山近月破中天九陌開　追樂事惜多才車聲遥聽殷晴雷十年夢斷鈞天奏猶記流霞醉後杯

曾公袞

名紆號空青先生子宣之子官至中奉大夫直寶文閣

臨江仙 感舊

後院短墻臨綠水春風急管繁絃問誰親按小嬋娟玉堂真學士琳館地行仙　安得此身來此處依稀一夢梨園江南刺史謾垂涎據鞍腸已斷何况到尊前

洞仙歌 感舊

相如當日曾奏淩雲賦落筆縱横妙風雨記揚鞭輦路同醉金明因勝賞不管重城已暮　舊游如夢覺零落朋儕遺墨淋漓尚如故況神州北望今已邱墟傷白璧久埋黄土但一似靈光巋然在悵明月清風更無元度

菩薩蠻　月夜

山光冷浸清溪底溪光直到柴門裏卧對白蘋洲敧眠數釣舟　溪山無限好恨不相逢早老病獨醒多如此良夜何

曾純甫

名覿號海野東都故老及見中興之盛者詞多感慨如金人捧露盤憶秦娥等曲悽然有黍離之感

金人捧露盤 庚寅春奉使過京師

記神京繁華地舊游蹤正御溝春水溶溶平康巷陌繡鞍金勒躍青驄解衣沽酒醉絃管柳綠花紅 到如今餘霜鬢嗟前事夢魂中但寒煙滿目飛蓬雕欄玉砌空

餘三十六離宮塞笳驚起暮天鴈寂寞東風

南柯子 元夜

壁月窺紅粉金蓮映綠山東風絲管滿長安移下十洲三島在人間　兩兩人初散厭厭夜向闌倦妝殘醉怯輕寒手撚玉梅無緒倚闌干

憶秦娥 邯鄲道上望叢臺有感

風蕭瑟邯鄲古道傷行客傷行客繁華一瞬不堪思憶叢臺歌舞無消息金尊玉管空陳迹空陳迹連天草

樹暮雲凝碧

朝中措 維揚感懷

雕車南陌碾香塵一夢尚如新回首舊遊何在柳烟花霧迷春 如今霜鬢愁停短棹懶傍清尊二十四橋風月尋思只有銷魂

蝶戀花 惜春

翠箔垂雲香噴霧年少疎狂載酒尋芳路多少惜花春意緒勸人金盞歌金縷 桃杏飄零風景暮只有閒愁

不逐流年去舊事而今誰共語畫樓空指行雲處

訴衷情 客怨

建章宮殿晚生寒飛雪點朱闌舞腰緩隨檀板輕絮殢春閒 愁思亂酒腸慳漏將殘玉人今夜滴粉搓酥應斂眉山

感皇恩 重到臨安作

依舊惜春心花枝常好只恐尊前被花笑少年青鬢耐得幾番重到舊歡慵記省如天杳 綺陌青門斜陽芳

草令古銷沈送人老帝城春事又是等閒來了亂紅隨過雨鶯聲悄

眼兒媚 閨思

花近清明晚風寒錦幄獸香殘醺醺醉裏匆匆相見重聽哀彈　春情入指鶯聲碎危柱不勝絃十分得意一場輕夢淡月闌干

南鄉子 別意

霜月晚雲收蕭瑟西風滿院秋雅會難期嗟易散遲留

把酒聽歌且勸酬　萬事拚悠悠只有情親未易休後夜扁舟煙浪裏回頭葉葉丹楓總是愁

阮郎歸　上苑初夏侍宴池上賦

柳陰庭館占風光呢喃清晝長碧波新漲小池塘雙雙蹴水忙　萍散漫絮飄揚輕盈體態狂爲憐流去落紅香銜將歸畫梁

沁園春　初冬夜坐聞淮上捷音次韻

更漏迢迢乍寒天氣畫燭對牀正井梧飄砌邊鴻度月

故人何處水遠山長老去功名年來情緒寬盡寒衣銷舊香除非是仗蠻牋象管時伴吟窗　詞章莫話行藏且喜見捷書來帝鄉看銳師雲合妖氛電埽隋堤官柳依舊成行夢繞它年青門紫陌對酒花前歌正當空成恨奈潘郎兩鬢新點吳霜

菩薩蠻 次韻龍深甫春日即事

杏花寒食佳期近一簾煙雨琴書潤砌下水潺潺玉笙吹莫寒　陽臺雲易散往事尋思懶花底醉相扶當時

人在無

採桑子 清明

清明池館晴還雨綠漲溶溶花裏遊蜂宿粉棲香錦繡中

玉簫聲斷人何處依舊春風萬點愁紅亂逐煙波總向東

柳梢青 侍宴禁中和張知閤應制作

梅粉輕勻和風布暖香逕無塵鳳閣淩虛龍池澄碧芳意鱗鱗

清時酒聖花神見内苑風光又新一部仙韶

九曲鸞仗天上長春

曾紘父

名惇以故相之孫工文辭播在樂府平康皆習歌之有詞一卷謝景思為序

念奴嬌 送淮漕錢處和

繡衣直指問凌風一笑翩然何許詔出層霄持漢節千里秋風淮浦鑑遠江山竹西歌吹曾被迷樓誤須君椽筆為渠一洗塵土 休厭共倒金荷翠眉重為唱渭城

朝雨看即揚鞭歸騎穩還指鬱葱深處寶帶兼金華韉新繡直上雲霄去回頭莫忘玉霄今夜風露

訴衷情　別意

鄞江雲氣近蓬萊花柳滿城隈風流謝守相遇應覆故人杯　煙浪暖錦帆回莫俳佪玉霄亭下芍藥荼蘼都望歸來

浣溪沙

無數春山展畫屏無窮煙柳照溪明花枝缺處小舟橫

紫禁正須紅藥句清江莫與白鷗盟主人元自是仙卿

呂居仁

名本中號紫微申公之孫舜徒之子嘗集江西宗派詩紹興初賜進士第除右史中書舍人

滿江紅 幽居

東里先生家何在山陰溪曲對一川平野數間茅屋昨夜江頭新雨過門前流水清如玉抱小橋回合柳參天

摇新緑　踈籬下叢叢菊虚簷外蕭蕭竹歎古今得失是非榮辱須信人生歸去好世間萬事何時足問此春春醸酒何如今朝熟

採桑子　別情

恨君不似江樓月南北東西南北東西只有相隨無別離　恨君却似江樓月暫滿還虧暫滿還虧待得團圓是幾時

菩薩蠻　夜宴

高樓只在斜陽裏春風淡蕩人都喜攜客不嫌頻使君如酒醇　花光人不會月色須君醉月色與花光共成今夜長

南歌子 旅思

驛路侵斜月溪橋度曉霜短籬殘菊一枝黃正是亂山深處過重陽　旅枕元無夢寒更每自長只言江左好風光不道中原歸思轉淒涼

減字木蘭花 憶舊

去年今夜同醉月明花樹下今夜江邊月暗長堤柳暗船　故人何處帶我離愁江外去來歲花前還似今年憶去年

長相思　梅雪

要相忘不相忘玉樹郎君月艷娘幾回曾斷腸　欲下牀却上牀上得牀來思舊鄉北風吹夢長

踏莎行　梅雪

雪似梅花梅花似雪似和不似都奇絶惱人風味阿誰

知請君問取南樓月　記得去年探梅時節老來舊事無人說為誰醉倒為誰醒到今却怕輕離別

生查子　離思

雙雙小鳳斜淡淡鵶兒穩一曲渭城歌柳色饒春恨離觴洗别愁酒盡愁難盡寶瑟鴈縱横誰寄天涯信

又　離思

人分南浦春酒把陽關盞衣帶自無情頓為離人緩愁隨苦海深恨逐前峰遠更聽斷腸猿一似聞絃鴈

蝶戀花 春詞

巧語嬌鶯春未暮楊柳風流恰過池塘雨芳草滿庭花滿樹無情蝴蝶飛來去　睡起小奩香一縷玉篆回紋等箇人分付桃葉不言人不語眉尖一點君知否

如夢令 憶舊

海鴈橋邊春苦幾見落花飛絮重到柳行西懶問畫樓何處凝佇凝佇十頃荷花風雨

清平樂 柳塘書事

柳塘新漲艇子操雙槳閒倚曲欄成悵望是處春愁一樣 傍人幾點飛花夕陽又送樓鴉試問畫樓西畔暮雲恐近天涯

朱希真

名敦儒博物洽聞東都名士南渡初以詞章擅名天資曠遠有神仙風致其西江月二曲辭淺意深可以警世之役役于非望之福者

念奴嬌 梅詞

見梅驚笑問經年何處收香藏白似語如愁却問我何

苦紅塵久客觀裏栽桃仙家種杏到處成蹊隔千林無

伴淡然獨傲霜雪　且與管領春田孤標争肯接雄蜂

雌蝶豈是無情知受了多少凄涼風月寄驛人遥和羹

心在忍使芳塵歇東風寂寞可人誰爲攀折

水龍吟　感事

放船千里凌波去略爲吴山留顧雲屯水府濤隨神女

九江東注北客翩然壯心偏感年華將暮念伊蒿舊隱

巢由故友南柯夢遽如許　回首妖氛未埽問人間英雄何處奇謀報國可憐無用塵昏白羽鐵鎖横江錦帆衝浪孫郎良苦但愁敲桂櫂悲吟梁甫淚流如雨

採桑子 亂後作

扁舟去作江南客旅鴈孤雲萬里煙塵回首中原淚滿襟　碧山相映汀洲冷楓葉蘆根日落波平愁損辭鄉去國人

減字木蘭花 懷感

古人誤我獨舞西風雙淚墮鶴去無蹤木落西陵返照紅 人間難住擲下酒杯何處去樓鎖鐘殘山北山南兩點烟

相見懽 吳中

東風吹盡江梅橘花開舊日吳王宮殿長青苔 今古事英雄淚老相催常恨夕陽西去晚潮回

西江月 警悟

世事短如春夢人情薄似秋雲不須計較苦勞心萬事

元來有命　幸遇三杯酒美況逢一朶花新片時歡笑
且相親明日陰晴未定

又　自樂

日日深杯酒滿朝朝小圃花開自歌自舞自開懷且喜
無拘無礙　青史幾番春夢紅塵多少奇才不須計較
與安排領取而今見在

卜筭子　除夕

江上見新年幾夜聽春雨有箇人兒領略春粉淚紅輕

注　深勸玉東西低唱黃金縷撚底梅花總是愁酒盡
人歸去

鷓鴣天 自述

我是清都山水郎天教分付與疎狂曾批給雨支風券
屢上留雲借月章　詩萬首酒千觴幾曾着眼看侯王
玉樓金闕慵歸去且插梅花醉洛陽

又 歲暮

檢盡歷頭冬又殘愛宅風雪耐他寒拖條竹杖家家酒

上箇籃輿處處山　添老大轉癡頑謝天教我老來閒

道人還了鴛鴦債紙帳梅花醉夢閒

朱雍

紹興中乞名試賢良有梅詞二卷行於世

憶秦娥　懷人

風蕭蕭驛亭春信期春潮期春潮黃昏浮動誰在江皋

碧雲冉冉横溪橋瓊車未至餘香飄餘香飄一簾疎

影月在花梢

好事近 梅

春色為誰來枝上半留殘雪恰近小園香徑對霜林寒月危欄悽斷笛聲長吹到偏嗚咽最好短亭歸路有行人先折

謁金門

春太早十二玉樓初曉半額試妝深院悄相逢何草草臨水幽香縹緲彷彿淡妝窺照恰值日邊人未到紛紛縈古道

張仲宗

三山人紹興戊午之秋胡澹菴上書乞斬時相坐謫新州仲宗以詞送行後併得罪

賀新郎 送胡邦衡謫新州

夢繞神州路悵秋風連營畫角故宮離黍底事崑崙傾砥柱九地黃流亂注聚萬落千村貔虎天意從來高難問況人情易老悲如許更南浦送君去 涼生岸柳銷殘暑耿斜河疎星淡月斷雲微度萬里江山知何處回

首對牀夜語鴈不到書成誰與目盡青天懷今古肯兒
曹恩怨相爾汝舉大白唱金縷

又

寄李伯紀丞相

曳杖危樓去斗垂天滄波萬頃月流煙渚埽盡浮雲風
不定未放扁舟夜渡宿鴈落寒蘆深處悵望關河空弔
影正人間鼻息鳴鼉鼓誰伴我醉中舞 十年一夢揚
州路倚高寒愁生故國心雄戍鼓要靖烽烟三尺劍遺
恨琵琶舊語謾暗澁銅花塵土喚取謫仙平章看過苕

溪尚許垂綸否風浩蕩欲輕舉

滿江紅 旅思

春水連天桃花浪幾番風惡雲乍起遠山遮盡晚風還作綠徧芳洲生杜若楚帆帶雨煙中落認向來沙觜共停橈傷飄泊　寒猶在衾偏薄腸欲斷愁難著倚篷窗無寐引杯孤酌寒食清明都過了可憐孤負年時約想小樓日日望歸舟人如削

蘭陵王 春遊

卷珠箔朝雨輕陰池閣闌干外煙柳弄晴芳草侵堦映紅藥東風妬花惡吹落梢頭嫩蕚屏山掩沈水倦熏中酒心情怕杯勺　尋思舊京洛正年少疎狂歌笑迷著障泥油壁催梳掠曾馳道同載上林攜手燈夜初過早共約又爭信漂泊　寂寞念行樂甚粉淡衣襟音斷絃索瓊枝璧月春如昨悵别後華表那回雙鶴相思除是向醉裏暫忘却

又　春思

綺霞散空碧留晴向晚東風裏天氣困人時節秋千閑
深院簾旌翠波颭窗影殘紅一線春光好花臉柳腰勾
引芳菲閙鶯燕　閒愁費消遣想蛾綠輕顰鸞鑑新怨
單衣欲試寒猶淺羞衾鳳空展塞鴻難託誰問潛寬舊
帶眼念人似天遠　迷戀畫堂宴看最樂王孫濃艶爭
勸蘭膏寶篆春宵短擁檀板低唱玉杯重暖衆中先醉
謾倚檻早夢見

念奴嬌　秋思

江天雨霽正露荷擎翠風槐搖緑試問秦樓今夜裏秋到闌干幾曲笑撚黄花重題紅葉無奈歸期促暮雲千里桂華初綻寒玉　有誰伴我凄涼除非分付與杯中醽醁水本無情山又遠回首煙波雲木夢繞西園魂飛南浦自古情難足舊遊何處落霞空映孤鶩

石州慢　初春感舊

寒水依痕春意漸回沙際煙闊溪梅晴照生香冷蕊數枝争發天涯舊恨試看幾許銷魂長亭門外山重疊不

盡眼中青怕昏黄時節　情切畫樓深閉想見東風暗消肌雪辜負枕前雲雨樽前花月心期切處更有多少淒涼殷勤留與歸時說到得再相逢恰經年離别

青玉案　憶舊

華琚玉轡青絲鞚記年少金吾從花底朝回珠翠擁曉鍾初斷宿醒猶帶緑瑣窗中夢　天涯相遇鞭鸞鳳老去堂成更情重月轉簷牙雲遶棟涼吹香霧酒迷歌扇春筭傳盃送

臨江仙 荼蘼有感

鶯喚屏山驚睡起嬌羞須索郎扶荼蘼斗帳罷熏爐翠穿珠落索香泛玉流酥　長記枕痕消醉色日高猶倦粧梳一枝春瘦想如初夢迷芳草路望斷素鱗書

浣溪沙 別意

燕掠風簷欵欵飛艷桃穠李鬧長堤騎鯨人去曉鶯啼可意湖山留我住斷腸煙水送君歸三春不是別離時

漁家傲

樓外天寒山欲暮。溪邊雪後藏雲樹。小艇風斜沙嘴露。流年度。春光已向梅梢住。

短夢今宵還到否。葦村四望知何處。客裏從來無意緒。催歸去。故園正要鶯花主。

謁金門 道山亭餞張椿老赴行在

風露底。石上岸巾愁起。月到房心天似水。亂峰清影裏。

此去登瀛須記。令夕道山同醉。春殿明年人共指。玉皇香案吏。

花菴詞選卷十一

花菴詞選卷十二

宋 黄昇 編

宋詞

劉彦冲

名子翬號屏山先生劉忠顯公之子朱文公之師有屏山文集行於世小詞附其後

驀山溪 九日

浮煙冷雨此日還重九秋去又秋來但黃花年年依舊
平臺戲馬無處問英雄茅舍小竹籬疎兀坐空搔首
客來何有草草三杯酒一醉萬緣空休貪他金印如斗
病翁老矣誰共賦歸與芟隴麥網溪魚未落它人後

滿庭芳　和胡明仲桂花詞

秋入微陰涼生平遠小山愁絶天南似聞還斷飛策徧
千巖葉底輕黃蔂蔂惱人是微裂芳緘𠌯然勝清真冷
淡無艷寄塵凡　澄潭歆兩岸波光揺動碧影相參任

西風十里吹度松杉我自寒灰槁木凝神處不覺醺酣
歸來晚飛花無迹明月滿空山

趙元鎮

名鼎號得全居士中興名相詞婉媚不減花間
集

蝶戀花 春思

盡日東風吹緑樹向晚輕寒數點催花雨年少淒涼天
賦與更堪春思縈離緒　臨水高樓攜酒處曾倚哀絃

歌斷黃金縷樓下水流何處去凭欄目送蒼煙暮

點絳唇 春愁

香冷金爐夢回鴛帳餘香嫩更無人問一枕江南恨消瘦休文頓覺春衫褪清明近杏花吹盡薄暮東風緊

又 惜別

惜別傷離此生此念無重數故人何處還送春歸去美酒一杯誰解歌金縷無情緒淡煙疎雨花落空庭暮

賀聖朝 秋思

斷霞收盡黄昏雨滴梧桐疎樹簾櫳不卷夜沉沉鎖一庭風露　天涯人遠心期夢悄苦長宵難度知它窗外促織兒有許多言語

浣溪沙　美人

艷艷春嬌入眼波勸人金盞緩聲歌不禁粉淚揾香羅　暮雨朝雲相見少落花流水别離多寸腸爭奈此情何

畫堂春　春日

空籠簾影隔垂楊夢回芳草池塘杏花枝上蝶雙雙春晝初長　强理雲鬟臨照暗彈粉淚沾裳自憐容艷惜流光無限思量

醉桃園　春晚

青春不與花為主花正開時春暮花下醉眠休訴看取春歸去　鶯愁蝶怨春知否欲問春歸何處只有一樽芳醑留得青春住

人月圓　中秋

連環寶瑟深深願結盡一生愁人間天上佳期勝賞今夜中秋　雅歌妍態嫦娥見了應羨風流芳樽美酒年年歲歲月滿高樓

怨東風　閨怨

寶鑑菱花瑩孤鸞慵照影魚書蝶夢兩消沉恨恨恨結盡丁香瘦如楊柳雨疎雲冷　宿醉懨懨病羅巾空淚粉欲將遠意託湘絃悶悶悶香繫悠悠晝簾悄悄日長春困

滿江紅 丁未九日南渡泊舟儀真江口

慘結秋陰西風送絲絲雨濕凝望眼征鴻幾字莫投沙磧欲向鄉關何處是水雲浩蕩連南北但脩眉一抹有無中遥山色　天涯路江上客腸已斷頭應白空搔首興嘆莫年離隔欲待忘憂除是酒奈酒行有盡愁無極便挽將江水入樽罍澆胸臆

西江月 福唐別故人

世態浮雲易變時光飛箭難留五年重見海東頭只有

交情似舊　未盡别來深意難堪老去離愁青山迢遞
水悠悠明日扁舟病酒

王民瞻

名庭珪號瀘溪先生廬陵人棄官養志二十年
紹興辛酉胡澹菴謫新州民瞻以詩送之云癡
兒不了公家事男子要為天下奇坐是除名編
隸辰州

感皇恩 留别

一葉下西風寒生南浦椎鼓鳴鐃送君去長亭把酒却倩阿誰留住樽前人似玉能留否　醉中暫聽離歌幾許聽不能終淚如雨無情江水斷送扁舟何處歸時煙浪捲朱簾暮

點絳唇 感舊

花外紅樓當時青鬢顏如玉淡煙殘燭醉入花間宿白髮相逢猶唱當時曲當時曲斷絃難續且盡杯中醁

鳳棲梧 王彥恭生日

瓊海無邊銀浪捲畫戟朱樓縹緲雲間見當日使君曾擁傳海霞光裏時開讌　翠竿紅鱗吹酒面莫謂今朝人在天涯遠彩鳳銜書應不晚願公難老身長健

滿庭芳　戊辰上元黄子餘席上時未有月

宿雨初收晚風微度萬家簾捲青煙暗塵隨馬人物似神仙試問天公借月天須放明月教圓應移下廣寒宮殿燈火接星躔　盧川元古郡當時太守賓從俱賢到如今萬井歌吹喧闐花下紅妝賣酒時相遇曲水橋邊

誰知道山城父老重見中興年

桃源憶故人 辰州泛舟送郭景文周子康赴行在

催花一霎清明雨留得東風且住兩岸柳汀煙塢未放行人去 人如雙鵠雲間舉明夜扁舟何處只向武陵南渡便是長安路

李似之

名彌遜自號筠翁中興初名士不附秦檜坐貶

聲聲慢 木

龍涎燒就沈水熏成分明亂屑瓊瑰一朵才開人間十里先知此花開也不大有許多瀟洒清奇較量盡謂勝如茉莉賽即荼蘼　更被秋光摋送放些兒月照著陣風吹惱殺多情猛拚沉醉酬伊朝朝暮暮守定儘忙時也不相離睡夢裏膽瓶兒枕畔數枝

菩薩蠻 别意

江城烽火連三月不堪對酒長亭别休作斷腸聲老來無淚傾　風高帆影疾目送舟痕碧錦字幾時來薰風

無鴈田

張材甫

名掄號蓮社居士南渡故老及見太平之盛者

集中多應制詞

柳梢青侍宴

柳色初匀輕寒似水纖雨如塵一陣東風縠紋微皺碧沼鱗鱗仙娥花月精神奏鳳管鸞絲鬬新萬歲聲中九霞杯裏長醉芳春

蝶戀花 海棠

前日海棠猶未破點點胭脂染就真珠顆今日重來花下坐亂鋪宮錦春無那　賸摘繁枝簪幾朵痛惜深憐只恐芳菲過醉倒何妨花底卧不須紅袖來扶我

臨江仙 禁中丹桂

玉宇涼生清禁曉丹葩色照晴空珊瑚敲碎小玲瓏人間無此種來自廣寒宮　雕玉闌干深院靜嫣然凝笑西風曲屏須占一枝紅且圖歆醉枕香到夢魂中

又 車駕朝享景靈宮久雨一夕開霽

閶道彤庭森寶仗，霜風逐雨驅雲六龍扶輦下青冥香
隨鸞扇遠日射赭袍明　簾捲天街人隘路滿城喜望
清塵歡聲催起嶺梅春欲知天意好昨夜月華新

西江月 瑞香

剪就碧雲閑葉刻成紫玉芳心淺春不怕悄寒侵暖徹
薰籠瑞錦　花裏清芬獨步樽前勝韻難禁飛香直到
玉杯深消得厭厭痛飲

朝中措 夜景

燈花挑盡夜將闌斜掩小屏山一點涼蟾窺幔釧敲玉臂生寒 起來無緒爐薰燼冷桐葉聲乾都把沈思幽恨明朝分付眉端

燭影揺紅 上元有懷

雙闕中天鳳樓十二春寒淺去年元夜奉宸游曾侍瑶池宴玉殿珠簾盡捲擁羣仙蓬壺閬苑五雲深處萬燭光中揭天絲管 馳隙流年恍如一瞬星霜換今宵誰

念泣孤臣回首長安遠可是塵緣未斷謾惆悵華胥夢短滿懷幽恨數點寒燈幾聲歸鴈

浣溪沙 和曾純甫題謝氏小閣

築室崢嶸占寶峰退朝燕坐萬緣空出塵高志抗冥鴻何日嘉招陪一笑看君豪飲醻千鍾試憑鄙句作先容

霜天曉角 別恨

曉風揺幕欹枕聞殘角霜月照窗寒影金猊冷翠衾薄

舊恨無處著新愁還又作夜夜單于聲裏燈花共淚珠落

張安國

名孝祥號于湖溧陽人以妙年射策魁天下不數載入直中書有紫微雅詞湯衡為序稱其平昔為詞未嘗著藁筆酣興健頃刻即成無一字無來處如歌頭凱諸曲駿發蹈厲寓以詩人句法者也

六州歌頭

長淮望斷關塞莽然平征塵暗霜風勁悄邊聲黯銷凝追想當年事殆天數非人力洙泗上絃歌地徧榛荆隔水村莊落日牛羊下區脫縱横看名王宵獵騎火一川明笳鼓悲鳴遣人驚　念腰間箭匣中劍空埃蠹竟何成時易失心徒壯歲將零渺神京干羽方懷遠靜烽燧且休兵冠蓋使紛馳騖若為情聞道中原遺老常南望翠葆霓旌使行人到此忠憤氣填膺有淚如傾

水調歌頭 凱歌寄湖南安撫劉舍人

猩鬼嘯篁竹玉帳夜分弓少年荆楚劒客突騎錦襜紅千里風飛雷厲四校星流彗掃蕭斧挫春葱談笑青油幕日奏捷書同　詩書帥黄閣老黑頭公家傳鴻寶祕略小試不言功聞道璽書頻下看即沙堤歸去帷幄且從容君王自神武一舉朔庭空

又 舟過金山寺

江山自雄麗風露與高寒寄聲月姊借我玉鑑此中看

幽壑魚龍悲嘯倒影星辰摇動海氣夜漫漫擁起白銀
闕危駐紫金山　表獨立飛玉佩整雲冠漱氷濯雪眇
視萬里一毫端回首三山何處聞道羣仙笑我要我欲
俱還揮手從此去翳鳳更驂鸞

又　隱静寺觀雨寺有碧霄泉

青嶂度雲氣幽壑舞回風江神助我雄觀喚起碧霄龍
電掣金蛇千丈雷震靈鼉萬疊洶洶欲崩空盡瀉銀潢
水散入寶蓮宫　坐中客淩積翠看奔洪人間應失匕

著唯我獨從容淨洗從來塵垢潤及無邊枯槁造物不
言功天宇忽開霽日在五雲東

滿江紅 秋懷

秋滿灕源瘴雲淨曉山如簇動遠思空江小艇高邱喬
木策策西風雙鬢底暉暉斜日朱欄曲試側身回首望
京華迷南北 思歸夢天邊鵠遊宦事蕉中鹿想一年
好處砌紅堆綠羅帕分柑霜落齒冰盤剝芡珠盈掬借
春纖縷鱠搗金虀新篘熟

念奴嬌 欲雪呈朱漕

朔風吹雨送凄涼天意垂垂欲雪萬里南荒雲霧滿弱水蓬萊相接凍合龍崗寒侵銅柱碧海氷澌結憑高一笑問君何處炎熱 家在楚尾吳頭歸期猶未對此驚時節記得年時貂帽煖鐵馬千羣觀獵狐兔成車歌鐘殷地歸踏層城月持杯且醉不須北望凄切

又 洞庭

洞庭青草近中秋更無一點風色玉界瓊田三萬頃著

我扁舟一葉素月分輝銀河共影表裏俱澄徹怡然心會妙處難與君說　應念嶺海經年孤光自照肝肺皆氷雪短髮蕭騷襟袖冷穩泛滄浪空闊盡挹西江細傾北斗萬象為賓客扣舷一笑不知今夕何夕

又 離思

星沙初下望重湖遠水長雲漠漠一葉扁舟誰念我今日天涯飄泊平楚南來大江東去處處風波惡吳中何地滿懷俱是離索　長記送我行時綠波亭上泣透青

羅薄檣燕低飛人去後依舊湘城簾幕不盡山川無窮
烟浪辜負秦樓約漁歌聲斷為君雙淚傾落

木蘭花　離思

送歸雲去鴈淡寒彩滿溪樓正佩解湘腰釵孤楚鬢鸞
鑑分收凝情望行處路但疎煙遠樹織離憂只有樓前
溪水伴人清淚長流　霜華夜永逼衾裯喚誰護衣篝
念粉館重來芳塵未掃爭見嬉遊情知悶來殢酒奈回
腸不醉只添愁脉脉無言竟日斷魂雙鶩南州

又 別情

紫簫吹散後恨燕子只空樓念璧月長虧玉簪中折覆水難收青鸞送碧雲句道霞扃霧鎖不堪憂情與文梭共織怨隨宫葉同流　人間天上兩悠悠暗淚洒燈篝記谷口園林當時驛舍夢裏曾遊銀屏低聞笑語但夢時冉冉醒時愁擬把菱花一半試尋高價皇州

雨中花 長沙

一葉凌波十里御風煙鬟霧鬢蕭蕭認得江臯玉佩水

館氷綃秋淨明霞乍吐曙涼宿靄初消恨微嚬不語欲進還休凝佇超遥　神交冉冉愁思盈盈斷䰟欲遣誰招還似待青鸞傳信烏鵲成橋悵望胎仙琴疊羞看翡翠蘭苕夢回人遠紅雲一片天際笙簫

鷓山溪春情

雄風豪雨時節清明近簾幙起輕寒熯紅爐笑翻灰燼陰藏遲日欲驗幾多長繡工慵圍棊倦香篆頻銷印茂林芳逕緑變紅添潤桃杏意酣酣占前頭一番花信

華堂尊酒但作艷陽歌禽聲喜流雲盡明日春遊俊

鷓鴣天 長沙餞劉樞密

浴殿西頭白玉堂湘江東畔碧油幢北辰躔次占星象南斗山川解印章 隨步武借恩光送君先促舍人裝他年真肯傳衣缽今日先須釂一觴

又 春情

日日青樓醉夢中不知樓外已春濃杏花未遇疎疎雨楊柳初搖短短風 扶畫鷁躍花驄湧金門外小橋東

行行又入笙歌裏人在珠簾第幾重

菩薩鬘 舟中

十年長作江南客檣竿又挂西風席白鳥去邊明楚山無數青　倒冠仍落佩我醉君同醉試問識君不青山與白鷗

又 杏花

東風約略吹羅幕一簷細雨春陰薄試把杏花看濕紅嬌暮寒　佳人雙玉枕烘醉鴛鴦錦折得最繁枝暖香

生翠幃

鵲橋仙

橫波滴素遙山蹙翠江北江南腸斷不知何處御風來雲霧裏釵橫鬢亂　香羅疊恨蠻牋寫意付與瑤臺女伴醉時言語醒時愁道說與醒時休看

又　梅

吹香成陣飛花如雪不那朝來風雨可憐無處避春寒但玉立仙衣數縷　清愁萬斛柔腸千結醉裏一時分

付勸君不用嘆飄零待結子成陰歸去

西江月 黄陵廟

滿載一船明月平鋪千里秋江波神留我看斜陽喚起鱗鱗細浪　明日風回更好今朝露宿何妨水晶宮裏奏霓裳準擬岳陽樓上

又 洞庭

問訊湖邊春色重來又是三年東風吹我過湖船楊柳絲絲拂面　世路如今已慣此心到處悠然寒光亭下

水連天飛起沙鷗一片

又 為劉樞密太夫人壽

疇昔通家事契即令兩鎮交承起居樞密太夫人緑髮斑衣相映　乞得神仙九醖祝教福禄千春台星直上壽星明長見門闌鼎盛

憶秦娥 雪

雲垂幕陰風慘淡天花落天花落千林瓊玖滿空鸞鶴征車渺渺穿華薄路迷迷路增離索增離索楚溪山

水碧湘樓閣

又 梅

梅花發寒梢挂著瑤臺月瑤臺月和羮心事履霜時節

斷橋流水聲嗚咽行人立馬空愁絶空愁絶為誰凝

佇為誰攀折

又 元夕

元宵節鳳樓相對鼇山結鼇山結香塵隨步柳梢微月

多情又見珠簾揭游人不放笙歌歇笙歌歇曉煙輕

散帝城宮闕

吳彥高

名激先朝故臣米元章之壻

春從天上來 會寧府遇老姬善鼓瑟舊籍梨園

海角飄零嘆漢苑秦宮墜露飛螢夢裏天上金屋銀屏歌吹競舉青冥問當時遺譜有絕藝鼓瑟湘靈促哀彈似林鶯嚦嚦山溜泠泠 梨園太平樂府醉幾度春風鬢變星星舞徹中原塵飛滄海風雪萬里龍庭寫暮笳

幽怨人憔悴不似丹青酒微醒一軒涼月燈火青熒三山鄭中卿從張貴謨使北日聞有歌之者

青衫溼 宴北人張侍御家有感

南朝千古傷心地還唱後庭花舊時王謝堂前燕子飛入人家 恍然在遇天姿勝雪宮鬢堆鴉江州司馬青衫溼淚同是天涯 右二曲皆精妙悽惋惜無人拈出令錄入選必有能知其味者

楊廷秀

名萬里號誠齋吉州人以道德風節照映一世

實為四朝壽俊

念奴嬌 上章乞休置戲作小詞自賀

老夫歸去有三徑足可長拖衫袖一道官銜清徹骨別有監臨主守主守清風監臨明月兼管栽花柳登山臨水作詩三首兩首　休說白日昇天莫誇金印斗大懸雙肘且說廬陵新盛事三箇閒人眉壽揀罷軍貟歸農押録致政誠齋叟只愁醉殺螺江門外私酒吉有螺江門

憶秦娥 初春

新春早春前十日春歸了春歸了落梅如雪野桃紅小

老夫不管春催老只圖爛醉花前倒花前倒兒扶歸

去醒來窗曉

吳大年

名億渡江初人

燭影揺紅元夕

樓雪初消麗譙吹罷單于晚使君千炬起班春歌吹香

風煖十里珠簾盡捲人正在蓬壺閬苑賣薪買酒立馬

傳觴昇平重見　誰識鼇頭去年曾侍傳柑宴至今衣
袖帶天香行處氤氲滿已是春宵苦短更莫遣歡遊意
懶細聽歸路壁月光中玉簫聲遠

南鄉子　江上

江上雪初消暖日晴烟弄柳條認得裙腰芳草緑魂銷
曾折梅花過斷橋　潘鬢為誰凋長恨金閨閑阿嬌遥
想晚妝呵手罷天饒更傍朱脣暖玉簫

范至能

名成大號石湖居士孝宗朝入參大政詩文起絕三高亭記天下之人誦之嘗為蜀帥每有篇章即日傳布人以先覩為快

眼兒媚 萍鄉道中乍晴卧輿中困甚小憩柳塘

酣酣日脚紫煙浮妍暖破輕裘困人天色醉人花氣午夢扶頭 春慵恰似春塘水一片縠紋愁溶溶曳曳東風無力欲皺還休

一落索 南浦舟中與江西帥漕酌別夜後忽大雪

畫戟錦車皆雅故簫鼓留客住南浦春波莫難忘羅襪
生塵處　明日船旗應不駐且唱斷腸新句捲盡珠簾
雨雪花一夜隨人去

菩薩鬘　元夕立春

雪林一夜收寒了東風恰向燈前到今夕是何年新春
新月圓　綺叢香霧隔猶記醒狂客留取縷金幡夜蛾
相并看

又　湘東驛

客行忽到湘東驛明朝真是瀟湘客晴碧萬重雲幾時逢故人　江南如塞北别後書難得先自鴈來稀那堪春半時

滿江紅 清江風帆甚快作此與客劇飲歌之

千古東流聲捲地雲濤如屋横浩渺檣竿十丈不勝帆腹夜雨翻江春浦漲船頭鼓急風初熟似當年呼禹亂黄川飛梭速　擊楫誓空驚俗休拊髀都生肉任炎天氷海一杯相屬荻笋蔞芽新入饌鵾絃風吹能翻曲笑

人間何處似尊前添銀燭

謁金門 宜春道中野塘春水可喜有懷舊隱

塘水碧仍帶麴塵顏色汎汎縠紋無氣力東風如愛惜

恰似越來溪側也有一雙鸂鶒只欠柳絲千百尺繫

船春弄笛

秦樓月 寒食日湖南提舉胡元高家席上聞琴

湘江碧故人同作湘中客湘中客東風回鴈杏花寒食

温温月到藍橋側醒心絃裏春無極春無極明朝殘

夢馬嘶南陌

陸務觀

名游號放翁山陰人官至煥章閣待制劉漫塘云范至能陸務觀以東南文墨之彥至能為蜀帥務觀在幕府主賓唱酬短章大篇人爭傳誦之

水龍吟 春日遊摩訶池

摩訶池上追遊路紅綠參差春晚韶光妍媚海棠如醉

桃花欲暖挑菜初閒禁烟將近一城絲管看金鞍爭道香車飛蓋爭先占新亭館　惆悵年華暗換黯銷魂雨收雲散鏡奩掩月釵梁折鳳秦箏斜鴈身在天涯亂山孤壘危樓飛觀歎春來只有楊花和恨向東風滿

沁園春　别恨

一别秦樓轉眼新春又近放燈憶盈盈倩笑纖纖柔握雪香花語玉暖酥凝念遠愁腸傷春病思自怪平生殊未曾君知否漸香消蜀錦淚漬吳綾　難求繫日長繩

況倦客飄零少舊朋但江郊鴈起漁村笛怨寒缸委燼

孤硯生氷水繞山園烟昏雲慘縱有高臺常怯登消魂

處是魚箋不到蘭夢無憑

月照梨花 閨思

霽景風軟烟江春漲小閣無人繡簾半上花外姊妹相

呼約樗蒲 修蛾忘了章臺様細思遐想感事添惆悵

胃酥臂玉消減擬覓雙魚倩傳書

又 閨思

閟已縈損那堪多病幾曲屏山伴人晝靜梁燕催起猶慵換熏籠　新愁舊恨何時盡漸凋綠鬢小雨知花信芳箋寄與何處繡閣珠櫳柳陰中

夜遊宮 記夢

雪曉清笳亂起夢遊處不知何地鐵騎無聲望似水想關河鴈門西青海際　睡覺寒燈裏漏聲斷月斜窗紙自許封侯在萬里有誰知鬢雖殘心未死

又 宴席

宴罷珠簾半捲畫簷外蠟香人散翠霧霏霏漏聲斷倚香肩看中庭花影亂　宛是高唐館寶奩炷麝烟初煖璧月何妨夜夜滿擁芳衾恨今年寒尚淺

臨江仙　晚春

鳩雨催成新綠燕泥收盡殘紅春光還與美人同論心空眷眷分袂却匆匆　只道真情易寫那知怨句難工水流雲散各西東半廊花院月一帽柳橋風

釵頭鳳　閨詞

紅酥手黃縢酒滿城春色宮墻柳東風惡歡情薄一懷愁緒幾年離索錯錯錯　春如舊人空瘦淚痕紅浥鮫綃透桃花落閒池閣山盟雖在錦書難托莫莫莫

浪淘沙 別恨

緑樹暗長亭幾把離尊陽關常恨不堪聞何況今朝秋色裏身是行人　清淚浥羅襟各自消魂一江離恨恰平分安得千尋橫鐵鎖截斷江津

南鄉子 賦歸

歸夢寄吳檣水驛江程去路長想見芳洲初繫纜斜陽烟樹參差認武昌　愁鬢點新霜曾是朝衣染御香重到故鄉交舊少凄涼却恐他鄉勝故鄉

感皇恩 感懷

小閣倚秋空下臨江渚漠漠孤雲未成雨數聲新鴈回首杜陵何處壯心空萬里人誰許　黃閣紫樞築壇開府莫怕功名欠人做如今熟計只有故鄉歸路石帆山脚下菱三畝

好事近 東歸書事

嵗晚喜東歸掃盡市朝陳迹揀得亂山環處釣一潭澄碧　賣魚沽酒醉還醒心事付横笛家在萬重雲外有沙鷗相識

蝶戀花 寒食

陌上簫聲寒食近雨過園林花氣浮芳潤千里斜陽鐘欲暝憑髙望斷南樓信　海角天涯行略盡三十年間無處無遺恨天若有情終欲問忍教霜點相思鬢

又 懷别

水漾萍根風卷絮倩笑嬌嚬忍記逢迎處只有夢魂能
再遇堪嗟夢不由人做　夢若由人何處去短帽輕衫
夜夜眉州路不怕銀缸深繡户只愁風斷青衣渡

朝中措 閨情

怕歌愁舞懶逢迎妝晚托春醒總是向人深處當時枉
道無情　關心近日啼紅密訴剪緑深盟杏館花陰恨
淺畫堂銀燭嫣明

鵲橋仙 感舊

華燈縱博彫鞍馳射誰記當年豪舉酒徒一一取封侯獨去作江邊漁父　輕舟八尺低篷三扇占斷蘋洲烟雨鏡湖元自屬閒人又何必君恩賜與

破陣子 省華

仕至千鍾良易年過七十常稀眼底榮華元是夢身後聲名不自知營營端爲誰　幸有旗亭沽酒何妨蘭紙題詩幽谷雲蘿朝采藥靜院軒窗夕對棊不歸眞箇癡

玉胡蝶 王忠州家席上

倦客平生行處墜鞭京洛解佩瀟湘此夕何年初賦宋玉高唐綉簾開香塵乍起蓮步穩銀燭分行暗端相燕羞鶯妬蝶遶蜂忙 難忘芳樽頻勸峭寒新退玉漏猶長幾許幽情只愁歌罷月侵廊欲歸時司空笑問微近處丞相嗔狂斷人腸假饒相送上馬何妨

如夢令 閨思

獨倚博山峰小翠霧滿身飛繞只恐學行雲去作陽臺

春曉春曉春曉滿院綠楊芳草

真珠簾 羈遊有感

水村山館參差路感羈遊正似殘春風絮掠地復穿簾

畢竟歸何處鏡裏新霜空自閔問幾時鸞臺鼇署遲暮

謾憑高竚立書空獨語 自昔儒冠多誤悔當年早不

抽身歸去醉下白蘋洲看夕陽鷗鷺蓴菜鱸魚都棄了

只換得青衫塵土休顧早扁舟江上一蓑烟雨

花菴詞選卷十二

總校官進士臣程嘉謨
校對官編修臣許兆椿
謄録監生臣饒錫光

宋·黄昇 編

花庵詞選

（二）

中國書店

花庵詞選

卷十三至卷二十

一

詳校官主事臣石鴻翥

欽定四庫全書

花菴詞選卷十三

宋　黄昇　編

宋詞

張功甫

名鎡號約齋居士西秦人楊誠齋極稱其詩

賀新郎　李頣正路分見訪留飲書贈

看了梅花去要東風攀翻看雪與君同賦海内從來天

際遠一笑平窺萬古待剪盡燭花紅吐久矣南湖無此客似喬松萬丈凌霄舉飛咳唾掃塵土　承平氣象森眉宇想天家驂鸞洞裏細烟氷霧我亦秦關歸未得誰念千將醉撫判良夜倚橫冠屨莫歎瀟湘居尚遠擁戎軺萬騎鳴笳鼓雲正鎖汴京路

又　陳退翁分教衡湘將行酒闌索詞漫成

桂隱傳杯處有風流千岩韻勝太邱遺緒玉季金昆霄漢侶平步鸞坡揮麈莫便駕飛飆烟渚雲動精神衡岳

去向君山帝樂鏘韶濩蘭藝畹畀湘楚　南湖老矣無襟度但樽前踉蹡醉影帽花顛仆只恐清時專文敎猶貸陰山部伍卧錦帳貔貅征鼓忠烈前勳賡萬恨望神都魏闕迷烟霧呼翠袖為君舞

夢遊仙 記夢

飛夢去閒到玉京遊塵絕天高那得暑月明雲薄澹於秋宮殿鎖金虬　氷佩冷風颺紫綃裹五色光中瞻帝所方知碧落勝炎洲香霧濕簾鈎

木蘭花癸丑年生日

年年三月二是居士始生朝念綠鬢功名初心已負難報劬勞天留帝城勝處匯平湖遠岫碧岩嵒竹色詩書燕几柳陰桃杏橫橋　西隣東舍不難招太半是漁樵任翁媪歡呼兒孫歌笑野具村醪醉來更隨鶴舞看清風送月過松梢百歲因何快樂盡從心地逍遥

又甲寅三月中澥邀樓大防陳君舉中書兩舍人黄文叔侍制彭子壽右史黄子由匠監沈應先大著過桂隱即席作

清明初過後正空翠靄晴鮮念水際樓臺城隅花柳春意無邊清時自多暇日看聯鑣飛蓋擁羣賢朱邸橫經滿座紫微淵思如泉 高情那更屬雲天語笑雜歌絃向啼鴂聲中落紅影裏忍負芳年浮生轉頭是夢恐它時高會卻難全快吐淋浪醉墨要令海內喧傳

漁家傲 漁翁

拂拂春風生草際新晴萬景供遊戲鷗鷺飛來斜照裏金和翠分明畫出真山水 遮箇漁翁無慍喜乾坤都

在孤蓬底一曲高歌千古意閒來睡從教月到花汀外

鵲橋仙立秋後一日

暑雲猶在澄空欲變入夜徘徊庭際新秋知是昨宵來愛殘月纖纖西墜　芭蕉老大流螢衰健靜裏細觀天意輕風未有半分涼奈人道今宵好睡

柳梢青舟泊秦淮

天遠山圍龍蟠淡靄虎踞斜暉幾度功名幾番成敗渾似鷗飛　樓臺一望淒迷笑到底空爭是非今夜潮生

明朝風順且送船歸

江城子　夏夜觀月

飛來氷雪冷無聲可中庭骨毛清卧看東南和露兩三星鶩地神遊天上去呼彩鳳駕雲輧　望舒宫殿玉崢嶸桂千層寳香凝擣藥仙童邀我論長生一笑歸來人未睡花送影上窗櫺

昭君怨　月夜賞荷花

月在碧虚中住人向亂荷中去花氣雜風凉滿船香

雲被歌聲搖動酒被詩情掇送醉裏卧花心擁紅衾

八聲甘州 中秋夜作

歎流光迅景百年間能醉幾中秋正凄蛩鳴砌驚烏翻樹烟淡蘋洲誰喚金輪出海不帶一雲浮纔上青林頂俄轉朱樓 人老歡情已減料素娥信我不為閒愁念幾番清夢常是故鄉留倩風前數聲横管叫玉鸞騎向碧空遊誰能顧黍炊榮利蟻戰怨讐

滿江紅 小圃玉照堂賞梅呈洪景盧内翰

玉照梅開三百樹香雲同色光搖動一川銀浪九霄珂月幸遇勳華時世好歡娛況是張燈夕更不邀名勝賞東風真堪惜　盤誥手春秋筆今內相斯文伯肯閒紆軒蓋遠過泉石奇事人生能幾見清樽花畔須教側到鳳池却欲醉鷗邊應難得

念奴嬌　登平江齊雲樓夜飲雙瑞堂呈雷吏部

東吳名勝有高樓直在浮雲齊處十二闌干邀遠望歷歷斜陽烟樹香徑人稀屧廊山遶往事今何許一天和

氣為誰吹散疎雨　知是蘭省星郎朱輪森戟與風光
為主暇日登携多雅致容我追隨臨賦小宴重開晚寒
初勁還下危梯去燭華紅隧瑞堂猶按歌舞
燭影揺紅　燈夕玉照堂梅花正開
宿雨初乾舞梢烟瘦金絲裊嫩雲扶日做新晴舊碧尋
芳草幽徑蘭芽尚小怪今年春歸太早柳塘花院萬朶
紅蓮一宵開了　梅雪翻空忍教空對東風老粉圍香
陣擁詩仙戰退春寒峭現樂歌彈鬧曉宴親賓團欒同

笑醉歸時候月過珠樓參横蓬島 柳塘花院現樂皆家中堂名也

滿庭芳 促織兒

月洗高梧露漙幽草寶釵樓外秋深土花沿翠螢火墜墻陰靜聽寒聲斷續微韻轉淒噎悲沉爭求侶殷勤勸織促破曉機心 兒時曾記得呼燈灌穴斂步隨音任滿身花影猶自追尋携向畫堂戲鬬亭臺小籠巧粧金今休說從渠牀下涼夜聽孤吟

胡仲任

名仔苕溪人嘗編漁隱叢話

感皇恩 自得

乞得夢中身歸棲雲水始覺精神自家底峭帆輕棹時與白鷗遊戲畏途多不管風波起 光景如梭人生浮脆百歲何妨盡沉醉卧龍多事謾説三分奇計算來爭似我長昏睡

張東父

名震號無隱居士詞甚婉媚蓋富貴人語也

蝶戀花 惜春

梅子初青春已暮芳草連雲綠徧西池路小院繡垂簾半舉銜泥紫燕雙飛去　人在赤欄橋畔住不解傷春還解相思否清夢欲尋猶間阻紗窗一夜蕭蕭雨

鷓鴣天 怨別

寬盡香羅金縷衣心情不似舊家時萬絲柳暗才飛絮一點梅酸已著枝　金底背玉東西前歡贏得兩相思傷心不及風前燕猶解穿簾度幕飛

又 春暮

橫素橋邊景最佳綠波清淺見瓊沙銜泥燕子迎風絮得食魚兒趁浪花　春已暮日初斜畫船簫鼓是誰家蘭橈欲去空留戀醉倚闌干看晚霞

驀山溪 春半

青梅如豆斷送春歸去小綠間長紅看幾處雲歌柳舞偎花識面對月共論心攜素手採香遊踏徧西池路水邊朱户曾記銷魂處小立背秋千空悵望娉婷韻度

楊花撲面香糝一簾風情脉脉酒厭厭曲首斜陽暮

又 初春

春光如許春到江南路柳眼丟晴暉笑梅花落英無數峭寒庭院羅幙護窗紗金鴨暖錦屛深曾記看承處雲邊尺素何計傳心縷無處說相思空惆悵朝雲暮雨曲欄干外小立近黄昏心下事眼邊愁借問春知否

韓无咎

名元吉號南澗名家文獻政事文學為一代冠冕

水龍吟 題三峰閣詠英華女子

雨餘疊巘浮空，望中秀色仙都是。洞天未鎖，人間春老，玉妃曾墜。錦瑟繁絃，鳳簫清響，九霄歌吹。問分香舊事，劉郎去後，知誰伴，風前醉。　回首暝烟千里。但紛紛、落紅如淚。多情易老，青鸞何許，詩成誰寄。斗轉參橫，半簾花影，一溪寒水。悵飛鳧路杳，行雲夢斷，有三峰翠。

謁金門 春雪

春尚淺。誰把玉英裁翦。盡道梅梢開未遍。卷簾花滿院。

樓上酒融歌暖樓下水平烟遠却似湧金門外見絮飛波影亂

水調歌頭 九日

今日俄重九莫負菊花開試尋高處携手躡屐上崔嵬放目蒼崖萬仞雲護曉霜成陣知我與君來古寺倚修竹飛檻絶塵埃 笑談間風滿座酒盈杯仙人跨海休問隨處是蓬萊落日平園西望鼓角秋深悲壯戲馬但荒臺細把茱萸看一醉且徘徊

辛幼安

名弃疾號稼軒

瑞鶴仙 題南劍雙溪樓

片帆何太急望一葉須臾去天咫尺舟人好看客似風濤三峽嵳峩劍戟溪南溪北正遐想幽人泉石被漁樵指點危樓却羨舞筵歌席　歎息山林鍾鼎意倦情遷本無欣戚轉頭陳迹飛鳥外晚烟碧問誰憐舊日南樓老子最愛月明吹笛到而今撲面黃塵欲歸未得

又上洪倅壽

黄金堆到斗怎得似長生畫堂勸酒蛾眉最明秀向水沈烟裏兩行紅袖笙歌擱就爭説道明年時候被嫦娥做了殷勤仙桂一枝入手　知否風流别駕近日人呼文章太守天長地久歲歲上乃翁壽記從來人道相門出相金印纍纍儘有但須周公拜前魯公拜後

滿江紅　賀王宣子平湖南寇

笳鼓歸來舉鞭問何如諸葛人道是匆匆五月渡瀘深

入白羽風生貔虎嘯青溪路斷猩鼯泣早紅塵一騎落
平岡捷書急　三萬卷龍頭客渾未得文章力把詩書
馬上笑驅鋒鏑金印明年如斗大貂蟬却自兜鍪出待
刻公勲業等雲霄浯溪石

又感興

過眼溪山怪都似舊時曾識還記夢中行徧到江南江北
佳處徑須攜杖去能消幾緉平生屐笑塵勞三十九年
非長為客　吳楚地東南拆英雄事曹劉敵被西風吹

盡了無陳迹樓觀才成人已去旌旗未卷頭先白嘆人

間哀樂轉相尋今猶昔

又　送鄭舜舉赴召

湖海平生算不負蒼髯如戟聞道是君王著意太平長

策此老自當兵十萬長安正在天西北便鳳凰飛詔下

天來催歸急　車馬路兒童泣風雨暗旌旗濕看野梅

官柳春風消息莫向蔗菴追笑語只今松竹無顏色問

人間誰管别離愁杯中物

祝英臺近春晚

寶釵分桃葉渡烟柳暗南浦怕上層樓十日九風雨斷腸點點飛紅都無人管倩誰喚流鶯聲住鬢邊覷試把花卜歸期才簪又重數羅帳燈昏哽咽夢中語是他春帶愁來春歸何處又不解帶將愁去

水調歌頭盟鷗

帶湖吾甚愛千丈翠奩開先生無事杖屨一日走千回凡我同盟鷗鷺今日既盟之後來往莫嫌猜白鶴在何

處嘗試與偕來　破青蘋排翠藻立蒼苔窺魚笑汝癡
計不觧舉吾杯廢沼荒邱疇昔明月清風此夜人世幾
懽哀東岸緑陰少楊柳更須栽

又

折盡武昌柳挂席上瀟湘二年魚鳥江上笑我往來忙
富貴何時休問離別中年堪恨憔悴鬢成霜絲竹陶寫
耳急羽且飛觴　序蘭亭歌赤壁繡衣香使君千騎鼓
吹風采漢侯王莫把離歌頻唱可惜南樓佳處風月已

淒涼在家貧亦好此語試平章

酹江月　登賞心亭

我來弔古上危樓贏得閒愁千斛虎踞龍盤何處是只有興亡滿目柳外斜陽水邊歸鳥隴上吹喬木片帆西去一聲誰噴霜竹　却憶安石風流東山歲晚淚落哀箏曲兒輩功名都付與長日惟消棊局寶鏡難尋碧雲將暮誰勸杯中緑江頭風怒朝來波浪翻屋

又　西湖和人韻

晚風吹雨戰新荷聲亂明珠蒼璧誰把香奩收寶鏡雲錦周遭紅碧飛鳥翻空游魚吹浪慣聽笙歌席坐中豪氣看君一飲千石　遥想處士風流鶴隨人去已作飛仙客茅舍竹籬今在否松竹已非疇昔欲說當年望湖樓下水與雲寬窄醉中休問斷腸桃葉消息

又　春恨

野棠花落又匆匆過了清明時節剗地東風欺客夢一枕銀屏寒怯曲岸持觴垂楊立馬此地曾經别樓空人

去舊遊飛燕能說　聞道綺陌東頭行人曾見簾底纖纖月舊恨春江流不盡新恨雲山千疊料得明朝尊前重見鏡裏花難折也應驚問近來多少華髪

水龍吟 賞心亭

楚天千里清秋水隨天去秋無際遥岑遠目獻愁供恨玉簪螺髻落日樓頭斷鴻聲裏江南游子把吳鈎看了欄干拍遍無人會登臨意　休説鱸魚堪鱠儘西風季鷹來未求田問舍怕應羞見劉郎才氣可惜流年憂愁

風雨樹猶如此倩何人喚取紅巾翠袖揾英雄淚

又 壽韓南澗

渡江天馬南來幾人真是經綸手長安父老新亭風景可憐依舊夷甫諸人神州沈陸幾曾回首筭平戎萬里功名本是真儒事君知否 況有文章山斗對桐陰滿庭清晝當年墜地而今試看風雲奔走綠野風烟平泉草木東山歌酒待他年整頓乾坤事了為先生壽

又 再壽韓南澗

玉皇金殿微涼看公一試薰風手高門畫戟桐陰閬道青青如舊蘭佩空芳蛾眉誰妬無言搔首甚年年却有呼韓塞上人爭問公安否　金印明年如斗向中州錦衣如畫依然盛事貂蟬前後鳳麟飛走富貴浮雲我評軒冕不如杯酒待從今痛飲八千餘歲伴松椿壽

又　題南澗雙溪樓

舉頭西北浮雲倚天萬里須長劍人言此地夜深長見斗牛光餤我覺山高潭空水冷月明星澹待然犀下看

憑欄却怕風雷怒魚龍慘　峽東滄江對起過危樓欲飛還歛元龍老矣不妨高卧氷壺凉簟千古興亡百年悲笑一時登覽問何人又卸片帆沙際繫斜陽纜

木蘭花慢　送張仲固帥興元

漢中開漢業問此地是耶非想劍指三秦君王得意一戰東歸追亡事令不見但山川滿目淚沾衣落日邊塵未斷西風塞馬空肥　一編書是帝王師小試去征西更草草離筵匆匆去路愁滿旌旗君思我回首處正江

涵秋影鴈初飛安得車輪四角不堪帶減腰圍

又 送滁州范倅

老來情味減對别酒惜流年更屈指中秋十分好月不照人圓無情水都不管共西風只等送歸船秋晚蓴鱸江上夜深兒女燈前　征衫便好去朝天玉殿正思賢想夜半思綸留教視草却遣籌邊長安故人問我道愁腸殢酒只依然目斷秋霄落鴈醉來時響空弦

摸魚兒 莫春

更能消幾番風雨匆匆春又歸去惜春長怕花開早何況落紅無數春又住且說道天涯芳草無歸路怨春不語算只有殷勤畫簷珠網盡日惹飛絮 長門事準擬佳期又誤蛾眉曾有人妒千金縱買相如賦脉脉此情誰訴君莫舞君不見玉環飛燕皆塵土閒愁最苦休去倚危欄斜陽正在烟柳斷腸處

最高樓 洪内翰慶七十

金閨老眉壽正如川七十且華筵樂天詩句香山裏

杜陵酒債曲江邊問何如歌窈窕舞嬋娟　更十歲
太公方出將又十歲武公才入相留盛事看明年直
須腰下添金印莫教頭上欠貂蟬向人間長富貴地行
仙

又　梅

花知否花一似何郎又似沈東陽瘦稜稜地天然白
冷清清地許多香笑東君還又趣北枝忙　著一陣
霎時間底雪著一箇缺些兒底月山下路水邊墻清香

怕有人知處蒼松側畔竹相將怎禁他桃與李少年場

千秋歲 建康壽史致道

塞垣秋草又報平安好樽俎上英雄表金湯生氣象珠玉霏談笑春近也梅花得似人難老　莫惜金樽倒鳳詔看看到留不住江東小從容帷幄裏整頓乾坤了千百歲從今盡是中書考

沁園春 退閒

三遷初成鶴怨猿驚稼軒未來甚雲山自許平生意氣

衣冠人笑抵死塵埃意倦須還身閒要早豈為蓴羮鱸鱠哉秋江上看驚弦鴈避駭浪船回　東岡更葺茅齋好都把軒窗臨水開要小舟行釣先應種柳疏籬護竹莫礙觀梅秋菊堪餐春蘭可佩留待先生手自栽沈吟久怕君恩未許此意徘徊

又

將止酒戒酒杯

杯汝來前老子今朝檢點形骸甚長年抱病咽如焦釜于今喜瞌氣似奔雷汝說劉伶古今達者醉後何妨死

便埋渾如此歎汝於知已真少恩哉　更憑歌舞為媒筭合作平居鴆毒猜況愁無小大生於所愛物無美惡過則為災與汝成言勿留亟退吾力猶能肆汝杯汝再拜道麾之即去招則須來

聲聲慢　滁州作奠枕樓

征埃成陣行客相逢都道幻出層樓指點簷牙高處浪湧雲浮今年太守萬里罷長淮千騎臨秋凭闌望有東南佳氣西北神州　千古懷嵩人去還笑我身在楚尾

吳頭見說弓刀陌上車馬如流從今賞心樂事剩安排酒令詩籌華胥夢願年年人似舊遊

洞仙歌　壽葉丞相

江頭父老說新來朝野都道今年太平也見朱顏綠鬢玉帶金魚相公是舊日中朝司馬　遥知宣勸後東閤華燈别賜仙韶接元夜問天上幾多春只似人間但長見精神如畫好都取山河獻君王看父子貂蟬玉京迎駕

鷓鴣天 春日即事

春入平原薺菜花新耕雨後落羣鴉多情白髮春無奈晚日青帘酒易賖　閒意態細生涯牛欄西畔有桑麻青裙縞袂誰家女去趁蠶生看外家

又 秋意

枕簟溪堂冷欲秋斷雲依水晚來收紅蓮相倚渾如怨白鳥無言定自愁　書咄咄且休休一邱一壑也風流不知筋力衰多少但覺新來懶上樓

又 春行即事

著意尋春懶便回何如信步雨三杯山才好處行還倦詩未成時雨早催携竹杖更芒鞋朱朱粉粉野蒿開誰家寒食歸寧女笑語柔桑陌上來

又 東陽道中

撲面征塵去路遥香篝漸覺水沈消山無重數周遭碧花不知名分外嬌人歷歷馬蕭蕭旌旗又過小紅橋愁邊剩有相思句揺斷吟鞭碧玉梢

又

陌上柔桑初破芽東隣蠶種已生些些平岡細草鳴黄犢

斜日寒林點暮鵶　山遠近路横斜青旗沽酒有人家

城中桃李愁風雨春在溪頭薺菜花

菩薩蠻書江西造口壁

鬱孤臺下清江水中間多少行人淚西北望長安可憐

無數山　青山遮不住畢竟江流去江晚正愁予山深

聞鷓鴣

又

稼軒日向兒童說帶湖買得閒風月頭白早歸來種花花已開　功名渾是錯更莫思量著見說小樓東好山千萬重

鵲橋仙和廓之弟送祐之歸浮梁

小窗風雨從今便憶中夜笑談清軟啼鴉衰柳自無聊更管得離人腸斷　詩書事業青氊猶在頭上貂蟬會見莫貪風月卧江湖道日近長安路遠

蝶戀花 送祐之弟

衰草殘陽三萬頃不筭飄零天外孤鴻影幾許淒涼須痛飲行人自向江頭醒　會少離多看兩鬢萬縷千絲何況新來病不是離愁難整頓被他引惹隨他恨

又 戊申元日立春

誰向椒盤簪彩勝整整韶華爭上春風鬢往日不堪重記省為花長抱新春恨　春未來時先借問晚恨開遲早又飄零近今歲花期消息定只愁風雨無憑準

又 別意

莫向城頭聽漏點說與行人默默情千萬總是離愁無近遠人間兒女空恩怨　錦繡心胷氷雪面舊日詩名曾道空梁燕傾盖未償平日願一杯早唱陽關勸

霜天曉角 惜別

吳頭楚尾一棹人千里休說舊愁新恨長亭樹今如此　宦遊吾倦矣玉人留我醉明日落花寒食得且住為佳耳

清平樂 村居

茅簷低小，溪上青青草。醉裏蠻音相媚好，白髮誰家翁媼。大兒鋤豆溪東，中男正織鷄籠。最喜小兒無賴，溪頭臥剝蓮蓬。

又 為兒鐵柱作

靈皇醮罷，福禄都來也。試引鶵雛花樹下，斷了驚驚怕怕。從今日日聰明，更宜潭妹嵩兄。看取辛家鐵柱，無災無難公卿。

西江月

秀骨青松不老新詞玉佩相磨靈槎準擬泛銀河剩摘天星幾箇　奠枕樓東風月駐春亭上笙歌留君一醉意如何金印明年斗大

喜遷鶯 荷花

暑風涼月愛亭亭無數緑衣持節掩冉如羞參差似妬擁出芙蓉花發步襯潘娘堪恨貌比六郎誰潔添白鷺晚晴時公子佳人並列　休說搴木末當日靈均恨與

君王别心阻媒勞交疎怨極恩不甚兮輕絕千古離騷
文字芳至今猶未歇都休問但千杯快飲露荷翻葉

賀新郎 自述

甚矣吾衰矣悵平生交遊零落只今餘幾白髮空垂三
千丈一笑人間萬事問何物能令公喜我見青山多嫵
媚料青山見我應如是情與貌略相似 一尊搔首東
窗裏想淵明停雲詩就此時風味江左沉酣求名者豈
識濁醪妙理回首叫雲飛風起不恨古人吾不見恨古

人不見吾狂耳知我者二三子

京仲遠

名鏜豫章人寧宗朝拜相有樂章名松坡詞

滿江紅

乗興西來問誰是平生相識笑唯有瑶臺明月照人如昔萬里淒涼銀世界放教千丈氷輪出便招邀我輩上層樓横孤笛　陰晴事人難必懽樂處天常惜幸星稀河淡雲收風息更著兩賢陪勝賞此身如與塵寰隔笑

謫仙對影足成三空孤寂

漢宫春 上元前一日立春

暖律初回又燒燈市井賣酒樓臺誰將星移萬點月滿千街輕車細馬隘通衢蹴起香埃今歲好土牛作伴挽留春色同來　不是天公省事要一時壯觀特地安排何妨絲樓鼓吹綺席樽罍良宵勝景語邦人莫惜徘徊休教我癡頑不去年年爛醉金釵

洞仙歌 次王漕部賞海棠韻

東皇着意妙出粧春手點綴名花勝於繡向魚鳥國裏琴鶴堂前仍共賞蜀錦堆紅炫晝 妖饒真艷麗盡是天然莫恨無香欠檀口幸今年風雨不苦摧殘還肯為遊人再三留否箕魏紫姚黄號花王若定價收名未應居右

賀新郎 中秋

試與嫦娥語問因何年年此夜月明如許萬頃鎔成銀世界是處玉壺風露又豈比尋常三五變化乾坤同一

色覺星躔斗柄皆回互須教我共分付　平生脚踏紅塵處謾紛紛雞蟲厚薄燕鴻來去只有嬋娟多情在依舊當時雅素空自嘆歸心難住留取清光岷江畔照扁舟送我章江路頻滿引莫匆遽

木蘭花慢 重九

算秋來景物皆勝賞況重陽正露冷欲霜煙輕不雨玉宇開張蜀人從來好事遇良辰不肯負時光藥市家家簾幙酒樓處處絲簧　婆娑老子興難忘聊復與平章

也隨分登高茱萸綴席菊蕊浮觴明年未知誰健笑杜陵底事獨淒凉不道頻開笑口年年落帽何妨

姚令威

名寬西溪人

菩薩鬘 春愁

斜陽山下明金碧畫樓返照融春色睡起揭簾旌玉人蟬鬢輕　無言空佇立花落東風急燕子引愁來眉心那得開

又 别恨

夢中不記江南路玉釵翠鬢驚春去午醉晚來醒瞑烟

花上輕　紅綃空浥淚錦字憑誰寄衫薄暖香銷相思

雲水遥

憶王孫 春情

毵毵楊栁緑初低澹澹梨花開未齊樓上情人聽馬嘶

憶郎歸細雨春風溼酒旗

生查子 情景

郎如陌上塵妾似堤邊絮相見兩悠揚蹤跡無尋處

酒面撲春風淚眼零秋雨過了别離時還解相思否

踏莎行 秋思

蘋葉烟深荷花露溼碧蘆紅蓼秋風急採菱渡口日將

沈飛鴻樓上人空立 彩鳳難雙紅綃暗泣回紋未剪

吳刀澁夢雲歸處不留蹤厭厭一夜涼蟾入

花菴詞選卷十三

花菴詞選卷十四

宋　黄昇　編

宋詞

吳子和

名禮之號順受老人錢塘人有詞五卷鄭國輔序之

喜遷鶯　閏元宵

銀蟾光彩喜稔歲閏正元宵還再樂事難并佳時罕遇依舊試燈何礙花市又移星漢蓮炬重芳人海盡勾引徧嬉遊寶馬香車喧隘　晴快天意教人月更圓償足風流債媚柳煙濃夭桃紅小景物迥然堪愛巷陌笑聲不斷襟袖餘香仍在待歸也便相期明日踏青挑菜

醜奴兒　秋别

金風顫葉那更餞别江樓聽凄切陽關聲斷楚館雲收去也難留萬重煙水一扁舟錦屏羅幌多應換得蓼岸

蘋洲　凝想恁時歡笑傷今萍梗悠悠謾回首妖饒何處春戀戀無由先自悲秋眼前景物只供愁寂寥情緒也恨分淺也悔風流

杏花天 春思

悶來凭得闌干暖自手引朱簾高捲桃花半露胭脂面芳草如茵乍展　煙光散湖光瀲灩映緑柳黄鸝巧囀遥山好似宫眉淺人比遥山更遠

雨中花

眷濃恩重長離永别憑誰為返香魂憶湘裙霞袖杏臉
櫻唇眉掃春山淡淡眼裁秋水盈盈便如何忘得温柔
情態恬静天真　凭欄念及夕陽西下暮烟四起江村
漸入夜疎星映柳新月籠雲醖造一生清瘦能消幾箇
黄昏斷腸時候薫垂深院人掩重門

瑞鶴仙　秋思

風傳秋信至顫葉葉庭梧飄零堦砌年華迅流水況榮
枯翻手存亡彈指誰編故紙論古往英雄鬬智在當時

喚做功名到此盡成閒氣　何謂生爲行客死乃歸人世同驛邸十步九計空擾攘謾兒戲忍都將有限光陰縈絆趁逐無窮天地我直須跳出樊籠做箇俏底 詞鄙意高

驀山溪 感舊

劉郎老矣倦入繁華地觸目愈傷情念陳迹人非物是共誰攜手落日步江村臨遠水對遥山閒看烟雲起買牛賣劍便作兒孫計朋舊自榮華也怜我無名無利簞瓢鍾鼎等是百年身空妄作枉迂回貪愛從令止

風入松　江景

蘋汀蓼岸荻花洲占斷清秋五湖景物供心眼幾曾有

一點閒愁夢裏翩翩胡蝶覺來葉葉漁舟　謝郎隨分

總優游信任沉浮恬然雲水無貪吝笑腰纏騎鶴揚州

只恐丹青妙筆寫傳難盡風流

漁家傲　閨思

紅日三竿鶯百囀夢回鴛枕離魂亂料得玉人腸已斷

眉峰斂曉妝鏡裏春愁滿　緑瑣窗深難見面雲牋謾

寫教誰傳聞道笙歌歸　小院梁塵顫多因唱我新詞勸

蝶戀花　春思

睡思厭厭鶯喚起簾卷東風猶未收梳洗眼細眉長雲擁髻笑垂羅袖熏沈水　媚態盈盈閒舉止只有江梅清韻能相比詩酒琴棊歌舞地又還同醉春風裏

又　別恨

急水浮萍風裏絮恰似人情恩愛無憑據去便不來來便去到頭畢竟成輕負　簾捲春山朝又暮鶯燕空忙

不念花無主　心事萬千誰與訴斷雲零雨知何處

又　春思

滿地落紅初過雨緑樹成陰紫燕風前舞烟草低迷縈小路晝長人静扃朱户　沈水香銷新剪苧欹枕朦朧花底聞鶯語春夢又還隨柳絮等閒飛過東墻去

桃源憶故人　春暮

畫橋流水飛花舞樓外斜風細雨紅瘦緑肥春莫腸斷桃源路　懽隨仙子乘鸞去鏤月裁雲何處唯有病和

愁緒肯伴劉郎住

謁金門 春晚

風乍扇簾外落紅千片飛盡落花春不管鬬忙鶯與燕往事上心撩亂睡起日高猶倦料得伊家情眷眷近來長夢見

霜天曉角 王生陶氏月夜共沈西湖賦此弔之

連環易缺難解同心結癡騃佳人才子情緣重怕離別意切人路絶共沈烟水濶蕩漾香魂何處長橋月斷

橋月

又 秋景

西風又急細雨黃花濕樓枕一篙烟水蘭舟漾畫橋側念昔空淚滴故人何處覔魂斷菱歌淒怨疎簾捲暮山碧

生查子 浙江

吳山與越山相對摩今古梟纜浙江亭回首西興渡區區名利人無分香閨住匆遽促征鞍又入臨平路

鄭中卿

名域三山人號松窗慶元丙辰多隨張貴謨使北有燕谷剽聞兩卷記燕中事甚詳

畫堂春 春思

東風吹雨破花慳客韉曉夢生寒有人斜倚小屏山䰟損眉彎　合是一釵雙燕却成兩鏡孤鸞莫雲修竹淚留殘翠袖凝斑

桃源憶故人 春愁

東風料峭寒吹面低下繡簾休卷憔悴怕它春見一任鶯花怨新愁不受詩排遣塵滿玉毫金硯若問此愁深淺天闊浮雲遠

念奴嬌 戊午生日作

嗟來咄去被天公把做小兒調戲蹀雪龍庭歸未久還促炎州行李不半年間北燕南越一萬三千里征衫著破著衫人可知矣 休問海角天涯黄蕉丹荔自足供甘旨泛緑依紅無箇事時舞斑衣而已救蟻藤橋養魚

盆沼是亦經綸耳伊周安在且須學老萊子

昭君怨 梅花

道是花來春未道是雪來香異水外一枝斜野人家

冷淡竹籬茅舍富貴玉堂瓊榭兩地不同栽一般開

浣溪沙 別恨

酒薄愁濃醉不成夜長欹枕數殘更嫩寒時節過燒燈

已自孤鸞羞對鏡未能雙鳳怕聞笙莫敎吹作別離

聲

謝勉仲

名懋號静寄居士有樂章二卷吳坦伯明為序稱其片言隻字戛玉鏗金緼藉風流為世所貴云

憶少年 寒食

池塘綠徧王孫芳草依依斜日遊絲捲晴晝繫東風無力　蝶趂幽香蜂釀蜜秋千外卧紅堆碧心情費消遣更梨花寒食

石州引 别恨

日脚斜明秋色半陰人意淒楚飛雲特地凝愁做弄晚來微雨誰家別院舞困幾葉霜紅西風送客聞砧杵鞭馬出都門正潮平洲渚　無語匆匆短棹滿載離愁片帆高舉京洛紅塵因念幾年羇旅淺顰輕笑風月逢迎別來誰畫雙眉嫵回首一銷凝望歸鴻容與

洞仙歌 春雨

愁邊雨細漠漠天如醉搖颺遊絲晚風外釀輕寒和暝色花柳難勝春自老誰管啼紅斂翠　闗情潛入夜斜

溼簾櫳幾處挑燈耿無寐念陽臺當日事好伴雲來因箇甚不入襄王夢裏便添起寒潮捲長江又恐是離人斷腸清淚

杏花天 春思

海棠枝上東風軟蕩霽色煙光弄熳雙雙燕子歸來晚零落紅香過半 琵琶淚揾青衫淺念事與危腸易斷餘醒未解扶頭懶屏裏瀟湘夢遠

畫堂春 秋思

西風庭院雨垂垂黃花秋閏遲已涼天氣未寒時才褪單衣　睡起枕痕猶在鬢鬆釵壓雲低玉奩重拂淡胭脂情入雙眉

武陵春 惜春

門掩東風人去後愁損燕鶯心一朶梅花淡有春粉黛不恢勻　我亦青樓成倦客風月强追尋莫把恩情做弄成容易學行雲

霜天曉角 桂花

綠雲剪葉低護黃金屑占斷花中聲譽香與韻兩清潔勝絶君聽說是它來處别試看仙衣猶帶金庭露玉階月

風流子 行樂

少年多行樂方豪健何處不嬉遊記情逐艷波暖香斜徑醉揺鞭影撲絮青樓難忘是笑歌偏婉娩鄉號得温柔嬌雨娛雲旋寛衣帶膩風殘月都在眉頭　一成憔悴損人驚怪空自引鏡堪羞誰念短封難托征鴈虚浮

念夜寒燈火懶尋前夢滿窗風雨供斷閒愁情到不堪言處却悔風流

念奴嬌 中秋呈徐叔至

霽天湛碧正新涼風露冰壺清徹河漢無聲光練練湧出銀蟾孤絕岩桂香飄井梧影轉冷浸宮袍潔西廂往事一簾輕夢悽切 腸斷楚峽雲歸尊前無緒知有愁如髮此夕嫦娥應也恨冷落瓊樓金闕禁漏迢迢邊鴻杳杳幽意憑誰決闌干星斗落梅三弄初闋

鵲橋仙 七夕

鈎簾借月染雲為幌花面玉枝交映涼生河漢一天秋
問此會今宵孰勝　銅壺尚滴燭龍已駕淚浥西風不
盡明朝烏鵲到人間試說向青樓薄倖

趙文鼎

名善扛號解林居士詩詞甚富蓋趙德莊之流
也

傳言玉女 上元

壁月珠星輝映小桃穠李化工容易與人間富貴東風巷陌春在煖紅溫翠人來人去笑歌聲裏　油壁青驄第一番共燕喜舉頭天上有月如人意歌傳樂府猶是昇平風味明朝須判醉眠花底

好事近　春景

風動一川花搖灩影迷紅碧人立杏花陰下泛光風襲襲　瓊枝璧月互相輝春容泫將夕羅蓋暗承花霧漬鮫綃香溼

重疊金 春遊

楚宮楊柳依依碧遥山翠隱横波溢絶艷照穠春春光欲醉人　纖纖芳草嫩微步輕羅襯花戴滿頭歸遊蜂花上飛

又 春思

玉關芳草粘天碧春風萬里思行客驕馬向風嘶道歸猶未歸　南雲新有鴈望眼愁邊斷膏沐為誰容倚樓煙雨中

又 春宵

一川花月青春夜玉容依約花陰下月照曲闌干紅綃浥露寒　袖香溫素手意鑠金巵酒香遠繡簾開畫樓吹落梅

十拍子 上巳

柳絮飛時綠暗荼蘼開後春酣花外青帘迷酒思陌上晴光收翠嵐佳辰三月三　解佩人逢遊女踏青草鬭宜男醉倚畫樓欄檻北夢遶清江江水南飛鸞與并驂

青玉案 春莫

一年陌上尋芳意想人在東風裏褪粉銷紅春有幾青翰飛去紫雲凝佇往事如流水 煙横極浦山無際暗解明璫問誰寄鄉在温柔何處是輪囷香霧靜深庭院簾影參差翠

燭影揺紅 盱江有懷

桃李墻頭向人都似他年意舞絲千丈颺晴光駘蕩春無際花氣薰然自醉傍垂楊行行緩轡倦遊無奈囬首

雲山歸期猶未　玉鎻樓空鳥啼花外東風起少年恩

怨付波流臨望朱闌倚冉冉塵生客袂對尊前高情暫

寄洞天一笑仙馭乘空姑峰凝翠

謁金門　春情

新雨霽開徧滿園桃李波暖池塘風細細一雙花鴨戲

喚起春融睡美扶醉宿妝慵理移步避人花影裏繡

裙低窣地

宴清都　餞明遠兄縣丞榮滿赴調

踈柳無情緒都不管渡頭行客欲去猶依賴得玉光萬頃為人留住相從歲月如鶩歎囬首離歌又賦更舉目斜照沈沈西風翦翦秋墅　君行定憶南池歌莚舞地花晨月午八磚步日三雍奏樂送君雲路別情未抵遺愛試聽取湖山共語便可能無意同傾一尊露醑

小重山　別情

汲水添缾恰換花蜂兒爭要採打窗紗青春誰與度年華絃索暗無緒幾曾拏　春思正交加馬蹄聲錯認客

還家花牋欲寫寄天涯羞人見羅袖急忙遮

感皇恩 乙未生朝作

七十古來稀吾生已半莫把身心自縈絆據他緣分且恁隨時消遣但知逢酒飲逢花看 林泉有約風光無限日上花梢起來晚芒鞋竹杖信步水村山館更尋三兩箇清閒伴

賀新郎 夏

晝永重簾卷乍池塘一番過雨芰荷初展竹引新梢半

含粉緑蔭扶疎滿院過花絮蜂稀蝶懶窗戶沈沈人不到伴清幽時有流鶯囀凝思久意何限　玉釵墜枕風鬟顫湛虛堂壺氷瑩徹簟波零亂自是仙姿清無暑月影空垂素扇破午睡香銷餘篆一枕湖山千里夢正白蘋煙棹歸來晚雲弄碧楚天遠

喜遷鶯　春宴

韶華駘蕩看化工盡力安排春仗薄霧霏煙軟風輕日物態與人交暢鳥聲弄巧千調樓影垂空十丈亂花柳

簇寶鈿纓絡絲絲帷帳　佳賞輝艷冶笑語盈盈花面
交相向歌運長纓酒凝深碧和氣盎然席上好春易苦
風雨人意難逢舒放但拍掌醉陶然一笑忘形天壤

趙德莊

名彦端號介庵官龍圖

瑞鶴仙

記河梁折柳問畫堂樂事燕鴻難偶十年謾回首但亭
亭紫蓋差差南斗傳聞小有種桃花親煩素手恠歸來

道骨仙風縹緲迥然非舊　清晝江南如畫紫菊冬前翠橙霜後扁舟渡口佳客至奉名酒喚青鸞起舞雲窗月罅一曲山明水秀笑相看玉海別來淺如故否

祝英臺近　春恨

獸金寒籢玉潤梅雪印苔絮春意如人易散苦難聚幾多絲竹深情池塘幽夢猶倚賴與春同住　舊遊處誰喚別浦仙帆風前問征路烟雨連江吹恨正無數莫教紫燕歸來彩雲開後空悵望主人歸去

清平樂　閨思

桃根桃葉一樹芳相接春到江南三二月迷損東家胡蝶　殷勤踏取春陽風前花正低昂與我同心巵子報君百結丁香

鵲橋仙　紅白蓮

藕花塘上無塵無暑灧灧一池秋淨緑羅寶蓋碧瓊竿翠浪裏重重月影　一家姊妹兩般粧束濃淡施朱傅粉夜深風露逼人寒問誰在牙牀酒醒

謁金門 春半

春已半繡緑新紅如換燕子還來簾幙畔閒愁天不管
翠被曲屏香滿花葉彩牋人遠鵲喜蛛絲都未判連
環空約腕

黄子厚

名銖號穀城翁與朱文公為友喜作古詩樂章
甚少其母孫夫人能文有詞見前唐宋集

江神子 晚泊分水

秋風嫋嫋夕陽紅晚烟濃莫雲重萬疊青山山外叫孤鴻獨上高樓三百尺憑玉楯睇層空 人間日月去匆匆碧梧桐又西風北去南來銷盡幾英雄擲下玉尊天外去多少事不言中

菩薩鬘 夜宿崇安縣第三鋪聞吹簫

海山翠疊青螺淺暮雲散盡天容遠匹馬度江臯北風生怒號 解鞍棲倦翮皓月空庭白何處小闌干玉簫吹夜寒

漁家傲 朱晦翁示歐公鼓子詞戲作一首

永日離憂千萬緒雪舟遠泛清漳浦珍重故人寒夜語揮玉麈沈沈畫閣凝香霧 風砌落花留不住紅蜂翠蝶閒飛舞明日柳陰江上路雲起處蒼山萬疊人歸去

趙昌甫

名蕃號章泉負天下重望屢名不起劉後村所謂一生官職監南岳四海詩名仰玉山者此也

小重山 寄劉叔通先生序云小重山一闋傳聞叔通吾兄間留建城衡盃之際可令歌以酹

我否

何地無溪祇欠人有翁年八十住其濵直鈎元不事絲緡優游爾聊以遂吾身　陶令賦歸辰未甞輕出入犯風塵江州太守獨情親玉山醉誰主復誰賓

菩薩蠻　送游季仙歸東陽

雞聲茅店炊殘月板橋人跡霜如雪此是古人詩身經老忘之　君行當此境令我昏成醒乘月犯霜來詩真誤爾哉

韓仲止

名淲號澗泉南澗先生之子

賀新郎 梅

梅已依稀矣歲華深翛然向晚杖藜獨倚山遠荒林黄葉墜落日孤城烟水意興寄如何則是底事踈枝横絶峭未吹香便與花相似不忍折為之喜　寒鴉數點霜風裏正人家園收芋栗小槽初美欲飲可誰同一醉擬賦才成又止老態度渾侵鬢齒摸索孤根春在否任紅

紅白白皆桃李空爛漫豈能爾

易彦祥

名祓長沙人寧宗朝狀元

驀山溪 春情

海棠枝上留得嬌鶯語雙燕幾時來並飛入東風院宇

夢回芳草緑徧舊池塘梨花雪桃花雨畢竟春誰主

東郊拾翠襟袖霑飛絮寶馬趁彫輪亂紅中香塵滿路

十千斗酒相與買春閒吳姬唱秦娥舞拚醉青樓莫

喜遷鶯 春感

帝城春晝見杏臉桃腮胭脂微透一霎兒晴一霎兒雨正是催花時候淡烟細栁如畫雅稱踏青携手怎知道那人人獨倚闌干消瘦 别後音信斷應是淚珠滴徧香羅衫袖記得年時膽瓶兒畔曾把牡丹同嗅故鄉水遥山遠怎得新歡如舊强消遣把閒愁推入花前杯酒

蔡行之

名㓜學號溪園永嘉人壬辰南宫進士第一

好事近 送春

日日惜春殘，春去更無明日。擬把醉同春住，又醒來岑寂。明年不怕不逢春，嬌春怕無力。待向燈前休睡，與留連今夕。

陳同甫

名亮，永康人，光宗朝狀元。

水龍吟 春恨

鬧花深處層樓，畫簾半捲東風軟。春歸翠陌，平莎茸嫩垂楊金淺遲日催花淡雲閣雨輕寒輕煖恨芳菲世界游人未賞都付與鶯和燕　寂寞憑高念遠向南樓一聲歸鴈金釵鬬草青絲勒馬風流雲散羅綬分香翠綃封淚幾多幽怨正銷魂又是踈烟淡月子規聲斷

洞仙歌 秋雨

瑣窗秋暮夢高唐人困獨立西風萬千恨又簷花落處滴碎空堦芙蓉院無限秋容老盡　枯荷摧欲折多少離聲鎖斷天涯訴幽悶似蓬山去後方士來時揮粉淚

點點梨花香潤斷送得人間夜霖鈴更葉落梧桐孤燈成暈

虞美人 春愁

東風蕩颺輕雲縷時送瀟瀟雨水邊臺榭燕新歸一口香泥溼帶落花飛　海棠糝徑鋪香繡依舊成春瘦黃昏庭院柳啼鴉記得那人和月折梨花

眼兒媚 春愁

試燈天氣又春來難說是情懷寂寥聊似揚州何遜不

為江梅 扶頭酒醒爐香灺心緒未全灰愁人最是黃昏前後烟雨樓臺

思佳客 春感

花拂闌干柳拂空花枝綽約柳鬖鬆蝶翻淡碧低邊影鶯囀濃香杪處風 深院落小簾櫳尋芳猶憶舊相逢橋邊携手歸來路踏皺殘花幾片紅

清平樂 秋晚伯成兄往龍興山中意其登山臨水不無閨房之思作此詞惱之

銀屏繡閣不道鮫綃薄嘶騎匆匆塵漠漠還過夕陽村

落　亂山千疊無情今宵遮斷愁人兩處香消夢覺一
般曉月秋聲
　滴滴金 梅
斷橋雪霽聞啼鳥對林花弄晴曉晝角吹香客愁醒見
梢頭紅小　團酥剪蠟知多少向風前壓春倒江嶂人
烟畫圖中有短篷香繞
　　李居厚
　名廷忠自號檣山長於四六有樂府一卷然多

是獻壽之詞

水龍吟 壽寧國太守王大卿正月二日

風流最數宣城奇山秀水神仙府琴高臺畔花姑壇上鸞翔鳳舞春度玉墀月昇金掌榮分銅虎想少陵知有異人間出三百載留佳句 歲歲椒盤柏葉到明朝又還重舉陽和散作千巖瑞雪兩溪甘雨汲取恩波釀成祿酒慶公初度有東風傳報都人已為築沙堤路

沁園春 劉總幹會飲同寮出示新詞席上用韻

幕府增輝前度劉郎又還到來看芙蓉池畔神凝秋水綺羅叢裏驩動春雷彩筆新題金釵半醉當日英雄安在哉開筵處是真仙福地不著纖埃　堪怜倦客情懷聽吹竹彈絲金奏諧有黃花插鬢何妨欹帽綠橙醒酒莫惜空罍坐上疎狂簾閒姝麗應想橫波一笑回停杯久待嬌歌緩勸歸騎休催

水調歌頭　武昌南樓落成次王漕韻

撫景幾今古遺恨此江山百年形勝但見幽草雜枯營

多少名流登覽賴有神扶壞棟詩墨尚斑斑風月要磨洗顧我已衰顏　擎天手攜玉斧到江干一新奇觀領客觴詠有餘閒烟草半川開霽城郭兩州相望都在畫屏間便擬騎黃鵠直上扣雲關

滿江紅　上夔帥樂秘閣生日

玉帳西來道前是繡衣使者遊覽處秋風鼓吹自天而下湘水得霜清可鑒巫風過雨森如畫有神仙佳致在胸襟真瀟洒　荊州寶元無價夔門政長多暇聽談兵

罇俎百川傾瀉此日壽觴容我勸他年樞柄還公把趁桂花時節去朝天香隨馬

鷓鴣天 九日南樓和范總幹韻

檻外長江浪拍空蕭蕭紅蓼白蘋風三秋告稔三農慶九日追歡九客同 烟渚北月巖東莫嫌光景大匆匆登龍戲馬英雄事都在高樓一嘯中

踏莎行 趙寬夫十二月十二日生賦此為壽

星野涵輝雲峰環翠南園迎臘開梅蕊瑤臺仙子笑相

逢金釵行裏拚沈醉　照乘驪珠出閬天驥相隨壽母多年紀春風侍宴寶花樓五枝七葉都榮貴

李知幾

名石號方舟

臨江仙　夜景

煙柳疎疎人悄悄畫樓風外吹笙倚闌聞喚小紅聲薰香臨欲睡玉漏已三更　坐待不來來不去一方明月中庭粉墻東畔小橋横起來花影下扇子撲飛螢

長相思 春思

花飛飛絮飛飛三月江南烟雨時樓臺春樹迷 雙鶯兒雙燕兒橋北橋南相對啼行人猶未歸

漁家傲 贈鼎州官妓

西去征鴻東去水幾重别恨千山裏夢繞緑窗書半紙何處是桃花溪畔人千里 瘦玉倚香愁黛翠勸人須要人先醉問道明朝行也未猶自記燈前背立偷垂淚

出塞 夜夢一女子引扇求字為書小闋

花樹樹吹碎胭脂紅雨將謂郎來推繡户暖風揺竹塢

睡起闌干凝佇漠漠紅樓飛絮刻踏襪兒垂手處隔

溪鶯對語

游子明

名次公建安人號西池范石湖帥桂林日西池

實參内幕有唱酬詩卷

賀新郎月夜

斗柄囬秋律素蟾飛氷霜萬里滿川金碧得月偏多何

處是惟有橋南第一正野迥西風寒寂丹桂婆娑疎影在想微瑕未累千金璧河漢遠澹無迹　知君有句酬佳夕儘高歌繩牀自倚露溥珠溢坐到參橫星欲闇隱隱天低似笠但絡緯悲啼催織吟詠凄涼翻有恨諒知音人遠空追憶誰為置鄭莊驛

又　宮詞

暖雲浮晴籞鎖垂楊籠池罩閣萬絲千縷池上曉光分宿霧日近羣芳易吐尋並蒂闌干凝佇不信釵頭飛鳳

去但寶刀被妾留還住天一笑萬花妬　阿嬌正好金屋貯甚西風易得蕭踈扇鸞麈土一自昭陽扃玉户墻角土花無數況多病情傷幽素别殿時聞簫鼓奏望紅雲冉冉知何處天尺五去無路

滿江紅　丹青閣

一舸歸來何太晚鬢絲如織謾歎息凄涼往事盡成陳迹山迫暮烟浮紫翠溪摇寒浪翻金碧看長虹渴飲下青冥危欄濕　誰可住烟蘿側俗士駕當回勒伴巖扃

須是碧雲仙客風月已供無盡藏溪山更衍清涼國恨謫仙蘇二不曾來無人說

危逢吉

名禎自號巽齋

水龍吟 慶齊年諸丈

洛陽九老圖中當時司馬年猶小爭如今夕舉杯相勸十人齊壽已幸同庚何分雌甲本無多少但有頭可白無愁可解只如此都贏了　慶禮十年還又更十年依

前難老儘教百歲傲人高祖見孫白首却要從令探梅

脚健看山眼好賴天公頓得東園長在陪歌陪酒

漁家傲 和晏虞卿詠侍兒彈箜篌

老去諸餘情味淺詩詞不上閒釵釧寶幌有人紅兩靨

簾間見紫雲元在梨花院 十四條絃音調遠柳絲不

隔芙蓉面秋入西窗風露晚歸去懶酒酣一任烏巾岸

沁園春 壽許貳車

籍甚聲名門闌相種文章世科算當年瑞世正當夏五

仙家毓德全是春和底事屏星着之海嶠奈此騰驤足何君知否看飛來丹詔徑上鸞坡　慇勤携酒相過要灩灩浮君金叵羅嘆同心相契古來難覓二年同處意總無它如此平分更教添箇也自清風明月多拚沈醉任光浮綠鬢笑滿紅渦

花菴詞選卷十四

欽定四庫全書

花菴詞選卷十五

宋 黃昇 編

宋詞

劉德修

名光祖號後溪蜀之名士有鶴林文集小詞附焉

鵲橋仙 留別

相逢一笑又成相避南鴈歸時霜透明朝人在短亭西

看舞袖雙雙行酒　歌聲此處秋聲何處幾度亂愁搔

首如何不寄一行書有萬緒千端別後

昭君怨　別恨

人在醉鄉居住記得舊曾來去疎雨聽芭蕉夢魂遥

惆悵柳烟何處目送落霞江浦明夜月當樓照人愁

江城子　梅花

十分雪意却成霜莫雲黄月微茫只有梅花依舊吐幽

芳還喜無邊春信漏踈影下覔浮香　才清端是紫薇郎别鵷行憶宫墻夜半何為人與月交相君合名歸吾老矣月隨去照西廂

洞仙歌　荷花

晚風收暑小池塘荷淨獨倚胡牀酒初醒起徘徊時有香氣吹來雲藻亂葉底游魚動影　空擎承露蓋不見氷容惆悵明粧曉鸞鏡後夜月涼時月淡花低幽夢覺欲憑誰省且應記臨流凭闌干便遥想江南紅酣千頃

長相思 別意

玉樽涼玉人涼若聽離歌須斷腸休教成鬢霜 畫橋西畫橋東有淚分明清漲同如何留醉翁

水調歌頭 旅思

客夢一回醒三度碧梧秋仰看今夕天上河漢又西流早晚涼風過鴈驚落空階一葉急雨鬧清溝歸計休令莫宵露浥征裘 古來今生老病許多愁那堪更說無限功業鏡中羞只有青山高致對此還論世事舉白與

君浮送我一杯酒誰起舞涼州

臨江仙 春思

小院回廊春寂寂晚來獨自閒行畫簾煙東畔碧雲生也知無雨空滴枕邊聲　一簇小桃開又落低頭拾取紅英東風相送忘相迎梨花寒食到得錦官城

又 自詠

我似萬山千里外悠然一片歸雲官銜猶自帶云云誰知於進士已是故將軍　閒坐閒行閒飲酒閒拈閒字

間文諸公留我笑紛紛一枝簪寶髻六幅舞羅裙

踏莎行　春暮

掃徑花零閑門春晚恨長無奈東風短起來消息探荼蘼雪條玉蕊都開徧　晚月魂清夕陽香遠故山别後誰拘管多情於此更情多一枝嗅罷還重撚

醉落魄　春日懷故山

春風鬧者一時還共春風謝柳條送我今槐夏不飲香醪辜負人生也　曲塘泉細幽琴寫胡牀滑簟應無價

日遲睡起簾鈎挂何不歸歟花竹秀而野

李子大

名洪家世同登桂籍躋膴仕號淮甸儒族子大

其弟漳泳淦澥皆以文鳴有李氏花萼詞五卷

其姪直倫為之序廬陵人

念奴嬌 曉起觀落梅

麗譙吹角漸疎星明澹簾篩殘月嫋嫋霜飈欺翠袖飛

下一庭香雪半面妝新迴風舞困此況真奇絶桄榔林

裹蘇仙偏感華髮　休怨時暫飄零玉堂清夢不惹閒

蜂蝶好似王家叢竹畔乘興山陰時節剪水無情閒風

歸去忍使芳心歇和羹有待恁時身到天闕

李子清

名漳

鵲橋仙　七夕

迢迢郎意盈盈妾恨今夕鵲橋欲度世間兒女一何癡

鬬乞巧紛紛無數　遥知此際有人孤坐心切天街雲

路好因緣是惡因緣夢魂遠陽臺雨暮

桃源憶故人閨情

小樓簾捲闌干外花下朱門半啟中有傾城佳麗一笑西風裏　盈盈臨水情難致盡日相看如醉乾鵲不知人意只管聲聲喜

李子永

名泳

賀新郎感舊

門掩長安道捲重簾垂楊散暑嫩涼生早午夢驚回庭陰翠蝶舞鶯吟未了政露冷芙蓉池沼金鴈塵昏幺絃斷理餘音尚想腰支裊歡漸遠思還繞　臨皋望極滄江渺晚潮平湘烟萬頃斷虹殘照緑舫凌波分飛後别浦菱花自老問錦鯉何時重到樓迥層城看不見對瀟瀟暮雨憐芳草幽恨濶楚天杳

李子名

名注

滿庭芳 送張守漢卿赴名

麥秀連雲桑枝重綠史君佳政流傳鳳銜丹詔來自九重天千里歡騰祖帳棠陰外多少攀轅津亭路紞如五鼓雞駐鄧侯船 光華家世事門中列戟地上遺編况建炎勳業圖畫淩烟此去朝端濟美看平步兩兩台躔須知道中興盛治主聖賴臣賢

李子秀

名淅

踏莎行 送新城文代李達善

紅藥香殘綠筠粉嫩春歸何處尋春信繡鞍初上馬蹄輕舉頭便覺長安近　別酒無情啼粧有恨山城向晚斜陽褪清江極目帶寒烟錦鱗去後憑誰問

劉改之

名過太和人稼軒之客王簡卿侍郎嘗贈以詩云觀渠論到前賢處據我看來近世無其詞多壯語盖學稼軒者也號龍洲道人

賀新郎 懷舊

老去相如倦問文君說似而今怎生消遣衣袂京塵曾染處空有香紅尚軟料彼此魂消腸斷一枕新涼眠客舍聽梧桐疎雨秋聲顫燈暈冷記初見 樓低不放珠簾捲晚粧殘翠鈿狼藉淚痕凝臉人道愁來須殢酒無奈愁深酒淺但寄興焦琴紈扇莫鼓琵琶江上曲怕荻花楓葉俱悽怨雲萬疊寸心遠

又 遊西湖

睡覺啼鶯曉醉西湖兩峰日日買花簪帽去盡酒徒無人問惟有玉山自倒任拍手兒童爭笑一騎乘風翩然去避魚龍不見波聲悄歌韻遠喚蘇小　神仙路近蓬萊島紫雲深參差禁樹有烟花遶人世紅塵西障日百計不如歸好付樂事與它年少費盡柳金梨雪句問沈香亭北何時名心未愜鬢先老

又　贈張彦功

曉印霜花步夢半醒扶上彫鞍馬嘶人去嵐溼青絲雙

轡冷緩鞚野梅江路聽畫角吹殘更鼓悲壯寒聲撩客恨甚貂裘重擁愁無數霜月白照離緒　青樓回首家何處早山遥水闊天低斷腸烟樹誰念天涯牢落況輕負暖雲濃雨記酒醒香銷時語客裏歸韉須早發怕天寒風急相思苦應為我翠眉聚

又

多病劉郎瘦最傷心天寒歲晚客它鄉久大舸翩翩何許至元是高陽舊友便一笑相歡携手為問武昌城下

月定何如楊子江頭柳追往事兩眉鬬　燭花細剪明於晝喚青娥小紅樓上殷勤勸酒昵昵琵琶恩怨語春笋輕攏翠袖看舞徹金釵微溜若見故鄉吾父老道長安市上狂如舊重會面幾時又

念奴嬌 自述

知音者少筭乾坤許大著身何處直待功成方肯退何日可尋歸路多景樓前垂虹亭下一枕眠秋雨虛名相誤十年枉費辛苦　不是奏賦明光獻書北闕無驚人

之語我自匆忙天未許贏得衣裾塵土白璧堆前黃金買笑付與君為主蓴鱸江上浩然明日歸去

唐多令 再過武昌

蘆葉滿汀洲寒沙帶淺流二十年重度南樓柳下繫船猶未穩能幾日又中秋　黃鶴斷磯頭故人曾到不舊江山都是新愁欲買桂花重載酒終不似少年遊

水調歌頭 春半

春事能幾許密葉著青梅日高花困海棠風暖想都開

不惜春衣典盡只怕春光歸去片片點蒼苔能得幾時好追賞莫徘徊　雨飄紅風換翠苦相催人生行樂且須痛飲莫辭杯坐則高談風月醉則恣眠芳草醒後亦佳哉湖上新亭好何事不曾來

又 自述

弓劍出榆塞鉛槧上蓬山得之渾不費力失亦止如閒未必古人皆是未必今人俱錯世事沐猴冠老子不分别內外與中間　酒須飲詩可作指休彈人生行樂何

自催得鬢毛斑達則牙旗金甲窮則蹇驢破帽莫作兩般看世事只如此自有識鵷鸞

天仙子 初赴省別妾

別酒醺醺渾易醉回過頭來三十里馬兒不住去如飛牽一憩坐一憩斷送殺人山共水 是則青衫終可喜不道恩情拚得未雪迷村店酒旗斜去則是住則是煩惱自家煩惱你

沁園春 風雪中欲詣稼軒未能作此自解

斗酒彘肩風雨渡江豈不快哉被香山居士與林和靖約坡仙等勒駕予回坡謂西湖正如西子淡妝濃抹臨照臺二公者皆掉頭不顧只憑傳杯　白云天竺去來看金壁崔嵬樓觀開況一澗縈紆東西水遶兩山南北高下雲堆逋曰不然暗香浮動何似孤山先放梅晴須去訪稼軒未晚且此徘徊

劉叔擬

名仙倫廬陵人自號招山有詩集行於世樂章

尤為人所膾炙吉州刋本多遺落今以家藏善本選集

賀新郎　壽王侍郎簡卿

小隊停鉦鼓向沙邊柳下維舟慶公初度平盡羣蠻方易鎮此事多應有數奈自古功成人妬君看樂羊中山役任謗書盈篋終無據千載下竟誰與　詩中帶得西山雨指天台鴈蕩歸歟壽鄉深處緩急朝廷須公出更作中流砥柱笑癡騃紛紛兒女多少人間不平事有皇

天老眼能區處揮玉筆

又 題吳江

重喚松江渡嘆垂虹亭下銷磨幾番今古依舊四橋風景在爲問坡仙甚處但遺愛沙邊鷗鷺天水相連蒼茫外更碧雲去盡山無數潮正落日還暮　十年到此長凝竚恨無人與共秋風鱠絲蓴縷小轉朱絃彈丸奏擬致湘妃伴侶俄皓月飛來烟渚恍若乘槎河漢上怕客星犯斗蛟龍怒歌欸乃過江去

又 洪守席上詠牡丹

翠蓋籠嬌面記當年沈香亭北醉中曾見見了風流傾國豔紅紫紛紛過眼美好處何嫌春晚誰把天香和曉露倩東風特地匀芳臉千萬朶一時徧 隔花聽取提壺勸道此花過了春歸蝶愁鶯怨挽住東君須醉倒花底不妨留戀待喚取笙歌一片最愛就中紅一朶似狀元得意春風殿還遶惹起少年恨

又 贈建康鄭玉脫籍

鄭玉非娼女嘆塵緣未了飄零被春留住腸斷胭脂坡
下路成甚心情意緒生怕入梨園歌舞寂寞陽臺雲雨
散算人間誰是吹簫侶空買斷兩眉聚　新來鏡裏驚
如許暗傷懷鶯老花殘幾番春莫事逐孤鴻都已往月
落千山杜宇念修竹天寒何處不念瑣窗并繡户妾從
前命薄甘判布誰為作解條主

念奴嬌　送張明之赴京西幕

艤艎東下望西江千里蒼茫烟水試問襄州何處是雉

堞連雲天際叔子殘碑卧龍陳迹遺恨斜陽裏後來人物如君瓌偉能幾　其肯為我來邪河陽下士正自强人意勿謂時平無事也便以言兵為諱眼底山河樓頭鼓角都是英雄淚功名機會要須閒暇先備

又　感懷呈洪守

吳山青處悵長安路斷黃塵如霧荆楚西來行塹遠北過淮壖嚴扃九塞貔貅三關虎豹空作陪京固天高難叫若為得訴忠語　追念江左英雄中興事業枉被姦

臣誤不見翠華移蹕處枉負吾皇神武擊揖憑誰問籌無計何日寛憂顧倚笻長嘆滿懷清淚如雨

又

長沙趙帥席上作

西風何事為行人掃蕩煩襟如洗垂漲蒸瀾都卷盡一片瀟湘清泚酒病驚秋詩愁入鬢對景人千里楚宮故事一時分付流水　江上買取扁舟排雲湧浪直過金沙尾歸去江南邱壑處不用來尋月姊風露杯深芙蓉裳冷笑傲烟霞裏草廬如舊卧龍知為誰起

滿江紅 題快閣和徐寀韻

快閣東西鷗邊問晚晴可喜鷗解語既盟之後兩翁曾倚笛夫慣聽黃魯直履聲深識徐淵子添我來相對兩忘機真相似　也不種閒桃李也不戩佳山水有新詩字字愛民而已一片心門秋月外三年人在春風裏漲一篙江水送歸鴻明朝是

又 春晚

著意留春留不住春歸難戀最苦是梅天煙雨麥秋庭

院嫩竹濃陰鶯出谷柔桑采盡蠶成繭奈沈腰寬盡有誰知難消遣　幽閤恨雙眉斂香牋寄飛鴻遠向風簾羞見一雙歸燕翠被閒將情做夢青樓贏得恩成怨對尊前莫惜喚瓊姬持杯勸

木蘭花慢　秋日海棠

漸秋空向晚被風雨趲重陽正木落疎林海棠枝上忽見紅粧料應妬它蘭菊甚年年獨自占秋光故把春風嬌面向人逞艷呈芳　看來畢竟此花強秖是欠些香

俏一似當年五陵公子却厭膏粱肯來水邉竹下與幽人相對説凄涼只恐夜深花睡五更微有清霜

霜天曉角 題蛾眉亭

倚空絶壁直下江千尺天際兩蛾凝黛愁與恨幾時極暮潮風正急酒醒聞塞笛試問謫仙何處青山外遠烟碧

訴衷情 客中

征衣薄薄不禁風長日雨絲中又是一年春事花信到

梧桐　雲漠漠水溶溶去匆匆客懷今夜家在江西身在江東

江神子　洪守出歌姬就席口占

華堂深處出娉婷語聲輕笑聲清燕語鶯啼一一付春情恰似洛陽花正發見花好不知名　金甌盛酒玉纖擎滿盈盈勸深深不怕主人教你十分斟只怕酒闌歌罷後人不見暮山青

繫裙腰　愁别

山兒矗矗水兒清船兒似葉兒輕風兒更沒人情月兒明厮合造送行人　眼兒蔌蔌淚兒傾燈兒更冷青青遭逢著鴈兒又沒前程一聲聲怎生得夢兒成詞猥薄而意優柔

永遇樂 春莫有懷

青幄蔽林白氊鋪徑紅雨迷楚畫閣關愁風簾捲恨盡日縈情緒陽臺雲去文園人病寂寞翠尊彫俎惜韶容匆匆易失芳叢對眼如霧　巾敧潤裛衣寬涼滲又覺

漸回驕暑解籜吹香遺丸薦脆小艾浮鴛浦畫欄如舊

依俙猶記佇立一鈎蓮步黯銷魂那堪又聽杜鵑更苦

菩薩蠻 怨别

吹簫人去行雲杳香篝翠被都閒了疊損縷金衣是他

渾不知 冷烟寒食夜淡月梨花下猶自軟心腸為他

燒夜香

又 怨别

東風去了秦樓畔一川烟草無人管芳樹雨初晴黄鸝

三兩聲　海棠花已謝春事無多也只有牡丹時知它歸不歸辭鄙意濃

嚴次山

名仁樵溪人詞集名清江欸乃杜月渚為之序其詞極能道閨閫之趣

賀新郎寄上官偉長序云扁舟何時下滄灣孤劍尚客東楚渺渺千里寄一曲歌覩物懷人想見臨風激烈也

蘭芷湘東國正愁予一江紅葉水程孤驛欲寫瀟湘無

限意那得如椽彩筆但滿眼西風蕭瑟我所思兮何處
所在鐔津津上滄灣側誰氏子閬風客　閬風仙客才
無敵賦悲秋抑揚頓挫流離沈鬱百賦千詩朝復暮解
道波濤春力憶共爾乘槎吹笛八表神遊吾夢見洲洞
庭青草烟波隔空悵望楚天碧

又　清浪軒送春

碧浪揺春渚浸虛簷蒲蔔滉瀁翠綃掀舞委曲經過臺
下路載取落花東去問花亦漂流良苦花不能言應有

恨恨十分都被春風誤同此恨有飛絮　人生聚散元無據儘凭欄一樽相對蘋洲春莫嫉色沖沖空悵望淚盡世間兒女君不見千金求賦飛燕婕妤今何在看粘雲江影傷千古流不去斷魂處

又　送杜子野赴省

說到城南杜儘風流至今人號去天尺五家世聯翩蒼玉佩自有文章機杼看鸞鳳九霄軒翥文陣堂堂新得雋正少年壯氣虹霓吐拈彩筆月城去　出闕相送梅

千樹雪連空馬蹄特特曉寒人度帝里春濃花似海吹入明光奏賦須快展亨衢濶步隨世功名真漫浪要平生所學期無負須記得別時語

歸朝懽　南劒雙溪樓

五月人間揮汗雨離恨一襟何處去雙溪樓下碧千尋雙溪樓上匏尊舉晚涼生綠樹漁燈幾點依洲渚莫狂歌潭空月淨慘慘瘦蛟舞　變化往來無定所求劒刻舟應笑汝只今誰是晉司空斗牛奕奕紅光吐我來空

弔古與君同記凭欄語問滄波乗槎此去流到天河否

又 壽蕭禹平知縣

雲表金莖珠璀璨當日投懐驚玉燕文章議論壓西廱風流姓字翔東觀紫皇嗟見晩祥麟五色留金殿大江西銅章墨綬暫爾煩君綰　十二金釵扶玉盞錦瑟擬擬隨急管獸爐烟動彩雲高秋聲拍碎紅牙板趣君歸翰苑萊衣煥爛潘輿穩任方瞳從今看到弱水波清淺

又 别意

朱户緑窗深窈窕閃閃華旗紅榦小相逢斜柳絆輕舟渚香不斷蘋花老西風吹夢草題詩未了還驚覺獨傷心凄凉故館月過西樓悄　樓外斜河低浸斗夜已如何夜將曉心期欲寄赤鱗魚秋雲不動秋江渺相思千里道多情直被無情惱玉臺前請君試看華髪添多少

水龍吟 題連州翼然亭呈歐守

翼然新榜高亭翰林鐵畫燕公手滁陽盛事何人重繼湟川太守太守謂誰文章的派醉翁賢冑對千峰削翠

雙溪注玉端不減瑯琊秀　坐歛清香晝戟聽丁丁滴花晴漏棠陰晝寂細賡賓客竹枝楊柳只恐明朝綈封趣覲未容借寇儘江山識賞鹽梅事業煥青鐔舊

又　題天風海濤呈潘料院

飈車飛上蓬萊不須臾跨琴高鯉劃然長嘯天風澒洞雲濤無際我欲乘桴從茲浮海約任公子辦虹竿千丈犗鉤五十親點對連鼇餌　誰榜佳名空翠紫陽仙去騎箕尾銀鉤鐵畫龍拏鳳峙留人間世更憶東山哀箏

一曲洒沾襟淚到而今幸有高亭遺愛寓甘棠意

又　題盱江偉觀

城頭傑觀崢嶸重欄下瞰蒼龍脊鏤珉盤礎彫檀疎檼玲瓏金碧華子岡頭麻源谷口神仙窟宅道至今清夜月明風泠常隱隱聞笙笛　翠壁烟霞縹緲更寒泉飛空千尺數峰江上孤舟天際夕陽紅溼抖擻征塵浩然長嘯跨青鸞翼向鳳岡西望遥釃斗酒酹文章伯李太白墓在鳳皇山下

水調歌頭 上韶州方檢討時有節制之命

慘淡望京闕慷慨夢天山引杯中夜看劍壯氣刷幽燕鼉鼓滿天催曙畫角連雲嘯月吹斷戍鉼烟犀角赤兔馬虎帳綠熊鐔 仗漢節伸大義伐可汗青冥更下斧鉞赤子要君安鐵騎千羣觀獵宮樣十眉環座礔礰聽鳴弦莫厭兜鍪冷歸去已貂蟬

木蘭花慢 社日有懷

東風吹霧雨更吹起裌衣寒正莽莽叢林潭潭伐鼓鬱

鬱焚蘭闌干曲多少意看青烟如篆遶溪灣桑柘綠陰

猶薄杏桃紅雨初翻　飛花片片走潺湲問何日西還

嘆擾擾人生紛紛離合渺渺悲歡想雲軿何處也對芳

時應只在人間惆悵迴紋錦字斷腸斜日雲山

蝶戀花　快閣

傑閣青紅天半倚萬里歸舟更近闌干艤木落山寒鳧

鴈起一聲漁笛滄洲尾　千古文章黄太史憫黜高風

長照氷壺裏何以薦君秋菊蕊瓔瓢為酌西江水

又 春情

院靜日長花氣暖一簇嬌紅得見春深淺風送生香來近遠笑聲只在秋千畔　目力未窮腸已斷一寸芳心更逐遊絲亂朱户對開簾捲半日斜江上春風晚

鷓鴣天 怨别

一徑蕭條落葉深離腸淒斷月明砧征鴻送恨連雲起促織驚秋傍砌吟　風悄悄夜沈沈鴛機坐冷曉霜侵挑成錦字心相向未必君心似妾心

又　閨思

多病春來事事慵偶因撲蝶到庭中落紅萬疊花經雨斜碧千條柳困風　深院宇小簾櫳幾年離别恰相逢擎觴未飲心先醉為有春愁似酒濃

又　别意

行盡春山春事空别愁離恨滿江東三更鼓潤官樓雨五夜燈殘客舍風　寒淡淡曉朧朧黄雞催斷丑時鍾紫騮嚼勒金銜響衝破飛花一道紅

又 惜別

一曲危絃斷客腸津橋捩柂轉牙檣江心雲帶蒲帆重

樓上風吹粉淚香 瑶草碧柳芽黃載將離恨過瀟湘

請君看取東流水方識人間別意長

又 春思

病去那知春事深流鶯喚起惜春心桐舒碧葉慳三寸

柳引金絲可一尋 憐繡閣對雲岑苦無多力懶登臨

翠羅衫底寒猶在弱骨支離瘦不禁

又 閨情

高杏酣酣出短墻垂楊裊裊蘸池塘文鴛藉草眠春晝金鯽吹波弄夕陽　閒倚鏡理明妝自翻銀葉炷箇香鳴鞭已過青樓曲不是劉郎定阮郎

又 閨情

公子詩成著錦袍王家桃葉舊妖嬈檀槽攏急斜金鴈絲袖翩躚鮮翠翹　沈水過懶重燒十分濃醉十分嬌複羅帳裏春寒少只恐香酥拍漸消

玉樓春 春思

春風只在園西畔薺菜花繁胡蝶亂氷池晴緑照還空香徑落紅吹已斷 意長翻恨遊絲短盡日相思羅帶緩寶奩如月不欺人明日歸來君試看

阮郎歸 春思

腮花輕拂紫綿香瓊杯初暖妝貪凭彫檻看鴛鴦無心上繡牀 風絮亂恣輕狂惱人依舊忙夢隨残雨下高唐悠悠春夢長

婆羅門引 春情

花明柳暗一天春色繞朱樓斷鴻聲喚人愁欲問鴻歸何處身世自悠悠正東風留滯楚尾吳頭 追思舊遊歎雙鬢颯驚秋可惜等閒孤了酒令花籌斷絃難續謾題詩分付東流流不到蓬島瀛洲

醉桃源 春景

拍堤春水蘸垂楊水流花片香弄花噆柳小鴛鴦一雙隨一雙 簾半捲露新妝春衫是柳黃倚欄看處背斜

陽風流暗斷腸

好事近 舟行

曉色未分明敲動月邊疊鼓卯酒一杯徑醉又別君南浦 春江如席照晴空大舶夾雙櫓腸斷斜陽渡口正落紅如雨

訴衷情 章貢別懷

一聲水調解蘭舟人間無此愁無情江水東流去與我淚爭流 人已遠更回頭苦凝眸斷魂何處梅花岸曲

小小紅樓

多麗 記恨

最無端宮樓畫角輕吹一聲來深閨深處把人好夢驚
回許多愁儘教奴受些些箇事未必君知淚滴蘭衾寒生
珠幌翠雲撩亂枕頻攲窗兒上幾條殘月斜玉界羅帷
更堪聽霜摧敗葉靜扣朱扉 念别離千里萬里問何
日是歸期闊情處魚來鴈往斷腸是兔走烏飛美景良
辰賞心樂事風流孤負縷金衣謾贏得花顔玉骨瘦損

為相思歸須早劉郎雙鬢莫遣成絲

一落索 春懷

清曉鶯啼紅樹又一雙飛去日高花氣撲人來獨自價傷春無緒　別後暗寬金縷倩誰傳語一春不忍上高樓為怕見分携處

南柯子 莫春

柳陌通雲徑瓊梳啟翠樓桃花紙薄漬冰油記得年時詩句為君留　曉綠千層出春紅一半休門前溪水泛

花流流到西川猶是故家愁

菩薩鬘雙溪亭

征鴻點破空雲碧丹霞染出新秋色返照落平洲半江紅錦流　風清漁笛晚寸寸愁腸斷寄語笛休横只消三兩聲

嚴少魯

名參自號三休昭武人

沁園春自適

曰歸去來歸去來兮吾將安歸但有東籬菊有西園桂有南溪月有北山薇蜂則有房魚還有穴蟻有樓臺獸有衣吾應有雲中舊隱竹裏柴扉　人間征路熹微看處處丹楓白露晞看寒原衰草牛羊來下淡烟秋水鱸鱖初肥自笑平生頹然骨相只合持竿坐釣磯都休也對西風無語落日斜暉

又

題吳明仲竹坡

竹焉美哉愛竹者誰曰君子歟向佳山水處築宮一畆

好風煙裏種玉千餘朝引輕霏夕延涼月此外塵埃一點無須知道有樂其樂者吾愛吾廬　竹之清也何如應料得詩人清矣乎況滿庭秀色對拈彩筆半窗涼影伴讀殘書休說龍吟莫言鳳嘯且道高標誰勝渠君試看正逶坡雲氣似渭川圖

花菴詞選卷十五

欽定四庫全書

花菴詞選卷十六

宋　黄昇　編

宋詞

馬莊父

字子嚴建安人自號古洲居士

水龍吟　為陳坂種玉作

買為貯梅花王妃一萬森庭户古來詞客比方不類可

憐毫楮誰掃塵凡獨超物表神仙中取是崑邱標致姑山風骨除此外吾誰與　九醞醍醐雪乳和金盤月邊清露壽陽驕騃單于踈賤不堪充數弄玉排簫許瓊揮拍胎禽飛舞待先生披著羊裘鶴氅作園林主

又　海棠

東君直是多情好花一夜都開盡杏梢零落藥欄遲暮不教寧靜風度秋千日移簾幕翠紅交映正太真浴罷西施濃抹都沈醉嬌相稱　磨徧綠窗銅鏡挽春衫不

堪比並暮雲空谷佳人何處碧苔侵逕睡裏相看酒邊
凝想許多風韻問因何却欠一些香味惹旁人恨

臨江仙 上元

人意舒閒春事到徐徐弄日微雲翠鬟飛繞鬧蛾羣煙
橫沽酒市風轉落梅村 歲事一新人半舊相逢際晚
醺醺花間庭館柳間門剗除風雨外排日醉紅裙

月華清 憶別

琴瑟秋聲蕭蕭天籟滿庭搖落空翠數徧丹楓不見葉

間題字人何處千里嬋娟愁不斷一江流水遥睇見征鴻幾點碧天無際　悵望月中仙桂問竊藥佳人誰與同歲把鏡當空照盡别離情意心裏恨莫結丁香琴上曲休彈秋思怕裏又悲來老却蘭臺公子

賀聖朝　春遊

遊人拾翠不知遠被子規呼轉紅樓倒影背斜陽墜幾聲絲管　荼蘼香透海棠紅淺恰平分春半花前一笑不須慳待花飛休怨

魚遊春水 怨別

池塘生春草數盡歸鴻人未到天涯目斷青鳥尚賒音
耗曉月頻窺白玉堂暮雨還濕青門道巢燕引雛乳鶯
空老 庭際香紅倦掃乾鵲休來枝上噪前回準擬同
它翻成病了欲題紅葉憑誰寄獨抱孤桐無心挑眉間翠
攢鬢邊霜早

海棠春 春景

柳腰暗怯花風弱紅映秋千院落歸逐雁兒飛斜撼真

珠箔　滿林翠葉胭脂蕚不忍頻頻覷著護取一庭春

莫彈花間鵲

鷓鴣天　閨思

睡鴨徘徊煙縷長日高春困不成妝步欹草色金蓮潤

撚斷花鬚玉笋香　輕洛浦笑巫陽錦紋親織寄檀郎

兒家閉戸藏春色戲蝶遊蜂不敢狂末二句有深意

歸朝懽　春遊

聽得提壺沽美酒人道杏花深處有杏花狼籍鳥啼風

十分春色今無九麝煤銷永晝青煙飛上庭前柳畫堂深不寒不煖正是好時候　團團寶月憑纖手暫借歌喉招舞袖真珠滴破小槽紅香肌縮盡纖羅瘦投分須白首黃金散與親和舊且銜杯壯心未落風月長相守

孤鸞　早春

沙堤香軟正宿雨初收落梅飄滿可奈東風暗逐馬蹄輕捲湖波又還漲綠粉牆陰日融煙煖驀地刺桐枝上有一聲春喚　任酒帘飛動畫樓晚便指數燒燈時節

非遠陌上叫聲好是賣花行院玉梅對妝雪柳閙蛾兒象生嬌鷃歸去爭先戴取倚寶釵雙燕

阮郎歸 西湖春暮

清明寒食不多時香紅漸漸稀番騰裝束閙蘇堤留春春怎知 花褪雨絮沾泥凌波寸不移三三兩兩叫船兒人歸春也歸

姜堯章

探春慢 過苕霅别鄭次臯諸君

衰草愁煙亂鴉送日風沙回旋平野拂雪金鞭欺寒茸
帽還記章臺走馬誰念漂零久謾贏得幽懷難寫故人
清沔相逢小窗閒共情話　長恨離多會少重訪問竹
西珠淚盈把鴈磧沙平漁汀人散老去不堪遊冶無奈
苕溪月又喚我扁舟東下甚日歸來梅花亂零春夜

一萼紅　人日長沙登定王臺

古城陰有官梅幾許紅萼未宜簪池面冰寒牆腰雪老
雲意還又沈沈翠藤共閒穿徑竹漸笑語驚起卧沙禽

野老林泉故王臺榭呼喚登臨　南去北來何事蕩湘雲楚水目極心傷朱戶黏雞金盤簇燕空嘆時序侵尋記曾共西樓雅集想垂柳還裊萬絲金待得歸鞍到時只怕春深

揚州慢 中呂宮　淳熙丙申至日余過維揚夜雪初霽薺麥彌望入其城則四顧蕭條寒水自碧暮色漸起戍角悲吟予懷愴然感慨今昔因自度此曲千巖老人以為有黍離之悲也　此後凡載宮調者並是自製曲

淮左名都竹西佳處解鞍少駐初程過春風十里盡薺

麥青青自戎馬窺江去後廢池喬木猶厭言兵漸黃昏清角吹寒都在空城　杜郎俊賞算如今重到須驚縱荳蔻詞工青樓夢好難賦深情二十四橋仍在波心蕩冷月無聲念橋邊紅藥年年知為誰生

驀山溪　題錢氏溪月

與鷗為客綠野留吟屐兩行柳垂陰是當年仙翁手植一亭寂寞煙外帶愁橫荷冉冉展京雲橫臥虹千尺才因老盡秀句君休覓萬綠正迷人更愁入山陽夜笛

百年心事惟有玉欄知吟未了放船回月下空相憶

點絳唇 丁未冬過吳松

燕鴈無心太湖西畔隨雲去數峰清苦商量黄昏雨

第四橋邊擬共天隨住今何許凴欄懷古殘柳參差舞

暗香 仙吕宫辛亥之冬予載雪詣石湖止既月授簡索句且徵新聲作此兩曲石湖把玩不已使二妓肄習之音節諧婉乃命之曰暗香疎影

舊時月色算幾番照我梅邊吹笛喚起玉人不管清寒與攀摘何遜而今漸老都忘却春風詞筆但怪得竹外

疎花香冷入瑶席　江國正寂寂嘆寄與路遥夜雪初積翠尊易泣紅蕚無言耿相憶長記曾携手處千樹壓西湖寒碧又片片吹盡也幾時見得

疎影 仙吕宫

苔枝綴玉有翠禽小小枝上同宿客裏相逢籬角黄昏無言自倚修竹昭君不慣風沙遠但暗憶江南江北想佩環月夜歸來化作此花幽獨　猶記深宫舊事那人正睡裏飛近蛾緑莫似春風不管盈盈早與安排金屋

還教一片隨波去又却怨玉龍哀曲等恁時重覓幽香已入小窗横幅

長亭怨慢中吕宮　桓大司馬云昔年種柳依依漢南今看揺落悽愴江潭樹猶如此人何以堪此語予深愛之

漸吹盡枝頭香絮是處人家緑深門户遠浦縈洄暮帆零亂向何許閲人多矣誰得似長亭樹樹有情時不會得青青如此　日暮望高城不見只見亂山無數韋郎去也怎忘得玉環分付第一是早早歸來怕紅萼無人

為主算只有并刀難剪離愁千縷

齊天樂 蟋蟀中都呼為促織

庾郎先自吟愁賦淒淒更聞私語露濕銅鋪苔侵石井都是曾聽伊處哀音似訴正思婦無眠起尋機杼曲曲屏山夜涼獨自甚情緒　西窗又吹暗雨為誰頻斷續相和砧杵候館吟秋離宮弔月別有傷心無數豳詩謾與笑籬落呼燈世間兒女寫入琴絲一聲聲更苦 宣政間有士大夫製蟋蟀吟

小重山令 潭州紅梅

人繞湘臯月墜時斜横花樹小浸愁漪一春幽事有誰知東風令香遠茜裙歸 鷗去昔遊非遥憐花外夢依依九疑雲杳斷魂啼相思血都沁緑筠枝

鷓鴣天 元夕不出

憶昨天街預賞時柳慳梅小未教知而今正是歡遊夕却怕春寒自掩扉 簾寂寂月低低舊情誰有絳都詞芙蓉影暗三更後卧聽鄰娃笑語歸

又 苕溪記所見

京洛風流絶代人因何風絮落溪津籠鞋淺出鴉頭襪知是淩波縹緲身 紅乍笑緑長顰與誰同度可憐春鴛鴦獨宿何曾慣化作西樓一縷雲

又 十六夜遊

輦路珠簾兩兩垂千枝銀燭舞僛僛東風歷歷紅樓下誰識三生杜牧之 歡正好夜何其明朝春過小桃枝鼓聲漸遠遊人散惆悵歸來有月知

憶王孫 番陽彭氏小樓

冷紅葉葉下塘秋長與行雲共一舟零落江南不自由兩綢繆料得吟鸞夜夜愁

湘月 雙調即念奴嬌之鬲指聲也

五湖舊約問經年底事長負清景暝入西山漸喚我一葉夷猶乘興倦網都收歸禽時度月上汀洲冷中流容與畫橈不點清鏡 誰解喚起湘靈煙鬟霧鬢理哀絃鴻陣玉麈談玄歎坐客多少風流名勝暗柳蕭蕭飛星

念奴嬌 吳興荷花

鬧紅一舸記來時嘗與鴛鴦為侶三十六陂人未到水佩風裳無數翠葉吹涼玉容消酒更灑菰蒲雨嫣然搖動冷香飛上詩句 日暮青蓋亭亭情人不見爭忍凌波去只恐舞衣寒易落愁入西風南浦高柳垂陰老魚吹浪留我花間注田田多少幾回沙際歸路

惜紅衣 吳興荷花 無射宮

簟枕邀涼琴書換日睡餘無力細洒冰泉并刀破甘碧牆頭喚酒誰問訊城南客岑寂高樹晚蟬説西風消息虹梁水陌魚浪吹香紅衣半狼籍維舟試望故國渺天北可惜柳邊沙外不共美人遊歷問甚時同賦三十六陂秋色

琵琶仙 吳興感遇

雙槳來時有人似舊曲桃根桃葉歌扇輕約飛花蛾眉正奇絶春漸遠汀洲自緑更添了幾聲啼鴂十里揚州

三生杜牧前事休說　又還是宮燭分煙奈愁裏匆匆換時節都把一襟芳思與空階榆莢千萬縷藏鴉細柳為玉尊起舞回雪想見西出陽關故人初別

秋宵吟　越調　秋夜

古簾空墜月皎坐久西窗人悄蛩吟苦漸漏永丁丁箭壺催曉引涼颸動翠葆露脚斜飛雲表因嗟念似去國情懷暮帆煙草　帶眼消磨為近日愁多頓老衛娘何在宋玉歸來兩地暗縈繞搖落江楓早嫩約無憑幽夢

又杳但盈盈泪洒單衣今夕何夕恨未了

少年遊戲張平甫

雙螺未合雙蛾先斂家在碧雲西别母情懷隨郎滋味桃葉渡江時　扁舟載了匆匆去今夜泊前溪楊柳津頭梨花牆外心事兩人知

鬲溪梅令仙吕調　無錫歸寓意

好花不與殢香人浪粼粼又恐春風歸去緑成陰玉鈿何處尋　木蘭雙槳夢中雲小横陳謾向孤山山下覓

盈盈翠禽啼一春

淒涼犯 仙呂調犯商調 合肥秋夕

綠楊巷陌西風起邊城一片離索馬嘶漸遠人歸甚處戍樓吹角情懷正惡更衰草寒煙淡薄似當時將軍部曲迤邐度沙漠 追念西湖上小舫攜歌晚花行樂舊遊在否想如今翠凋紅落謾寫羊裙等新鴈來時繫著怕匆匆不肯寄與誤後約

翠樓吟 雙調 武昌安遠樓成

月冷龍沙塵清虎落今年漢酺初賜新翻南部曲聽鐔幕元戎歌吹層樓高峙看檻曲縈紅簷牙飛翠人姝麗粉香吹下夜寒風細　此地宜有詞仙擁素雲黃鶴與君遊戲玉梯凝望久歎芳草淒淒千里天涯情味仗酒祓清愁花嬌英氣西山外晚來還捲一簾新霽

清波引　梅

冷雲迷浦倩誰喚玉妃起舞歲華如許野梅弄眉嫵屐齒印蒼蘚漸為尋花來去自隨秋鴈南來望江國渺何

處　新詩謾與好風景長是暗度故人知否抱幽恨難語何時共漁艇莫負滄浪煙雨況有清夜啼猿怨人良苦

法曲獻仙音　張彥功官舍

虛閣籠寒小簾通月暮色偏憐高處樹隔離宮水平馳道湖山盡入尊俎奈楚客淹留久砧聲帶愁去屢回顧　過秋風未成歸計誰念我重見冷楓紅舞喚起淡粧人問逋仙今在何許象筆鸞牋甚而今不道秀句怕平

生幽恨化作沙邊煙雨

玲瓏四犯 越中歲暮聞簫鼓感懷

疊鼓夜寒垂燈春淺匆匆時事如許倦遊歡意少俛仰悲今古江淹又吟恨賦記當時送君南浦萬里乾坤百年身世惟有此情苦　揚州柳垂官路有輕盈喚馬端正窺户酒醒明月下夢逐潮聲去文章信美知何用謾贏得天涯羇旅教說與春來要尋花伴侶

淡黄柳 正平調近 客合肥

空城曉角吹入垂楊陌馬上單衣寒側側看盡鵝黃嫩緑都是江南舊相識正岑寂　明朝又寒食強攜酒小橋宅怕梨花落盡成秋色燕燕飛來問春何在唯有池塘自碧

側犯　詠芍藥

恨春易去尋春却向揚州住微雨正繭栗梢頭弄詩句紅橋二十四總是行雲處無語漸半脫宮衣笑相顧金壺細葉千朵圍歌舞誰念我鬢成絲來此共尊俎後

日西園緑陰無數寂寞劉郎自修花譜

眉嫵 亦名百宜嬌　戲張仲遠

看垂楊連苑杜若吹沙愁損未歸眼信馬青樓去重簾下娉婷人妙飛燕翠尊共欵聽艷歌郎意先感便携手月地雲堦裏愛良夜微煖　無限風流踈散有暗藏弓履偷寄香翰明日聞津鼓湘江上催人還解春纜亂紅萬點悵斷魂煙水遥遠又爭似相攜乘一舸鎮長見

石湖仙 越調　壽石湖居士

松江煙浦是千古三高遊衍佳處須信石湖仙侶鴟夷翩然引去浮雲安在我自愛緑香紅舞容與看世間幾度今古　盧溝舊曽駐馬為黄花閒吟秀句見説邊人多少綸巾欹雨玉友金蕉玉人金縷緩移箏柱聞好語明年定在槐府

解連環

玉鞍未上却沉吟未上又縈離思為大喬能撥春風小喬妙移箏鴈啼秋水柳怯雲鬆更何必十分梳洗道郎

攜羽扇那日隅簾半面曾記西窗夜涼雨霽歎幽歡未足何事輕棄問後約空指薔薇算如此溪山甚時重至水驛燈昏又見在曲屏近平聲底念惟有夜來皓月照伊自睡

玉梅令 高平調 石湖畏寒不出作此戲之

疎疎雲片散入溪南苑春寒鎖舊家亭館有玉梅幾樹背立怨東風高花未吐暗香已遠公來領客梅花能勸花長好願公更健便揉春為酒剪雪作新詩拚一日

繞花千轉

踏莎行　金陵感夢

燕燕輕盈鶯鶯嬌軟分明又向華胥見夜長爭得薄情知春初早被相思染　別後書詞別時針線離魂暗逐郎行遠淮南皓月冷千山冥冥歸去無人管

八歸　湘中送胡德華

芳蓮墜粉疎桐吹綠庭院暗雨乍歇無端抱影銷魂處還見篠牆螢暗蘚階蛩切送客重尋西去路問水面琵

琵誰撥最可惜一片江山總付與啼鴂　長恨相從未款而今何事又對西風離別渚寒煙淡棹移人遠縹緲行舟如葉想文君望久倚竹愁生步羅襪歸來後翠尊雙飲下了珠簾玲瓏閒看月

高賓王

名觀國號竹屋詞名竹屋癡語陳造為序稱其與史邦卿皆秦周之詞所作要是不經人道語其妙處少游美成若唐諸公亦未及也

玉胡蝶 秋思

喚起一襟涼思未成晚雨先做秋陰楚客悲殘誰解此意登臨古臺荒斷霞斜照新夢黯微月疎砧總難禁盡將幽恨分付孤斟 從令倦看青鏡既遲勲業可負烟林斷梗無憑歲華揺落又驚心想蓴汀水雲愁凝閑蕙帳猿鶴悲吟信沉沉故園歸計休更侵尋

喜遷鶯 秋懷

涼雲歸去再約著晚來西樓風雨水静簾陰鷗閒菰影

秋到露汀煙浦試省喚回幽恨盡是愁邊新句倦登眺動悲涼還在殘蟬吟處　淒楚空見説香鎖霧扃心似秋蓮苦寶瑟彈冰玉臺窺月淺黛可憐偷聚幾時翠溝題葉無復繡簾吹絮鬢華晚念庾郎情在風流誰與

玉樓春　春思

多時不踏章臺路依舊東風芳草渡鶯聲喚起水邊情日影炙開花上霧　謝娘不信佳期誤認得馬嘶迎繡户令宵翠被不春寒只恐香穠春又去

又憶舊

春烟澹澹生春水曾記芳洲蘭棹艤岸花香到舞衣邊汀草色分歌扇底　棹沉雲去情千里愁壓雙鴛飛不起十年春事十年心怕說濺裙當日事

菩薩蠻　蘇堤芙蓉

紅雲半壓秋波急艷妝泣露嬌啼色佳夢入仙城風流石曼卿　宮袍呼醉醒休捲西風錦明日粉香殘六橋烟水寒

又 水晶膾

玉鱗熬出香凝軟，幷刀斷處冰絲顫。紅縷間堆盤，輕明相映寒。 纎柔分勸處，膩滑難停筯。一洗醉魂清，真成醒酒冰。

又 春思

春風吹緑湖邊草，春光依舊湖邊道。玉勒錦障泥，少年遊冶時。 煙明花似繡，且醉旗亭酒。斜日照花西，歸鴉花外啼。

杏花天 春愁

霽煙消處寒猶嫩乍門巷愔愔晝永池塘夢草魂初醒秀句吟春未穩 仙源阻春風瘦損又燕子來無芳信小桃也自知人恨滿面羞紅難問

祝英臺近 閨思

一窗閒孤燼冷獨自箇春睡繡被熏香不似舊風味靜聽滴滴簷聲驚愁攪夢更不管庾郎心醉 念芳意一併十日春寒梅花煞憔悴懶做新詞春在可憐裏幾時

挑菜踏青雲沈雨斷盡分付楚天之外

生查子　梅

香驚楚驛寒瘦倚湘筠暮一笛已黄昏片月尤清楚沉沉冰玉奩漠漠煙雲浦酸淚不成彈又向春心聚

永遇樂　次韻弔青樓

淺暈修蛾脆痕紅粉猶記窺户香斷奩空塵生砌冷誰喚青鸞舞春風花信秋宵月約歷歷此心曾許銜芳恨千年怨結玉骨未應成土　木蘭艇子莫愁何在謾繫

寒江煙事事逐雲沈情隨佩冷短夢分今古一杯遙夜孤光難曉多少碎人腸處空淒黯西風細雨盡吹淚去

御街行 賦轎

藤筠巧織花紋細稱穩步如流水踏青陌上雨初晴嫌怕溼文鴛雙履要人送上逢花須住才過處香風起

裙兒挂在簾兒底更不把窗兒閉紅紅白白簇花枝恰稱得尋春芳意歸來時晚紗籠引道下人微醉

霜天曉角 春情

春雲粉色春水和雲溼試問西湖楊柳東風外幾絲碧

望極連翠陌蘭橈雙槳急欲訪莫愁何處旗亭在畫

橋側

卜算子 春晚

屈指數春來彈指驚春去簷外蛛絲網落花也要留春

住　幾日喜春晴幾夜愁春雨十二彫窗六曲屏題徧

傷春句

踏莎行 九日西山

水減堤痕秋生屐齒瘦節喚起登高意翠微烟冷夢淒
涼黃花香晚人憔悴　懷古風流悲秋情味紫萸勸入
旗亭醉玉人相見説新愁可憐又溼西風淚

風入松　春晴

捲簾日日恨春陰寒食新晴馬蹄只向南山去長橋愛
花柳多情紅外風嬌日暖翠邊水秀山明　杜郎歌酒
過平生到處蓬瀛醉魂不入重城晚穠歡寄桃葉桃根
繡被嫩寒清曉鶯聲喚醒春酲

又 聞鄰女吹笛

粉嬌曾隔翠簾看横玉聲寒夜深不管柔荑冷櫻朱度香噴雲鬟霜月摇摇吹落梅花敷敷驚殘 蕭郎且放鳳簫閒何處驂鸞静聽三弄霓裳罷蒐飛斷愁裏關山三十六宫天近念奴却在人間

思佳客 秋扇

入手西風意已秋不須玉斧為重修撲螢涼夜沉沉月障面清歌澹澹秋 休弃置且遲留可憐又向篋中收

莫教暗損乘鸞女漢殿淒涼萬古愁

聲聲慢 元夕

壼天不夜寶炬生香光風蕩搖金碧月灩氷痕花外峭寒無力歌傳翠簾盡捲誤驚回瑤臺仙跡禁漏促揀千金一刻未酬佳夕捲地香塵不斷最得意輸它五陵狂客楚柳吳梅無限眼邊春色鮫綃暗中寄與待重尋行雲消息乍醉醒怕南樓吹斷曉笛

解連環 春水

浪搖新綠浸芳洲翠渚雨痕初足蕩霽色流入橫塘看
風外漪漪皺紋如縠藻荇縈迴似留戀鴛飛鷗浴愛嬌
雲蘸色媚日挼藍遠迷心目　仙源漾舟岸曲照芳容
幾樹香浮紅玉記那西洛橋邊濺裙翠傳情玉纖輕掬
三十六陂錦鱗渺芳音難續隔垂楊故人望斷浸愁千
斛

花菴詞選卷十七

宋　黃昇　編

宋詞

史邦卿

名達祖號梅溪有詞百餘首張功父姜堯章為序堯章稱其詞奇秀清逸有李長吉之韻蓋能融情景於一家會句意於兩得

綺羅香 春雨

做冷欺花將煙困柳千里偷催春草晝日冥迷愁裏欲飛還住驚粉重蝶宿西園喜泥潤燕歸南浦最妨它佳約風流鈿車不到杜陵路　沈沈江上望極還被春潮急難尋官渡隱約遙峯和淚謝娘眉嫵臨斷岸新綠生時是落紅帶愁流處記當日門掩梨花剪燈深夜語臨斷岸以下數語最為姜堯章稱賛

玉樓春 社前一日

遊人等得春晴也處處旗亭堪繫馬雨前穠杏尚稱停風裏殘梅無顧藉　忌拈針線還逢社鬭草贏多裙欲卸明朝雙燕定歸來叮囑重簾休放下

又　梨花

玉容寂寞誰為主寒食新晴愁幾許前身清淡似梅妝遥夜依微留月住　香迷胡蝶飛時路雪在秋千來往處黄昏著了素衣裳深閉重門聽夜雨

萬年歡　春思

兩袖梅風謝橋邊岸痕猶帶陰雪過了匆匆燈市草根
青發燕子春愁未醒悞幾處芳音遼絶煙谿上采緑人
歸定應愁沁花骨　非干厚情易歇奈燕臺句老難道
離别小逕吹衣曾記故里風物多少驚心舊事第一是
侵階羅襪如今但柳髮晞春夜來和露梳月

杏花天　清明

軟波拖碧蒲芽短畫橋外花晴柳暖今年自是清明晚
便覺芳情較懶　春衫瘦東風翦翦過花塢香吹醉面

歸來立馬斜陽岸隔岸歌聲一片

西江月 閨思

西月澹窺樓角東風暗落簷牙一燈初見影窗紗又是

重簾不下 幽思屢隨芳草閒愁多似楊花楊花芳草

遍天涯繡被春寒夜夜

菩薩蠻 夜景

梨花不礙東城月月明照見空欄雪雪底夜香微褰簾

拜月歸 錦衾幽夢短明日南堂宴宴罷小樓臺春風

來不來

臨江仙　閨思

愁與西風應有約年年同赴清秋舊游簾幕記揚州一燈人著夢雙鴈月當樓　羅帶鴛鴦塵暗澹更須整頓風流天涯萬一見温柔瘦應緣此瘦羞亦為郎羞

齊天樂　秋興

闌干只在鷗飛處年年怕吟秋興斷浦沈雲空山挂雨只有詩愁千頃波聲未定望舟尾拖涼渡頭籠暝正好

登臨有人歌罷翠簾冷　悠然魂墮故里奈閒情未了還被吹醒拜月虛簷聽蛩壞砌誰復能憐嬌俊憂心耿耿寄桐葉芳題冷楓新詠莫遣秋聲樹頭喧夜永

又湖上即席分韻得羽字

鴛鴦拂破蘋花影低低趂涼飛去畫裏移舟詩邊就夢葉葉碧雲分護芳游自許過柳影閒波水花平渚見說西風為人吹恨上瑶樹　闌干斜照未滿杏牆應望斷春翠偷聚淺約挼香深盟搗月誰是窗閒青羽孤箏幾柱

問因甚參差蹔成離阻夜色空庭待歸聽俊語

雙雙燕　詠燕形容盡矣

過春社了度簾幕中間去年塵冷差池欲住試入舊巢相竝還相雕梁藻井又軟語商量不定飄然快拂花梢翠尾分開紅影　芳徑芹泥雨潤愛貼地爭飛競誇輕俊紅樓歸晚看足柳昏花暝應自棲香正穩便忘了天涯芳信愁損翠黛雙蛾日日畫欄獨凭　姜堯章極稱其柳昏花暝之句

東風第一枝　春雪

巧湅蘭心偷黏草甲東風欲障新暖謾凝碧瓦難留信
知暮寒較淺行天入鏡做弄出輕鬆纖軟料故園不捲
重簾悮了乍來雙燕　青未了柳回白眼紅欲斷杏開
素面舊遊憶著山陰厚盟遂妨上苑寒爐重暖便放慢
春衫針線恐濕鞋挑菜歸來萬一灞橋相見結句尤為姜堯章拈
出

又　元夕

酒館歌雲燈街舞綉笑聲喧似簫鼓太平京國多歡大

酺綺羅幾處東風不動照花影一天春聚耀翠光金縷相交苒苒細吹香霧　羞醉玉少年丰度懷豔雪舊家伴侶閑門明月關心倚窗小梅索句吟情欲斷念嬌俊知人無據想袖寒珠絡藏香夜久帶愁歸去

換巢鸞鳳 春情

人若梅嬌正愁橫斷塢夢繞溪橋倚風融漢粉坐月怨秦簫相思因甚到纖腰定知我今無魂可銷佳期晚謾幾度淚痕相照　人悄天渺渺花外語香時透郎懷抱

暗握荑苗乍嘗櫻顆猶恨侵堦芳草天念王昌忒多情

換巢鸞鳳教偕老温柔鄉醉芙蓉一帳春曉

過龍門 春愁

醉月小紅樓錦瑟箜篌夜來風雨曉來妝幾點落花饒

柳絮同爲春愁 寄信問晴鷗誰在芳洲緑波寧處有

蘭舟獨對舊時携手地情思悠悠

瑞鶴仙 紅梅

館娃春睡起爲發粧酒煖臉霞輕膩冰霜一生裏厭從

來冷澹粉腮重洗胭脂暗試便無限芳穠氣味向黃昏竹外寒深醉裏為誰偷倚　嬌媚春風模樣霜月心腸瘦來肌體孤香細細吹夢到杏花底被高樓橫笛一聲驚斷却對南枝洒淚謾相思桃葉桃根舊家姊妹

滿江紅　九月廿一日出京懷古

緩轡西風歎三宿遲遲行客桑梓外鋤耰漸入柳坊花陌雙闕遠騰龍鳳影九門空鎖鴛鸞翼更無人擫笛傍宮牆苔花碧　天相漢民離國天厭外臣離德趁建瓴

一舉再收鼇極老子豈無經世術詩人不預平戎策辦一襟風月看升平吟春色

卓稼翁

名田號西山建陽之文士

好事近 三衢買舟

奏賦謁金門行盡雲山無數尚有江天一半買扁舟東去波神眼底識英雄閣住半空雨喚起一帆風力去青天尺五

昭君怨 送人赴上庠

千里功名岐路幾緉英雄草屨入座與三台箇中來

壯士寸心如鐵有淚不霑離別劍未斬樓蘭莫空還

品令 新秋

立秋十日早露出新涼面斜風急雨戰退炎光一半月上紗窗疑是廣寒宮殿 無端宋玉撩亂生悲怨一年好處都被秋光占斷你且思量今夜怎生消遣

崔正子

名與之自號菊坡屢以右相招不起

水調歌頭

萬里雲間戍立馬劍門關亂山極目無際直北是長安人苦百年塗炭鬼哭三邊鋒鏑天道久應還手寫留屯奏烱烱寸心丹　對青燈搔白髮漏聲殘老來勲業未就妨却一身閒梅嶺緑陰青子蒲澗清泉白石怪我舊盟寒烽火平安夜歸夢到家山

魏華父

名了翁臨卭人號鶴山先生慶元已未黄甲第
三名晚與真西山齊名有詞附鶴山集皆壽詞
之得體者

水調歌頭　范靖州生日

猶記端門外鞭袖五更寒一聲天上鐘析金鎖掣重關
君向紫宸上閣我侍玉皇香案都號舍人班夢覺帝鄉
遠相對兩蒼顔　玉圍腰金繫肘繡籠鞍卿人衮衮嚴
近五馬度荆山收拾五湖氣度卷束蟠胷兵甲春意滿

人間天錫公純嘏氣象自平寬

又　孫靖州生日

九十九峯下百二十年州西風吹起客夢夜月滿南樓影入天河左界辰在壽星向上還是去年秋要和木蘭曲載酒壽君侯　天邊信雲外步去難留壽觴庭院依舊已帶別離愁離合鍾情未免富貴關人何事浪白世間頭將相時來作身健百無憂

鷓鴣天　范靖州十月廿一日生日

誰把璿璣運化工參旗又挂玉梅東三三律琯聲餘亥九九元經卦起中　新歲月舊游從一觴還似去年冬人間事會無終極分付翹關老令公郭令公以武舉出身應翹關負米科

菩薩鬘靖倅江埧生日

東窗五老峯前月南窗九疊坡前雪推出侍郎山著君窗戶間　離騷鄉裏住恰記庚寅度挹取芷蘭芳酌君千歲觴

劉潛夫

名克莊莆田人號後村先生負一代盛名詩文甚高有後村别調一卷淳祐辛丑八月御筆劉某文名久著史學尤精可特賜同進士出身

六州歌頭 牡丹

維摩病起兀坐等枯株清晨裏誰來問是文殊遣名姝奪盡羣芳色浴才出酲初解千萬態嬌無力困相扶絶代佳人不入金張室却訪吾廬對茶爐禪榻笑殺此翁癯珠髻金壺始消渠 憶承平日繁華事修成譜寫成

圖奇絶甚歐公記蔡公書古來無一自京華隅問姚魏竟如何多應是綵雲散封灰餘野鹿銜將花去空回首河洛邱墟謾傷春弔古夢遶漢唐都歌罷欷歔

水調歌頭 和西外判宗湖樓韻

君看郭西景渾不減孤山飛樓突兀百尺輪奐侈前觀絶唱新詞寡和墮淚舊碑無恙往事付鷩瀾不見遼鶴返惟對水鷗閒 又何必珠翠盛管絃歡唾壺麈尾瀟洒領客上高寒丞相功存宗廟祭酒義兼家國世事尚

相關風月寓意莫作晉人看

沁園春　夢方孚若

何處相逢登寶釵樓訪銅雀臺喚廚人斫就東溟鯨鱠圉人呈罷西極龍媒天下英雄使君與操餘子誰堪共酒盃車千乘載燕南代北劍客奇材　飲酣鼻息如雷誰信被晨雞輕喚回嘆年光過盡功名未立書生老去機會方來使李將軍遇高皇帝萬户侯何足道哉披衣起但凄涼感舊慷慨生哀

又　送包尉

我羨君歸一路秋風芙蓉木犀想慈顏望久靈烏乍噪

新眉畫就郎馬頻嘶忙脫征衫快呼斗酒細為家人說

建谿爭知道這中年懷抱最怕分携　丈夫南北東西

應笑殺離筵粉淚啼悵佳人來未碧雲冉冉王孫去後

芳草萋萋明日相思山重水複古道人稀茅店雞元龍

老有高樓百尺誰共登梯

又　寄鍾賢良

我夢見君戴飛霞冠著宮錦袍與牧之高會齊山詩酒
謫仙同載采石風濤萬卷星羅千篇電掃肯學窮兒事
楚騷撚髯嘯有魚龍鼓舞狐兎悲嗥　英雄埋沒蓬蒿
誰摸索當年劉與曹嘆事機易失功名難偶誅茅西崦
種秫東皋柵有雞豚庭無羔鴈道是先生索價高人間
窄待相期海上共摘蟠桃

又　贈孫季蕃弔方漕西歸

歲莫天寒一見飄然幅巾布裘盡緣雲鳥道躋攀絕頂

拍天鯨浸笑傲中流疇昔奇君紫髯鐵面生子當如孫仲謀誰知道向中年猶未建節封侯　南來萬里何求因感慨橋公成遠遊悵名姬駿馬都成昨夢隻雞斗酒誰弔新邱天地無情功名有命千古英雄只麽休平生客獨羊曇一箇洒淚西州

又寄九華葉賢良

一卷陰符二石硬弓百斤寶刀更玉花驄噴鳴鞭電抹烏絲欄展醉墨龍跳牛角書生虯鬚豪客談笑皆堪折

簡招依稀記曾請纓繫粵草檄征遼　當年目視雲霄誰信道淒涼今折腰悵燕然未勒南歸草草長安不見北望迢迢老去胸中有些磊磈歌罷猶須著酒澆休休也但帽邊鬢改鏡裏顏凋

摸魚兒　賞海棠

甚春來冷烟淒雨朝朝遲了芳信驀然作煖晴三日又覺萬株嬌困霜點鬢潘令老年年不帶看花分才情減盡悵玉局飛仙石湖絶筆辜負這風韻　傾城色懊惱

佳人薄命牆頭杏寂誰問東風日莫無聊賴吹得胭脂成粉君細認花共酒古來二事天尤吝年光去迅謾綠葉成陰青苔滿地做取異時恨

又 感歎

恠新年倚樓看鏡清狂渾不如舊莫雲千里傷心處那更亂蟬踈柳凝望久愴故國百年陵闕誰回首功名大謬歎采藥名山讀書精舍此計幾時就 封侯事久矣輸人妙手滄洲聊作漁叟高冠長劒渾閒物世上切身

惟酒千載後君試看拔山扛鼎俱烏有英雄骨朽問顧曲周郎而今還解來聽小詞否

念奴嬌 菊花

老夫白首尚兒嬉廢圃一番料理餐飲落英幷墜露重把離騷拈起野艷幽香深黃淺白占斷西風裏飛來雙蝶遶叢欲去還止　嘗試銓次羣芳梅花差可伯仲之間耳佛說諸天金色界未必莊嚴如此尚友靈均定交元亮結好天隨子籬邊坡下一杯聊泛霜蘂

賀新郎 寄題聶侍郎譍孤臺

絶頂規危榭跨高寒鳥飛不過雲生其下斤斲無聲人按堵翁忽青紅變化覽城郭山川如畫閣老鳳樓修造手笑談間突出凌雲厦臺上景買無價　唾壺麈尾登臨暇似當年滁陽太守歐陽公也傾倒贛江供硯滴判斷雪天月夜更喚取鄒枚司馬銅雀凌歒歌舞散訪残磚斷甓無存者餘翰墨被風雅

又 春景

動地東風起畫橋西繞溪桑柘漫山桃李寂寂牆陰蒼苔逕猶印前回屐齒驚歲月飈馳雲駛太息攀翻長亭樹是先生手種今如此君不樂欲何俟　傍人錯會淵明意笑斯翁皇皇汲汲登山臨水佳處經呼籃輿去彷彿柴桑栗里從我者門生兒子嘗試平章先賢傳屈原醒不似劉伶醉判茗芋卧花底

又　客贈芍藥

一夢揚州事畫堂深金瓶萬朵元戎高會座上祥雲層

層起不減洛中姚魏歎别後關山迢遞國色天香何處

在想東風猶憶狂書記驚歲月一彈指　數枝清曉煩

馳騎向小窗依稀重見蕪城妖麗料得花憐儂消瘦儂

亦憐花鬢頽謾悵望竹西歌吹老矣應無騎鶴日但春

衫點點當時淚那更有舊情味

又　送陳子華赴真州

北望神州路試平章這場公事怎生分付記得太行山

百萬曾入宗爺駕馭今把作握蛇騎虎君去京東豪傑

喜想投戈下拜真吾父談笑裏定齊魯　兩河蕭索惟狐兔問當年祖生去後有人來否多少新亭揮淚客誰夢中原塊土算事業須由人做應笑書生心膽怯向車中閑置如新婦空目送塞鴻去

又 端午

深院榴花吐畫簾開練衣紈扇午風清暑兒女紛紛夸結束時樣釵符艾虎早已有游人觀渡老大逢場慵作戲任陌頭年少爭旗鼓溪雨急浪花舞　靈均標致高

如許憶生平既紉蘭佩更懷椒糈誰信騷魂千載後波底垂涎角黍又說是蛟饞龍怒把似而今醒到了料當年醉死差無苦聊一笑弔千古

又九日

湛湛長空黑更那堪斜風細雨亂愁如織老眼平生空四海賴有高樓百尺看浩蕩千崖秋色白髮書生神州淚儘淒涼不向牛山滴追往事去無迹　少年自負凌雲筆到而今春華落盡滿懷蕭瑟常恨世人新意少愛

說南朝狂客把破帽年年拈出若對黃花孤負酒怕黃花也笑人岑寂鴻北去日西匿

又 遊水東周家花園

溪上收殘雨倚畫欄薄綿乍脫日陰亭午鬧市不知春色處散在荒園廢墅漸小白長紅無數客子雖非河陽令也隨緣暫作鶯花主那可負甕中醑 碧雲四合千巖莫恨匆匆余方有事子姑歸去趁取羣芳未搖落暇日提魚就煮歎激電光陰如許回首明年何處在問桃

花尚記劉郎否公莫笑醉中語

又　郡會聞妓歌有感

妾出於微賤少年時朱絃彈絶玉笙吹徧粗識國風關雎亂羞學流鶯百囀總不涉閨情春怨誰向西鄰公子説要珠鞍迎入梨花院身未動意先懶　主家十二樓連苑那人人靚妝按曲繡簾初捲道是畫堂簫管唱笑殺街坊拍衮迴首望侯門天遠我有平生離鸞操頗哀而不愠微而婉聊一奏更三歎

生查子 上元戲陳敬叟

繁燈奪霽華戲鼓侵明發物色舊時同情味中年别
淺畫鏡中眉深拜樓西月人散市聲收漸入愁時節

臨江仙 種海棠作

落魄長官江海客少豪萬里尋春而今憔悴向溪濱斷
無觴詠興惟有簿書塵 手插海棠三百本等閒妝點
芳辰它年絳雪映紅雲丁寧風與月記取種花人

滿江紅 送王實之

天壤王郎數人物方令第一談笑裏風霆驚座雲烟生筆落落元龍湖海氣琅琅董相天人策問如何十載尚青衫諸侯客 易愛底此官職難保底此名節擬閉門投轄劇談三日疇昔評君天下寶當為天下蒼生惜向臨分慷慨出商聲摧金石

又 二月二十四夜飲海棠花下

老子年來頗自許心腸鐵石尚一點消磨未盡愛花成癖懊惱每嫌寒勒住丁寧莫被晴烘拆奈暄風烈日太

無情如何得　張畫燭頻頻惜憑素手輕輕摘更幾番

雨過彩雲無跡今夕不來花下飲明朝空向枝頭覓對

殘花滿院杜鵑啼添寂寂

又　范尉梅谷

赤日黃埃夢不到清溪翠麓空健羨君家别墅幾株幽

獨骨冷肌清偏要月天寒日莫尤宜竹想主人杖屨繞

千回山南北　寧委澗嫌金屋寧映水羞銀燭歎出羣

風韻背時裝束競愛東鄰姬傅粉誰憐空谷人如玉笑

林逋何遜謾爲詩無人讀

又　夜雨涼甚忽動從戎之興

金甲琱戈記當日轅門初立磨盾鼻一揮千紙龍蛇猶溼鐵馬曉嘶營壁冷樓船夜渡風濤急有誰憐猨臂故將軍無功級　平戎策從軍什零落盡慵收拾把茶經香傳時時溫習生怕客談榆塞事且教兒誦花間集歎臣之壯也不如人今何及

卜算子　手植海棠盛開風雨作祟輒作小詞二首

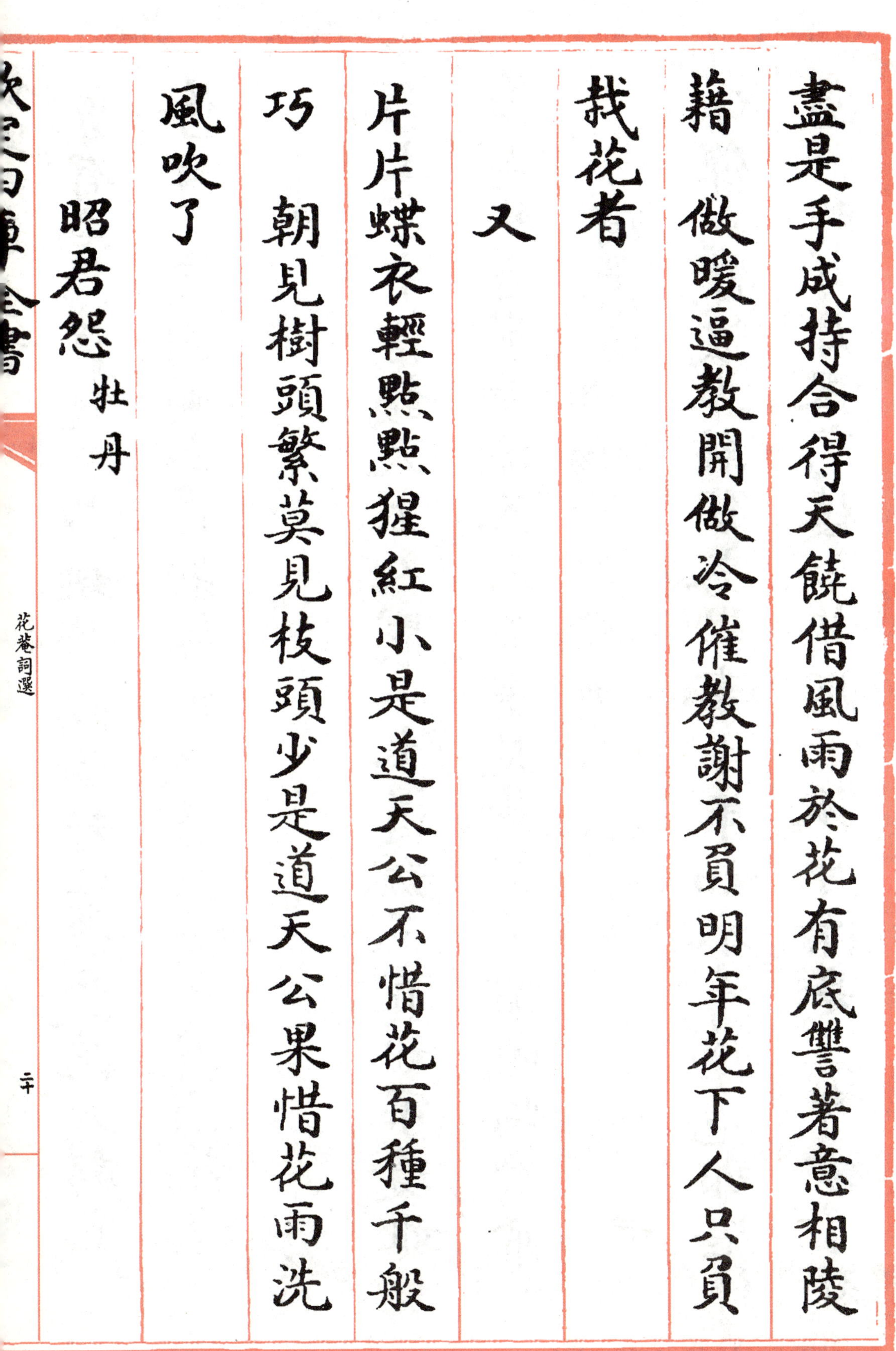

盡是手成持合得天饒借風雨於花有底讐著意相陵藉　做暖逼教開做冷催教謝不負明年花下人只負栽花者

又

片片蝶衣輕點點猩紅小是道天公不惜花百種千般巧　朝見樹頭繁莫見枝頭少是道天公果惜花雨洗風吹了

昭君怨　牡丹

曾有洛陽舊譜只許姚黃獨步若比廣陵花太虧它

舊日王侯園圃今日荊榛狐兔君莫說中州怕花愁

又 瓊花

后土宮中標韻天上人間一本道號玉真妃字瓊姬

我與花曾半面流落天涯重見莫把玉簫吹怕驚飛

清平樂 丹陽舟中作別意

休彈別鶴淚與絃俱落歡事中年如水薄懷抱那堪作

惡 昨宵月露高樓今朝烟雨孤舟除是無身方了有

身長是閒愁

又　五月十五夜翫月

纖雲掃跡萬頃玻瓈色醉跨玉龍游八極歷歷天青海碧　水晶宮殿飄香羣仙方按霓裳消得幾多風露變教人世淒涼

又

風高浪快萬里騎鯨背曾識嫦娥真體態素面元無粉黛　身游銀闕珠宮俯看積氣濛濛醉裏偶搖桂樹人

間喚作涼風

又 頃在維揚陳師文參議家舞姬絶妙賦此

宫腰束素只怕能輕舉好築避風臺護取莫遣驚鴻飛去一團香玉温柔笑顰俱有風流貪與蕭郎眉語不知舞錯伊州

玉樓春 戲呈林節推鄉兄并下一首

年年躍馬長安市客裏似家家似寄青錢換酒日無何紅燭呼盧宵不寐 易挑錦婦機中字難得玉人心下

事男兒西北有神州莫滴水西橋畔淚

菩薩蠻

小鬟解事高燒燭羣花圍繞樗蒱局道是五陵兒風騷滿肚皮　玉鞭鞭玉馬戲走章臺下笑殺灞橋翁騎驢風雪中

憶秦娥感舊

春醒薄夢中毬馬豪如昨豪如昨月明横笛曉寒吹角　古來成敗難揣摸而今却悔當時錯當時錯鐵衣猶

在不堪重著

又

梅謝了塞垣凍解鴻歸早鴻歸早憑伊問訊大梁遺老

浙河西面邊聲悄淮河南北炊烟少炊烟少宣和宮

殿冷烟衰草

又

遊人絶緑陰滿野芳菲歇芳菲歇養蠶天氣采茶時節

枝頭杜宇啼成血陌頭楊柳吹成雪吹成雪淡烟微

雨江南三月

長相思

寒相催煖相催催了開時催謝時丁寧花放遲　角聲吹笛聲吹吹了南枝吹北枝明朝成雪飛

又　餞別

風蕭蕭雨蕭蕭相送津亭折柳條春愁不自聊　烟迢迢水迢迢準擬江邊駐畫橈舟人頻報潮

浪淘沙　旅況

紙帳素屏遮全似僧家無端霜月闖窗紗喚起玉關征戍夢幾疊寒笳　歲晚客天涯短髮蒼華今年衰似去年些詩酒新來俱倚閣孤負梅花

一翦梅　中秋解宜春郡印

陌上行行惟府公還是文窮還是詩窮下車上馬太匆匆來是春風去是秋風　階銜免得管兵農嬉到昏鐘睡到昏鐘不須提岳與知宮喚作溪翁喚作山翁

踏莎行　甲午重九牛山作

日月跳丸光陰脱兔登臨不用深懷古向來吹帽插花人盡隨殘照西風去　老矣征衫飄然客路炊烟三兩人家住欲携斗酒答秋光山深無覓黄花處

劉伯龍

名褒武夷人一字春卿

水龍吟　桂林元夕呈帥座

東風初穀池波輕陰未放游絲墮新春歌管豐年笑語六街燈火繡轂雕鞍飛塵卷霧水流雲過怳揚州十里

三生夢覺捲朱箔映青瑣　金猊戲掣星橋鎖博山香
烟濃百和使君行樂絳紗萬炬雪梅千朶羯鼓喧空鵾
絃沸曉櫻梢微破想明年更好傳柑宴罷醉扶衹座

雨中花慢　春日旅況

縹帶緗枝玉葉翡英百梢爭赴春忙正雨後蜂粘落絮
燕撲晴香遺策誰家蕩子唾花何處新妝想流紅有恨
拾翠無心往事淒涼　春愁如海客思翻空帶圍只看
東陽更那堪玉笙度曲翠羽傳觴紅淚不勝閨怨白雲

應老他鄉夢回羇枕風驚庭樹月在西廂

滿庭芳 留别

柳裊金絲梨鋪香雪一年春事方中燭前一見花艷覺羞紅枕臂香痕未落舟横岸作計匆匆明朝去莫天平水雙槳碧雲東　陽離歌一闋琵琶聲斷燕子樓空歎陽臺夢杳行雨無蹤從會芙蕖未老從今去日望歸鴻愁如織斷腸啼鴂饒舌訴東風

六州歌頭 上廣西張帥

憑深負阻遙午肆奔騰龍江上妖氛漲鯨海外白波驚羽檄交飛急玉帳靜金韜閟恢遠馭振長纓密分兵細草黃沙渺渺西關路風梟高旌聽飛霜令肅堅壁夜無聲鼓角何神地中鳴　看追風騎攢雲槊雷野轂激天鉦飛箭集旋頭墜長圍掩郭東傾振旅觀旋凱茄鼓競繡旗明刀換犢戈藏革士休營黃色赤雲交映論功何止蔡州平想環城蒼玉深刻入青冥永詔來今

水調歌頭　中秋

天淡四垂幕雲細不成衣西風掃盡纖翳掠我鬢邊絲
破匣菱花飛動跨海清光無際草露滴明璣杯到莫停
手何用問來期　坐虛堂指病眼泝流輝雲山應有幽
恨瑶瑟掩金徽河漢無聲自轉玉兔有情亦老世事巧
相違一寫謫仙怨雙淚滿君頤

花菴詞選卷十七

欽定四庫全書

花菴詞選卷十八

宋 黄昇 編

宋詞

劉叔安

名鎮號隨如兄弟皆以文鳴有隨如百詠刋于

三山

沁園春 和劉潛夫送孫花翁韻

誰似花翁長年湖海蹇驢獘裘想紅塵醉帽青樓小扇揮金談笑惜玉風流吳下阿蒙江南老賀肯為良田二頃謀人間世算到頭一夢螻蟻王侯　悠悠吾道何求況白首相逢説舊游記疎風淡月寒燈古寺平章詩境分付糟邱聚散摶沙炎涼轉燭歸去來兮萬事休無和有問從前那箇騎鶴揚州

又　題西宗雲山樓

巽氣西來玉削羣峰千杉萬松望疎林清曠晴烟紫翠

雪邊迴棹柳外聞鐘夜月瓊田夕陽金界倒影樓臺表裏空橋陰曲是舊來忠定手種芙蓉　仙翁心事誰同付魚鳥相忘一笑中向月梅香底招邀和靖雲山高處問訊梁公物象搜奇風流懷古消得文章萬丈虹沉吟久想依依春樹人在江東

花心動　臨安新亭

鳩雨催晴徧園林一番綠嬌紅媚柳外金衣花底香鬚消得艷陽天氣障泥步錦尋芳路稱來往縱橫珠翠笑

攜手旗亭問酒更酬春思　還記東山樂事向歌雪香
中伴春沉醉粉袖殢人彩筆題詩陶寫老來風味夜深
銀燭明如晝待歸去看承花睡夢雲散屏山半熏沉水

漢宮春　鄭賀守席上懷舊

日軟風柔望煖連紅島晴綠平川尋芳拾蘂勝伴陌上
鮮妍玉驄歸路記青門曾隨吟鞭人去後庭花弄影一
簾香月娟娟　追念舊遊何在歎佳期虛度錦瑟華年
博山夜來爐冷誰換沉烟屏幃半掩奈夢雲不到愁邊

春易老相思無據閒情分付魚牋

水龍吟 丙子立春懷内

三山臘雪才消夜來誰轉回寅斗試燈簾幕送寒幡勝暗香攜手少日歡娱舊遊零落異鄉歌酒到而今生怕春來太早空贏得兩眉皺　春到蘭湖少住肯殷勤訪梅尋柳相思人遠帶圍寬減粉痕消瘦雙燕無憑尺書難表甚時回首想畫欄倚徧東風閒負却桃花呪

又 庚寅寄遠

老來慣與春相識長記傷春如故去年今日舊愁新恨送將風絮粉淚羞紅黛眉顰翠推愁不去任瑣窗深閉屏山半掩還別有愁來路　回首畫橋烟水念故人匆匆何處客情懷遠雲迷北樹草連南浦離合悲歡去留遲速問春無語笑劉郎不道無桃可種苦留春住

又　丙戌清明和章質夫韻

弄晴臺館收烟候時有燕泥香墜宿醒未解單衣初試騰騰春思前度桃花去年人面重門深閉記彩鸞別後

青驄歸去長亭路芳塵起　十二屏山徧倚任蒼苔點
紅如綴黃昏人靜暖香吹月一簾花碎芳意婆娑綠陰
風雨畫橋烟水笑多情司馬留春無計溼青衫淚

慶春澤　丙子元夕

燈火烘春樓臺浸月良宵一刻千金錦步承蓮彩雲簇
仗難尋蓬壺影動星毬轉映兩行寶珥瑤簪恣嬉遊玉
漏聲催未歇芳心　笙歌十里誇張地記年時行樂憔
悴而今客裏情懷伴人閒笑閒吟小桃未靜劉郎老把

相思細寫瑶琴怕歸来紅紫欺風三徑成陰

蝶戀花 丁丑七夕

誰送凉蟾消夜暑河漢迢迢牛女何曾渡乞得巧来無用處世間枉費閒針縷　人在江南烟水路頭白鴛鴦不道分飛苦信遠翻嗔烏鵲誤屏山暗鎖巫陽雨

江神子 弔方檢討

思君夢裏説邯鄲未成歡已摧殘斷送春歸風雨宴時閒空有生前醫國手醫不到子孫寒　欲登詩境弔方

千倩誰看北邙山落落晨星不見莫雲還莫在人間尋食客尋見後匹如閒

柳梢青 七夕

乾鵲收聲溼螢度影庭月秋香步月移陰梳雲約翠人在回廊　醺醺宿酒殘妝待付與溫柔醉鄉郤扇藏嬌牽衣索笑今夜差涼

又 戲簡高菊磵

瞥眼光陰章臺舊路楊柳春深尚憶風流殢人倚玉替

客揮金　高陽醉後分襟想妬雨嗔雲到今消息真時笑啼難處方表人心

臨江仙　代閨怨

蕩紫飄紅芳信斷都無人問穠纖吟鞭倚醉問涼蟾香消金縷篆塵壓寶妝奩　夢峽朝雲飛不到一春離緒厭厭却疑歸燕礙重簾心期花底誤眉恨柳邊添

浣溪沙　丁亥錢元宵

簾幙收燈斷續紅歌臺人散彩雲空夜寒歸路噤魚龍

宿醉未消花市月芳心已逐柳塘風丁寧鶯燕莫匆匆

清平樂 趙園避暑

柳陰庭院簾約風前燕著雨荷花紅半斂消得盈盈綠扇 竹光野色生寒玉纖雪藕冰盤長記酒醒人靜暗香吹月闌干

賀新郎 題王守西湖書院

雲淡天垂野望晴郊疎烟半捲斷虹低跨老樹連陰藏

遠景十里湖光照夜看不盡真山圖畫春滿軒窗無著處更銀蟾冷浸鴛鴦瓦人共境轉幽雅　文章太守歸來也似當年和靖風流小孤山下問訊佩蘭餐菊友曾約梅兄入社待付與竹臞陶冩塵外閒尋行樂地任傍人歌舞喧臺榭詩世界有王謝

江神子　三月晦日西湖餞春

送春曾到百花洲夕陽収莫雲留想伴花神騎鶴上揚州回首湖山情味淡重把酒更登樓　相思南浦古津

頭未拏舟已驚鷗柳外歸鴉點點是離愁空倚陽關三疊曲歌不盡水東流

念奴嬌 茉莉

調冰弄雪想花神清夢徘徊南土一夏天収収不起付與蕊仙無語秀入精神涼生肌骨銷盡人間暑稼軒愁絶惜花還勝兒女 長記飲酒闌珊開時向晚笑浥金莖露月浸闌干天似水誰伴秋娘窗戶困嚲雲鬟醉歌風帽總是牽情處返魂何在玉川風味如許

阮郎歸　秋夜

寒陰漠漠夜來霜階庭風月黃歸鴉數點帶斜陽誰家砧杵忙　燈弄幌月侵廊熏龍添寶香小屏低枕怯更長和雲入醉鄉

又　丹桂

金莖浥露未成霜西風只舊涼藥仙何事換霞妝惱人秋思長　香世界錦文章花神不覆藏小山騷客政清狂同花入醉鄉

玉樓春 東山探梅

泠泠水向橋東去漠漠雲歸溪上住疎風淡月有來時流水行雲無覓處 佳人獨立相思苦薄袖欺寒修竹莫白頭空負雪邊春著意問春春不語

行香子 贈柳兒行

露葉烟條天與多嬌算風流張緒難消惱人春思政自無聊奈斂愁眉酣醉眼减圍腰 風絮招要蝶弄鶯嘲最關情是短長橋解驂分袂催上蘭橈更緑波平紅日

墜碧雲遥

施乗之

楓溪人

清平樂

風消雲縷一碧無今古欲壊上元天不許晴了晚來些雨莫言冷落山家山翁本厭繁華試問蓮燈千炬何如月上梅花

戴式之

名復古號石屏天台山人

滿江紅 赤壁懷古

赤壁磯頭一番過一番懷古想當時周郎年少氣吞區宇萬騎臨江貔虎噪千艘烈炬魚龍怒卷長波一鼓困曹瞞今如許 江上渡江邊路形勝地興亡處覽遺蹤勝讀史書言語幾度東風吹世換千年往事隨潮去問道傍楊柳為誰春搖金縷

沁園春 自述

一曲狂歌有百餘言說盡平生費十年燈火讀書讀史四方奔走求利求名蹭蹬歸來閉門獨坐贏得窮吟詩句清夫詩者皆吾儂平日愁歎之聲　空餘豪氣崢嶸安得良田二頃耕向臨邛滌器可憐司馬成都賣卜誰識君平分則宜然吾何敢怨螻蟻逍遥戴粒行開懷抱有青梅薦酒綠樹啼鶯

賀新郎　豐真州建江淮偉觀樓

百尺連雲起試登臨江山人物一時俱偉旁挹金陵龍

虎勢京峴諸峯對峙隱隱接揚州歌吹雪浪舞從三峽下乍逢迎海若談秋水形勝地有如此　使君一世經綸志把風斤月斧來此等閒遊戲見說樓成無多日大手一何容易笑天下紛紛血指醞釀春風與和氣舉長江變作香醪美人共樂醉桃李

又　寄豐宅之

憶把金罍酒歎別來光陰荏苒江湖宿留世事不堪頻著眼贏得兩眉長皺但東望故人翹首木落山空天遠

大送飛鴻北去傷懷久天下事公知否　錢塘風月西湖柳渡江來百年機會從前未有興起東山邱壑夢莫惜風霜老手要整頓封疆如舊早晚樞庭開幕府是英雄盡為公奔走看金印大如斗

又

兄弟爭塗田而訟歌此詞主和議

蝸角爭多少是英雄割據乾坤到頭休了一片泥塗荒草地盡是魚龍故道新堤上風濤難保滄海桑田何時變怕桑田未變人先老休為此生煩惱　訟庭不許頻

頻到這官坊翻來覆去有何分曉無爭人中為第一長
訟元非吉兆但有恨平章不早樽酒喚回和氣在看從
來兄弟依然好把前事付一笑

木蘭花慢 懷舊

鶯啼啼不盡憑燕語語難通這一點芳心十年不斷惱
亂東風重來故人何處但依前流水小橋東記得同題
粉壁而今壁破無蹤　蘭皐空漲綠溶溶流恨落花紅
念著破春衫當時送別燈下裁縫相思謾令自苦嘆雲

烟過眼總成空落日楚天無際凭欄目送歸鴻

水調歌頭 題季允侍郎鄂州吞雲樓

輪奐半天上勝概壓南樓籌邊獨坐豈欲登覽快雙眸浪說胸吞雲夢直把氣吞強敵西北望神州百載好機會人事恨悠悠 騎黃鶴賦鸚鵡謾風流岳王祠畔楊柳烟鎖古今愁整頓乾坤手段指授英雄方畧雅志若為酬杯酒不在手雙鬢恐驚秋

滿庭芳 楚州上巳萬柳池應監承飲客

三月春光，羣賢勝餞山陰。何似山陽鵝池墨妙，曲水記流觴。自許風流邱壑，何人共擊楫長江。新亭上山河有異，舉目恨堂堂。　使君經世志，十年邊上，兩鬢風霜。問池邊楊柳，因甚淒涼。萬樹重新種了，株株在桃李花傍。仍須待賸栽蘭芷，為國洗河湟。

又　元夕上郡武王守子文

草木生春，樓臺不夜，團團月上雲霄。太平官府，民物共逍遥。指點江梅一笑，幾番負雨秀風嬌。今年好花邊把

酒歌舞醉元宵　風流賢太守青雲志氣玉樹丰標是神仙班裏舊日王喬出奉版輿行樂金蓮照十里笙簫收燈後看看丹詔催入聖明朝

清平樂　興國軍呈李司直

今朝欲去忽有留人處說與江頭楊柳樹繫我扁舟且住　十分酒興詩腸難禁冷落秋光借取春風一笑狂夫到老猶狂

盧申之

名祖臯號蒲江樓攻媿先生之甥趙紫芝翁靈舒諸賢之詩友樂章甚工字字可入律呂浙人皆唱之有蒲江詞稿行于世

賀新郎 彭傳師於吳江三高堂之前作釣雪亭蓋擅漁人之窟宅以供詩境也趙子野約余賦之

挽住風前柳問鴟夷當日扁舟近曾來否月落潮生無限事零亂茶烟未久謾留得蓴鱸依舊可是功名從來誤撫荒祠誰繼風流後今古恨一搔首 江涵鴈影梅

花瘦四無塵雪飛風起夜窗如晝萬里乾坤清絶處付與漁翁釣叟又恰是題詩時候猛拍闌干呼鷗鷺道他年我亦垂綸手飛過我共樽酒

又 姑蘇臺觀雪

十頃涵空碧畫圖中崢嶸幻玉亂零吹壁倚徧危欄吟不盡把酒風前岸幘記當日西湖為客誰翦吳松江上水笑乾坤奇事成兒據還照我夜窗白　崇臺目斷清無極引枝筇瓊瑤步軟印登臨屐娃館娉婷知何在淚

粉愁濃恨積故化作飛花狼籍舊事悠悠渾莫問有玉蟾醉裏曾相識聊伴我夜吹笛

宴清都 初春

春訊飛瓊管風日薄度墻啼鳥聲亂江城次第笙歌翠合綺羅香煖溶溶潤緑冰泮醉夢裏年華暗換料黛眉重鎖隋堤芳心還動梁苑　新來鴈闊雲音鸞分鑑影無計重見啼春細雨籠愁澹月恁時庭院離腸未語先斷算猶有憑高望眼更那堪芳草連天飛梅弄晚

魚遊春水 離愁

離愁禁不去好夢别來無覓處風翻征袂觸目年芳如許軟紅塵裏鳴鞭鐙拾翠叢中勾伴侶都負歲時暗闗情緒　昨夜山陰杜宇似把歸期驚倦旅遥知樓倚東風凝顰暗數寶香拂拂遺鴛錦心事悠悠尋燕語芳草莫寒亂花微雨

倦尋芳 春思

香泥壘燕密葉巢鶯春晴寒淺花徑風柔著地舞裀紅

軟鬭草煙欺羅袂薄秋千影落春遊倦醉歸來記寶帳歌慵錦屏香煖　別來悵光陰容易還又荼蘼牡丹開徧妬恨疎狂那更柳花迎面鴻羽難憑芳信短長安猶近歸期遠倚危樓但鎮日繡簾高捲

西江月　中春

燕掠晴絲裊裊魚吹水葉粼粼禁街微雨灑芳塵寒食清明相近　謾著宮羅試煖閒呼社酒酬春晚風簾幕悄無人二十四番花信

清平樂 春恨

柳邊深院燕語明如剪消息無憑聽又懶隔斷画屏雙扇　寶杯金縷紅牙醉魂幾度兒家何處一春游蕩夢中猶恨楊花

烏夜啼 離恨

柳色津頭泫緑桃花渡口啼紅一春又負西湖醉離恨雨聲中　客袂迢迢西塞餘寒剪剪東風誰家拂水飛來燕惆悵小樓空

又 西湖

漾暖紋波颭颭吹晴絲雨濛濛輕衫短帽西湖路花氣撲春驄　闘草褰衣溼翠秋千瞥眼飛紅日長不放春醪困立盡海棠風

又 秋別

段段寒沙淺水蕭蕭莫雨孤篷香羅不共征衫遠砧杵客愁中　別恨慵看楊柳歸期暗數芙蓉碧梧聲到紗窗曉昨夜幾秋風

謁金門 惜别

蘭棹舉相趁落紅飛去一隙輕簾疑睇處柳絲牽不住
昨日翠蛾金縷今夜碧波烟渚好夢無憑窗又雨天
涯知已許

又 春思

閒院宇獨自行來行去花片無聲簾外雨峭寒生碧樹
做美清明時序料理春醒情緒憶得歸時停棹處
畫橋看落絮

水龍吟 荼蘼

蕩紅流水無聲莫烟細草粘天遠低回倦蝶往來忙燕芳期頓遠懶緑霧迷墻翠虬騰架雪明香煖笑依依挽春風教住還疑是相逢晚 不似梅妝瘦減占人間丰神蕭散攀條弄蘂天涯猶記曲闌小院老去情懷酒邊風味有時重見對枕幃空想東窗舊夢帶將離恨

又 淮西重午

會昌湖上扁舟幾年不醉西山路流光又是宮衣初試

安留半吐千里江山滿川烟草薰風淮楚念離騷恨遠
獨醒人去闌干外誰懷古　亦有魚龍戲舞豔晴川綺
羅歌鼓鄉情節意樽前同是天涯羈旅漲緑池塘翠陰
庭院歸期無據問明年此夜一眉新月照人何處

洞仙歌　茉莉

玉肌翠袖較似酴醾瘦幾度熏醒夜窗酒問炎州何事
得許清凉塵不到一段冰壺剪就　晚來庭户悄暗數
流光細拾芳英黯回首念日莫江東偏為寬銷人易老

幽韻清標似舊政尊紋如水帳如烟更奈向月明露濃
時候

鷓鴣天 春懷

纖指輕拈小砑紅自調歌羽按歌童寒餘芍藥欄邊雨
香落荼蘼架底風 閒意態小房櫳丁寧須滿玉西東
一春醉得鶯花老不似年時怨玉容

又 春莫

庭綠初圓結蔭濃香溝収拾樹梢紅池塘少歇鳴蛙雨

簾幕輕迴舞燕風春又老笑誰同澹烟斜日小樓東
相思一曲臨風笛吹過雲山第幾重

摸魚兒 九日登姑蘇臺

怯西風曉來欹帽年華還是重九天機衮衮山新瘦客子情懷誰剖微雨後更鴈帶邊寒裊裊欺羅袖慵荷倦柳梢不似黃花田田照眼風味儘如舊 登臨地寂寞崇臺最久闌干幾度搔首翻雲覆雨無窮事流水斜陽知否吟未就但衰草寒烟商畧愁時候閒愁浪有總輸

與淵明東籬醉舞身世付杯酒

夜飛鵲慢 別意

驕嘶破清曉分恨臨期花下凴月明知餘光是處散離思最憐香靄霏霏牽衣揾彈淚問淒風愁露刬地東西留鞭換佩怕匆匆已是遲遲　涼怯幾番羅袂還燕別文梁螢點書幃一自秋娘迢遞黃金對酒爭忍輕揮新來院落雁難尋簾幕長垂怕彫梧敲徑驚回舊夢應也顰眉

漁家傲 壽白石

白石山中風景異先生日日懷歸計何事黃岡飛雪地偏著意画堂却為東坡起 人説前身坡老是文章氣節渾相似只待鼎彝勲業遂梅花外歸來長向山中醉

木蘭花慢 别西河兩詩僧

嫩寒催客棹載酒去載詩歸政紅葉漫山清泉漱石多少心期三生溪橋話别悵薜蘿猶惹翠雲衣不似今番醉夢帝城幾度斜暉 鴻飛烟水瀰瀰回首處只君知

念吳江鷺憶孤山鶴怨依舊東西高峯夢醒雲起是瘦
吟窗底憶君時何日還尋後約為余先寄梅枝

沁園春 雙溪狎鷗

幾葉凋楓半篙寒日傍橋繫船愛洞門深鎖人間福地
雙溪分占天上星躔破帽欹寒短鞭敲月此地經行知
幾年空贏得似沈郎銷瘦還欠詩篇　沙鷗伴我愁眠
向水驛風亭紅蓼邊有村醪可飲且須同醉溪魚堪鱠
切莫論錢笠澤陂頭垂虹亭上橙蟹肥時霜滿天相隨

否算江南江北惟有君閒

菩薩鬘 春思

翠樓十二闌干曲雨痕新染蒲萄緑時節又黄昏東風深閉門 玉簫吹未徹窗影梅花月無語只低眉閒拈雙荔枝

滿江紅 齊雲月酌

樓倚晴空炎雲浄晚來風力滄海外等閒吹上滿輪寒璧河漢低垂天欲近乾坤浩蕩秋無極凭欄干衣袂拂

青冥知何夕　登眺地追疇昔吳越事皆陳迹對清光秖有醉吟消得萬古悠悠惟月在浮生哀哀空頭白自騎鯨仙去有誰知遙相憶

李公甫

名劉號梅亭

賀新郎上趙侍郎生日

鵠立通明殿又重逢揆余初度夢庚華旦不學花奴鐃紅槿且看秋香宜晚任甲子從新更換天欲東都修車

馬故降神生甫維周翰歌崧嶽詠江漢　明堂朝罷夷琛獻引星辰萬人共聽風塵長算清晝山東諸將捷席捲黃河兩岸問誰在玉皇香案師保萬民功業別向西京原廟行圭瓚定郏鄏卜瀍澗

欽定四庫全書

花菴詞選卷十九

宋 黄昇 編

宋詞

張宗瑞

名輯鄱陽人自號東澤有詞二卷名東澤綺語債朱湛盧為序稱其得詩法於姜堯章世所傳欵乃集皆以為采石月下謫仙復作不知其又

能詞也其詞皆以篇末之語而立新名云

踈簾淡月　寓桂枝香　秋思

梧桐雨細漸滴作秋聲被風驚碎潤逼衣篝線裊蕙去聲鑪沈水悠悠歲月天涯醉一分秋一分憔悴紫簫吟斷素牋恨切夜寒鴻起　又何苦淒涼客裏負草堂春緑竹溪空翠落葉西風吹老幾番塵世從前諳盡江湖味聽商歌歸興千里露侵宿酒踈簾淡月照人無寐

貂裘換酒　寓賀新郎　乙未冬别馮可久

笛喚春風起向湖邊臘前折柳問君何意孤負梅花立晴晝一舸凄涼雪底但小閣琴棋而已佳客天朝留不住為康廬只在家窓裏溢浦去兩程耳 草堂舊日談經地更從容南山北水庚樓重倚萬卷心胸幾今古牛斗多年紫氣正江上風寒如此且趁霜天鱸魚好把貂裘喚酒長安市明夜去月千里

淮甸春 寓念奴嬌 丙申歲游高沙訪淮海事迹

短髯懷古更文遊臺上秋生吟興聞說坡仙來把酒月

底頻留清影極目平蕪孤城泗水畫角西風勁曲欄猶
在十分心事誰領　詞菴空落人間黄樓何處回首愁
深省斜照寒鴉知幾度夢想當年名勝只有山川曾窺
翰墨彷彿餘風韻舊遊休問柳花淮甸春冷

如此江山　寓齋天樂

西風揚子江頭路扁舟雨晴呼渡岸隔瓜洲津横蒜石
揺盡波聲千古詩仙一去但對峙金焦斷磯青樹欲下
斜陽長淮渺渺正愁予　中流笑為客語把貂裘為澆

半生塵土品水烹茶看碑憶鶴恍似舊曾遊處聊憑陸譜問八極神遊肯重來否如此江山更蒼煙白鷺

釣船笛 寓好事近

載酒岳陽樓秋入洞庭深碧極目水天無際正白蘋風急 月明不見宿鷗驚醉把玉欄拍誰解百年心事恰釣船橫笛

廣寒秋 寓鵲橋仙

杯行將半月來猶未瀟洒水亭無暑清宵數客一欄秋

對氷霜荷花似語　雄邊臺上文遊臺上咫尺紅雲容與天風吹送廣寒秋正畫舸湖光佳處月當窓　寓霜天曉角

看未成碧曾醉梅花側相遇匆匆相别又爭似不相識南北千里隔幾時重見得最苦子規啼處一片月當窓白

山漸青　寓長相思

山無情水無情楊柳飛花春雨晴征衫長短亭　擬行

行重行行吟到江南第幾程江南山漸青

碧雲深 寓憶秦娥

風淒淒井欄絡緯驚秋啼驚秋啼涼侵好夢月正樓西

卷簾望月知心誰關河空隔長相思長相思碧雲暮

合有美人兮

東仙 寓沁園春 馮可遷號予為東仙故賦

東澤先生誰説能詩興到偶然但平生心事落花啼鳥

多年盟好白石清泉家近宮亭眼中廬阜九疊屏開雲

錦邊出門去且掀髯大笑有釣魚船　一絲風裏嬋娟
愛月在滄浪上下天更叢書觀遍筆牀静畫篷窗睡起
茶竈疎烟黄鶴來遲丹砂成未何日風流葛稚川人間
世聽江湖詩友號我東仙

南浦月 寓點絳唇　賦瀟湘漁父

來剪蓴絲江頭一陣鳴蓑雨孤篷歸路吹得蘋風暮
短髮蕭蕭笑與沙鷗語休歸去玉龍嘶處邀月過南浦

沙頭雨 寓點絳唇

帶醉歸時月華猶在吹簫處曉愁情緒忘却匆匆語

客裏風霜詩鬢空如許江南去岸花迎艣遥隔沙頭雨

花自落 寓謁金門

春寂寞簾底蕙爐煙薄聽盡歸鴻書怎託相思天一角

象筆鸞牋閒却秀句與誰商略睡起愁懷何處著無

風花自落

垂楊碧 寓謁金門

花半溼睡起一窓晴色千里江南真咫尺醉中歸夢直

前度蘭舟送客雙鯉沉沉消息樓外垂楊如此碧問
春來幾日
欄干萬里心 寓憶王孫
小樓柳色未春深湘月牽情入苦吟翠袖風前冷不禁
怕登臨幾曲欄干萬里心
杏梁燕 寓解連環
小樓春淺記鈎簾看雪袖粘芳片似不似柳絮因風更
細與品題屢呵冰硯宛轉吟情縱真草鳳箋都徧到燈

前笑謔酒祓消寒移盡更箭　而今柳陰滿院却花空雪似人隔春遠歎萬事流水斜陽謾贏得前詩醉汙團扇脉脉重來算唯有畫欄曾見把千種舊愁付與杏梁語燕

比梅　寓如夢令

深夜沉沉尊酒酒醒客衾寒透城角挾霜飛吹得月如清晝僝僽比著梅花誰瘦

月上瓜洲　寓相見歡　南徐多景樓作

江頭又見新秋幾多愁塞外連天何處是神州　英雄
恨古今淚水東流唯有漁竿明月上瓜州

月底修簫譜　寓祝英臺近

客西湖聽夜雨更向別離處小小船窗香雪照尊俎斷
腸一曲秋風行雲不語總寫入征鴻無數　認眉嫵喚
醒岩壑風流丹砂有奇趣羞殺秦郎淮海謾千古要看
自作新詞雙鸞飛舞趁月底重修簫譜

一絲風　寓訴衷情　泊松江作

卧虹千尺界湖光冷浸月茫茫當日三高何處漁唱入凄凉　人世事縱軒裳夢黄粱有誰蓑笠一釣絲風吹盡荷香

憶蘿月　寓清平樂　客盱江秋夜鼓琴思故山作

新凉窗户閒對琴言語彈到無人知得處兩袖五湖烟雨　坐中斗轉參横珠躔碎落瑶觥憶著故山蘿月今宵應為誰明

宋謙父

名自遯號壺山南昌人文筆高絶當代名流皆
敬愛之其詞集名漁樵笛譜

鷓山溪 自述

壺山居士未老心先懶愛學道人家辦竹几蒲團茗椀
青山可買小結屋三間開一逕俯清溪修竹栽教滿
客來便請隨分家常飯若肯小留連更薄酒三杯兩琖
吟詩度曲風月任招呼身外事不關心自有天公管

沁園春 送戴石屏

歸去來兮田園將蕪云胡不歸既有詩千首如斯者少
行年七十從古來稀地缺東南天傾西北人事何緣有
足時江湖上轉不如前日步步危機　石屏自有柴扉
占海岸潮頭伴一磯喚綠衣孫子携壺挈榼白頭翁媪
舉桉齊眉身外聲名世間夢幻萬事一醒無是非書來
往都不須長語直寫心期

賀新郎　題雪堂

喚起東坡老問雪堂幾番興廢斜陽衰草一月有錢三

十塊何故抽身不早又底用北門擕藻儋耳蠻烟添老色和陶詩翻被淵明惱到底是忘言好　周郎英發人間少謾依然烏鵲南飛山高月小歲月堂堂留不住此世何時是了算不滿英雄一笑我有豐淮千斗酒把新愁舊恨都傾倒三弄笛楚天曉

又七夕

靈鵲橋初就記迢迢重湖風浪去年時候歲月不留人易老萬事茫茫宇宙但獨對西風搔首巧拙豈關今夕

事奈癡兒騃女流傳謬添話柄柳州柳　道人識破灰心久只好風涼月佳時踈狂如舊休笑雙星經歲別人到中年已後雲雨夢可曾常有雪藕調氷花熏茗正梧桐雨過新凉透且隨分一杯酒

滿江紅　秋感

舉扇西風又十載重遊秋浦對舊日江山錯愕鬢絲如許世事興亡空感慨男兒事業誰堪數被老天開眼看人忙成今古　江上路喧鼙鼓山中地紛豺虎謾乾坤

許大著身何處名利等成狂夢寐文章亦是閒言語頻雙挼酒熟蠏螯肥忘覊旅

西江月 自述

何敢笑人干祿自知無分彈冠只將貧賤傳清閒留取書遮老眼 世上風波任險門前路徑須寛心無妄想夢魂安萬事鶴長鳬短

王子文

名埜號潛齋

西河

天下事問天怎忍如此陵圖誰把獻君王結愁未已少豪氣概總成塵空餘白骨黃葦　千古恨吾老矣東遊曾弔淮水繡春臺上一迴登一迴揾淚醉歸撫劍倚西風江濤猶壯人意　只今袖手野色裏望長淮猶二千里縱有英心誰寄近新來又報邊塵起絕域張騫歸來未

曹西士

名凾號東畝

西河 和王潛齋韻

今日事何人弄得如此漫漫白骨蔽川原恨何日已闕河萬里寂無烟月明空照蘆葦謾哀痛無及矣無情莫問江水西風落日慘新亭幾人墮淚戰和何者是良籌扶危但看天意 只今寂寞數澤裏豈無人高卧閭里試問安危誰寄定將相有詔催公起須信前書言猶未

李俊明

名昂英號文溪

摸魚兒 送王子文知太平州

怪來朝片紅初瘦半分春事風雨丹山碧水含離恨有脚艷陽難駐芳草渡似叫住東君滿樹黃鸝語無端杜宇報采石磯頭驚濤屋大寒色要春護 陽關唱畫鷁徘徊東渚相逢知又何處摩挲老劍雄心在對酒細評今古君北去幾萬里東南隻手擎天柱長生壽母更穩

坐安輿三槐堂上好看綵衣舞

趙用父

名以夫號虛齋

賀新郎 餞鄭金部去國

載酒陽關去正西湖連天烟草滿堤晴絮采翠擷芳遊冶處應和嬌絃艷鼓看柳外畫船無數萬頃琉璃渾鏡淨陡風波洶洶魚龍舞談笑裏遽如許 流觴滿引澆離緒便東西斜陽立馬綠波南浦自是尊罏高興動恰

聽春山杜宇謾回首軟紅香霧咫尺佳人千里隔望空江明月橫洲渚清夢斷恨如縷

黄子魯

名師參號魯庵三山人白石先生之子

沁園春 餞鄭金部去國

谷口高人偶泝明河近尺五天見紫霄宮闕空中突兀玉皇姬侍雲裏蹁躚滴露研朱披肝作紙細寫靈均孤憤篇排雲叫奈大鈞不管沙界三千 語高天上驚傳

早斥去人間伴謫仙念赤城丹籍香名空在蓬萊弱水欲到無緣還倚枯槎飄然歸去回首清都若箇邊家山好有一灣風月小小漁船

潘庭堅

名昉號紫巖乙未探花以氣節聞於時

南鄉子題南劍州妓館

生怕倚闌干閣下溪聲閣外山唯有舊時山共水依然莫雨朝雲去不還　應是躡飛鸞月下時時整佩環月

又漸底霜又下更闌折得梅花獨自看

吳毅甫

名潛號履齋嘉定丁丑狀元有履齋詩餘行於世

滿江紅 送李御帶珙

紅玉階前問何事翩然引去湖海上一汀鷗鷺半帆煙雨報國無門空自怨濟時有策從誰吐過垂虹亭下繫扁舟鱸堪煮 拚一醉留君住歌一曲送君路徧江南

江北欲歸何處世事悠悠渾未了年光冉冉今如許試舉頭一笑問青天天無語

又 齊山繡春臺

十二年前曾上到繡春臺頂雙脚健不煩筇杖透巖穿嶺老去漸消狂氣習重來依舊佳風景想牧之千載尚神遊空山冷 山之下江水流江之外淮山暝望中原何處虎狼猶梗勾蠡規模非淺近石符事業真俄頃問古今宇宙竟如何無人省

又 金陵烏衣園

柳帶榆錢又還過清明寒食天一笑滿園羅綺滿城簫笛花樹得晴紅欲染遠山過雨青如滴問江南池館有誰來江南客　烏衣巷今猶昔烏衣事今難覓但年年燕子晚煙斜日抖擻一春塵土債悲涼萬古英雄迹且芳樽隨分趁芳時休虛擲

水調歌頭 送吳叔永文昌

才惜季方去又更別元方驚心天上雙鳳接翅下高岡

萬里瞿塘烟浪一片昭亭雲月渺渺正相望夜雨連風壑此意獨淒凉　杜鵑聲猶不住攪離腸黃雞白酒吾亦歸興動家鄉人事紛紛難料世事悠悠難說何處問穹蒼肯落兒曹淚一笑付滄浪

賀新郎　送吳叔季侍郎

說著成淒楚正塵飛岷峨灔澦兔嘷狐舞頹妝禁中留不住彈壓征西幕府便一舸月汀烟渚四塞三關天樣險問何人自闢蠶叢路成敗事幾今古　荼蘼芍藥春

將暮最無情飄零柳絮攪人離緒屈指秋風吹雁訊應憶西湖夜雨謾歲月消磨如許上下四方男子志肯臨歧昵昵兒曹語呼大白為君舉

又　吳中韓氏滄浪亭和吳夢窻韻

撲盡征衫氣小夷猶樽罍杖屨踏開花事解后山翁行樂處何似烏衣舊里歎荒草舞臺歌地百歲光陰如夢斷算古今興廢都如此何用灑兒曹淚　江南自有漁樵隊想家山猿愁鶴怨問人歸未寄語寒梅休放盡留

取三花兩蕊待老子領此春意皎皎風流心自許儘何妨瘦影橫斜水煩翠羽伴醒醉

又

用趙用父左司韻送鄭宗丞

又是春殘去倚東風寒雲淡日墮紅飄絮燕社鴻秋人不問儘管吳笙越鼓但短髮星星無數萬事惟消彭澤醉也何妨袖卷長沙舞身與世只如許　闌干拍手閒情緒便明朝蒼煙白鷺北山南渚笑指午橋橋畔路簾幕深深院宇尚趣得柳烟花霧我亦故山猿鶴怨問何

時歸棹雙谿渚歌一曲恨千縷

又 寄趙南仲

煙樹瓜洲岸望旌旗獵獵遥空故人天遠不似沙鷗飛得渡直到雕鞍側畔但徙倚危闌目斷自古鍾情須我輩況人間萬事思量遍濤似雪風如箭 揚州十里珠簾捲想桃根桃葉依稀舊家庭院誰把青紅吹到眼知有醉翁局段便回首舟移帆轉渺渺江波愁未了正淮山日莫雲撩亂闍酒盞倚歌扇

又　春感

笑口開能幾把年年芳情冶思總拋閒裏桃杏枝頭春
才半寒食清明又是但歲月飈飛川逝回首秦樓雙燕
語到如今目斷斜陽外將往事試重記　香羅尚有相
思淚笑人生新愁易積舊歡難繼水上流紅無覓處還
隔關山萬里但贏得新來憔悴昨夜東風顛狂後想餘
芳盡是飄零底詞寫就倩誰寄

滿庭芳　春感

漠漠春陰踈踈春雨鵓鳩喚起春眠小園人靜獨自倚秋千又是飄紅墮雪芳徑裏都是花鈿年年事閒愁閒悶挂在綠楊邊　尋思都徧了功名竹帛富貴貂蟬但身為利鎖心被名牽爭似依山傍水數椽外二頃良田無縈絆炊粳釀秫長是好花天

酹江月　梅花

曉來窓外正南枝初放兩花三蘂千古春風頭上立羞退穠桃繁李姑射神遊壽陽粧褪色界塵都洗竹扉松

户平生所寄聊耳 堪笑強說和羹此君心事指高山流水隴驛凄涼却怕被哀角城頭吹起此處關情為它凝佇淡月清霜裏巡簷何事歲寒相誓而已

又 登新樓

半空樓閣把江山圖畫一時收拾白鳥孤飛飛盡處最好莫天秋碧萬里西風百年人事謾倚闌干拍凝眸何許揚州煙樹歷歷 應念老子年來浮名浮利已作虛空擲三徑才尋歸活計又是飄零為客回首平生驚心

雙鬢容易成悽惻尊前一笑且由醉帽欹側

聲聲慢 和吳夢窗賦梅

挨晴撥暖載酒呼朋夷猶東圃西園綠蕚枝頭兩三初破輕寒平生自甘寂寞占冷妝不為人妍林逋去問影疎香暗誰賦其間　空想故山奇事正烟橫嶺曲月浸溪灣杏錯桃訛那時青子都圓惟饒夢窗知處對翠禽依約神仙休引角怕征人淚落塞邊

王實之

名邁號臞軒莆陽人丁丑第四人及第

賀新郎 呈劉後村時自桂林被召到莆又遭煩言

出了羅浮洞有多情梅花雪片殷勤相送見說翛然琴鶴外詩壓牛腰較重又管甚犀兕嘲弄嶺海三年持翠節料無時不作家山夢馳玉勒歸金鳳金鳳池乃所居也一門朱紫環昆仲看堦庭森森蘭玉慈顏歡動宰相時來須着做且舞萊衣侍奉却不信大才難用時事多艱人物少便中興誰辦浯溪頌更大厦要梁棟

又　為後村母夫人壽

瓔珞珠垂縷看花冠端容麗服補陀巖主只坐塵緣蹉一念朱紫叢中得度人世福夫人兼五銀鹿諸孫來定省對金屏繡幕輝雲母人頂禮柳行路所居地名柳行　朝朝口誦琅函句覺從來壽仁福善老天無誤消得天恩封福國錦誥鸞翔鳳舞聽來歲日邊佳語上殿肩輿簾蹙繡遣佳兒扶掖天應許笑陳媪三題柱有陳夫人者題閫帥廳柱云嘗侍父從夫及就養三至此廳

又 送趙伯泳侍郎守温陵

憶昔同時召正青山提提玉尺量材廊廟當日班行比元祐北玉西珠照耀一轉首宮商移調君自烏臺登騎省覺精神風采增清峭數賢者一不肖 酒酣耳熱惟長嘯便翩翩軷班荷槖一麾閩嶠堪笑狂生無用處垂老雲耕月釣這富貴非由人要疇昔評君如玉雪好脩然琴鶴風塵表清獻又有趙

又 丁未守邵武宴同官

此是河清宴覺朝來薰風滿入生綃團扇太守愁眉才一展且喜街頭米賤也莫管官租難辦澆砌苔錢無限數更蓮池雨過珠零亂儘買得菱波面　家山樂事真堪羨記年時荔枝新熟荷篘齊勸底事來尋蕉鹿夢瀛得乾忙似箭笑富貴都如郵傳做了豐年還百姓便蓴鱸歸興催張翰看卿等上霄漢

摸魚兒

昔元城一生清峭南都高卧堅壁留耕便是元城樣何

肯枉吾尋尺曾直筆說社稷安危屢叩龍墀額明時逐客却惠顧丹山來持翠節對此一灣碧　澄清暇無奈登臨有癖梅山時訪仙迹神仙偏喜公心事一見莞然前席閑不得有先見蓍龜消得君王憶天閽不隔要濟險孤舟支傾一柱公外向誰覓

沁園春 迎方右史德潤

首尾四年臺省好官都做一回便前頭更有合當做底何妨且恁猛省歸來甲第新成開尊行樂脆管繁絃十

二釵回頭笑這狂生無用削盡官階　狂生真個狂哉潑性氣年來全未灰有龍鱗鳳翼不能攀附牛衣漁具早已安排爛煮園蔬熟煨山芋白髮蒼顏窮秀才官休做莫狂無處著送去瓊崖

念奴嬌　熙春臺宴同官

層臺雲外閱古今多少興衰成敗老木千章若箇是南國甘棠遺愛羣籟號風繁蔭蔽日有此清涼界賓朋在坐朗然心目明快　更向會景亭前登高弔古此景何

人會歲歲春來春又去獨有靈臺春在早稻炊香晚禾採穗管取三登黍釀成春酒把杯行樂須再

方千里

三衢人盡和美成詩

過秦樓 春思

柳洒鵝黃草揉螺黛院落雨痕才斷蜂鬚霧溼燕觜泥融陌上細風頻扇多少豔景關心長苦春光疾如飛箭對東風忍負西園清賞翠深香遠 空暗憶醉走銅駝

鬧鼓金鞍倦跡素衣塵染因花瘦覺爲酒情鍾綠鬢幾番催變何况逢迎向人眉黛供愁嬌波回倩料相思此際濃似飛紅萬點

風流子 憶别

河梁携手别臨歧語共約踏青歸自雙燕再來斷無音信海棠開了還又參差料此際笑隨花便回醉騁錦障泥不憶故園粉愁香怨忍教華屋綠慘紅悲 萬家歌舞地生疎久塵暗鳳樓羅衣何限可憐心事難訴歡期

但兩點愁蛾才開重斂餞行清淚欲制還垂爭表為郎

憔悴相見方知

訴衷情　旅思

一鈎新月淡於霜楊柳漸分行征塵厭堆襟袂雞唱促

晨裝　淮水濶楚山長暗悲傷重陽天氣杯酒黄花還

寄他鄉

劉靜甫

名清夫居麻沙

念奴嬌 武夷詠梅

亂山深處見寒梅一朶皎然如雪的皪妍姿羞半吐斜映小窻幽絶玉染香腮酥凝冷艶容態天然别故人雖遠對花誰肯輕折 疑是姑射神仙幔亭宴罷迤邐停瑶節愛此溪山供秀潤飽歆洞天風月萬石叢中百花頭上誰與爭高潔麄桃俗李不須連夜催發

沁園春 詠劉篁嵲碧蓮時内子将誕

淺碧芙蓉素艶亭亭前身阿嬌記湘濱露冷酥容倍潔

華清水滑酒暈全消瑤剪豐肌雲翻碎蕚白羽鮮明時
自搖風流處是古香幽韻時度鮮飈　瓊枝壁月清標
對千朶嬋娟傾翠瓢況水晶臺榭低迷淨綠氷霜詞調
隱約輕橈細認金房鍾奇孕秀已覺青衿横素腰西風
晩看花開十丈玉井非遥

金菊對芙蓉　沙邑宰綰琴妓用舊韻感之

淺拂春山慢横秋水玉纖閒理絲桐按清泠繁露淡蕩
悲風素絃瑤軫調新韻顫翠翹金簇芙蓉疊鐲重鎖輕

挑慢摘特地情濃　泛商刻羽無窮似和鳴鸞鳳律應雌雄問高山流水此意誰同箇中只許知音聽有茂陵車馬雍容畫簾人靜琴心三疊時倒金鍾

水調歌頭

殘臘捲愁去春至莫閒愁榮枯會有成説無處著機謀身世石中敲火富貴草頭垂露何用苦貪求三尺布衣劍千載赤松遊　憶親朋方丱角總白頭羊腸世路巇嶮莫莫且休休選甚范侯高爵遮莫陶公鉅產爭似五

湖舟萬事付蝸角止坎謾乘流

玉樓春

柳梢綠小眉如印乍暖還寒猶未定惜花長是為花愁殢酒却嫌添酒病　蠅頭蝸角都休競萬古豪華同一盡東君曉夜促歸期三十六番花遞信

花菴詞選卷十九

欽定四庫全書

花菴詞選卷二十

宋　黄昇　編

宋詞

劉圻父

名子寰號篁𡼖翁居麻沙早登朱文公之門劉後村嘗序其詩行于世

齊天樂　壽史滄洲

雅歌堂下新堤路柳外行人相語碧藕開花金桃結子三見使君初度樓臺北渚似畫出西湖水雲深處綵鷁雙飛水亭開宴近重午　溪蒲堪薦綠醑幔亭何惜為曾孫留住碧水吟哦滄洲夢想未放舟橫野渡維申及甫正夾輔中興擎天作柱願祝嵩高歲添長命縷

花發沁園春　呈史滄洲

換譜伊涼選歌燕趙一番樂事重起花新笑靨柳軟纖腰濟楚衆芳園裏年年佳會長是傍清明天氣正魏紫

衣染天香蜀妝紅破春睡　一簇猩羅鳳翠徧東園西城點檢芳事鈴齋吏散晝館人稀幾闋管絃清脆人生適意流轉共風光遊戲到遇景取次成歡怎教良夜休醉

玉樓春 題小竿嶺

今來古往吳京道歲歲榮枯原上草行人幾度到江濱不覺身隨風樹老　蒲花易晚蘆花早容裏光陰如過鳥一般垂柳短長亭去路不如歸路好

沁園春 西巖三澗

雲壑泉泓小者如杯大者如罌更石筵平瑩寬容數客淙流回激環繞飛觥三澗交流兩崖懸瀑擣雪飛霜落翠屏經行處有丹荑碧草古木蒼藤 裴回却倚山楹笑山水娛人若有情見傍回側轉峰巒疊疊欲窮還有巖谷層層仰視雲開茅茨雞犬疑有仙家來避秦青林表望烟霞縹緲隐隐鸞笙

賀新郎 登玉田峰

拄杖凌高絶望千山隱隱波瀾動摇天末下有白雲平遠壑湧起潮頭噴雪浸絶島孤峰出沒赤縣神州何處是但風烟杳杳迷空濶呼不見古人物　碧松枝下青瑶石舉頭看長空湛湛淡琉璃色上界星辰多官府夸父忙鞭日月任兎走烏飛超忽宇宙茫茫如許大百年間何用爭優劣身世事一毛髮

滿江紅　風泉峽觀泉

雲壑飛泉蒲根下懸流陸續堪愛處石池湛湛一方寒

玉暑際直當磐石坐渴來自引懸瓢掬聽泠泠清響瀉琮琤勝絲竹　寒照膽消炎燠清徹骨無塵俗笑幽人忻戢滯留空谷靜坐時看松鼠飲醉眠不礙山禽浴喚仙人伴我酌瓊瑶餐秋菊

霜天曉角　春愁

横陰漠漠似覺羅衣薄正是海棠時候紗窻外東風惡惜春春寂寞尋花花冷落不會這些情味元不是念離索

洞仙歌 寄劉令君潛夫

風鬟雨足也解爲花地收拾浮雲放新霽愛調停小翠點滴猩紅新妝了妃子朝來睡起　遥知春有主整頓歡娛興在新亭錦園底便選歌燕趙授簡鄒枚須記作他日城山盛事笑東君不用管楊花任飛去天涯在東風裏

吴君特

名文英自號夢窻四明人從吴履齋諸公遊山

陰尹煥叙其詞略曰求詞於吾宋者前有清真後有夢窻此非煥之言四海之公言也

聲聲慢 閏重九飲郭園

檀欒金碧婀娜蓬萊游雲不蘸芳洲露柳霜蓮十分點綴殘秋新鸞畫眉未穩似含羞低度墻頭愁送遠駐西臺車馬共惜臨流 知道池亭多宴掩庭花長是驚落秦謳賦粉闌干猶聞凭袖香留輸他翠漣拍甃瞰新妝終日凝眸簾半捲帶黃花人在小樓

倦尋芳 餞周糾定夫

葺帆挂雨水岸飛梅春思零亂送客將歸偏是故宮離苑醉酒曾同涼月舞尋芳還隔紅塵面去難留悵芙蓉路窄綠楊天遠 便繫馬鶯邊清曉煙草晴花沙潤香軟欄錦年華誰念故人遊倦寒食相思隄上路行雲應在孤山畔寄新吟莫空回五湖春鴈

絳都春 為清華內子壽

香深霧暖正人在錦瑟年華深院舊日漢宮分得紅蘭

滋吳苑臨池蓋落梅花片弄水月初勻妝面紫烟籠處雙鸞共跨鳳簫低按　歌筦紅圍翠袖凍雲外似覺東風先轉繡畔晝遲花底天寛春無限仙郎驕馬瓊林宴待捲上珠簾教看更傳鶯入新年寳釵夢燕

唐多令　惜別

何處合成愁離人心上秋縱芭蕉不雨也颼颼都道晚涼天氣好有明月怕登樓　年事夢中依花空煙水流燕辭歸客尚淹留垂柳不縈裙帶住謾長是繫行舟

法曲獻仙音　和丁宏菴韻

落葉霞翻，敗窓風咽，暮色淒凉深院。瘦不關秋，淚緣生別，情銷鬢霜千點。悵翠冷搔頭燕，那能語恩怨。　紫簫遠，記桃枝、尚隨春渡，愁未洗、鉛水又將恨染。粉縞澁離箱，忍重拈、燈夜裁剪。望極藍橋，綵雲飛、羅扇歌斷。料鶯籠玉鎖，夢裏隔花時見。

好事近　秋飲

鴈外雨絲絲，將恨和愁都織。玉骨西風添瘦，減尊前歌

力　袖香曾枕醉紅腮依約唾痕碧花下凌波入夢引
春雛雙鵷

憶舊遊　別黃澹翁

送人猶未苦苦送春隨人去天涯片紅都飛盡陰陰潤
綠暗裏啼鴉賦情頓雪雙鬢飛夢逐塵沙歎病渴淒涼
分香瘦減兩地看花　西湖斷橋路想繫馬垂楊依舊
欹斜葵麥迷煙處問離巢孤燕飛過誰家故人為寫深
怨空壁掃秋蛇但醉上吳臺殘陽草色歸思賒

宴清都

病渴文園久梨花月夢殘春故人舊愁彈枕雨哀翻帽雪為情僝僽千金醉躍驕驄試問取朱橋翠柳痛恨不買斷斜陽西湖醞入春酒　吳宮亂水斜煙留連倦客慵更回首幽蛩韻苦哀鴻叫絕斷音難偶題紅汎葉零亂想夜冷江楓暗瘦付與誰一半悲愁行雲在否

金縷歌　陪履齋先生滄浪看梅

喬木生雲氣訪中興英雄陳迹暗追前事戰艦東風慳

借便夢斷神州故里旋小築吴宫閒地華表明月歸夜鶴嘆當時花竹今如此枝上露濺清淚 遨頭小簇行春隊步蒼苔尋幽别塢看梅開未重唱梅邊新度曲催發寒梢凍蘂此心與東君同意後不如今今非昔兩無言相對滄浪水懷此恨寄殘醉

陳敬叟

名以莊號月溪建安人

水龍吟 記錢塘之恨

晚來江濶潮平越船吳榜催人去稽山滴翠吞濤濺恨一襟離緒訪柳章臺問桃花浦物華如故向秋娘渡口秦娘橋畔依稀是相逢處 窈窕青門紫曲蒨羅新衣翻金縷舊音恍記輕攏慢撚哀絃危柱金屋難成阿嬌已遠不堪春莫聽一聲杜宇紅殷緑老雨花風絮

賀新郎 和劉潛夫韻

曉夢鶯呼起便安排詩家厨饌酒家行李點檢花邊新雨露春在萬家生齒道官似錦溪清駛但使有人耕緑

野正不妨鼓吹頻來此方覓句且夷俟　畫橋西畔多
春意記年年曾來幾度落花流水行到水窮雲起處依
約輞川竹里興未屬王孫公子料想明年端門裏有傳柑
宴罷黄封醉肯回首萬杉底

馮熙之

名取洽號雙溪翁延平人

摸魚兒 和玉林韻蓋爲遺蛻山中桃花作

歎劉郎那回輕别霏霏三落紅雨元都觀裏應遺恨一

抹淡煙殘縷愁望處想霧暗雲深忘却來時路新花舊主記刻羽流商裁紅剪翠山徑日將莫　空枝上時有幽禽對語聲聲如問來否人生行樂須聞健衰老念誰免此吾所與在谿上深深錦繡千花塢何時定去但對酒思君呼兕為我頻唱小桃句

賀新郎 送別江定軒

夢折營門柳送君歸整戲斑衣又攏征袖到得皇州風景異只有湖山似舊把感慨寓之杯酒雨抹晴粧西子

樣且平章剩賦詩千首富與貴本來有　青油幕底籌攻守擁貔貅壯氣凌雲夜烽衝斗蜀祲淮氛猶在眼一掃政須健帚又何惜驅馳奔走快展韜鈐資世用著歸來金印懸雙肘傾玉斝為親壽

沁園春　中和節日為黄玉林壽

稟氣之中具聖之和生逢令辰算三春月中方纔破二百年大齊去聲恰則平分立玉林深散花菴小中有翛然自在身詩何似似蘇州閑遠庾府清新　青韉布韈烏

巾試勇往㟁谿一問津有心香一瓣心聲一闋更携阿
芠同壽靈椿刼刼長存生生不息寧極深根秋又春聊
添我作去聲風流二老歲歲尋盟

西江月 太歲日作

老子齊頭六十新年第一令朝放開懷抱不須焦萬事
付之一笑 煙柳効顰翠斂露桃獻笑紅妖已拚行樂
到元宵尚可追隨年少

蝶戀花 和玉林韻

秋到雙溪溪上樹葉葉涼聲未省來何許盡拓溪樓窻與戶倚欄清夜窺河鼓　那得吟朋同此住獨對秋芳欲寄花無處杖屨相從曾有語未來先自愁君去

馮偉壽

名艾子號雲月雙溪子精於律吕詞多自製腔

玉連環　憶李謫仙

謫仙往矣問當年飲中儔侶于今誰在歎沈香醉夢風塵日月流浪錦袍宫帶高吟三峽動舞劍九州隘玉皇

歸覲半空遺下詩囊酒佩　雲月仰挹清芬攬虬鬚尚
友千載晉宋頽波羲黃春夢樽前一嘅待相將共躡龍
肩鯨背海山何處五雲靉靉

春風嫋娜 春恨　黄鍾羽

被梁間雙燕話盡春愁朝粉謝午花柔倚紅欄故與蝶
圍蜂遶柳眠無數飛上搔頭鳳管聲圓蠶房香煖笑挽
羅衫須少留隔院蘭馨趂風遠鄰牆桃影伴煙收　西
子風情未減眉頭眼尾萬千事欲說還休薔薇露牡丹

毬懸懃記省前度綢繆夢裏飛紅覺來無覓望中新綠

別後空稠相思難偶嘆無情明月今年已是三度如鉤

春雲怨 上巳 黃鍾商

春風惡劣把數枝香錦和鶯吹折雨重柳腰嬌困燕子

欲扶扶不得軟日烘烟乾風收露芍藥荼蘼弄顏色簾

幕輕陰圖書清潤日永篆香絶 盈盈笑靨宮黃額試紅

鸞小扇丁香雙結團鳳眉心倩郎貼教洗金罍共看西

堂醉花新月曲水成空麗人何處往事莫雲萬葉

雲仙引 桂花 夾鍾羽

紫鳳臺高紅鸞鏡裏霏霏幾度秋馨黃金重綠雲輕丹砂鬢邊滴粟翠葉玲瓏烟剪成含笑出簾月香滿袖天霧縈身 年時花下逢迎有遊女翩翩如五雲亂擲芳英為簪斜朶事事闗心長向金風一枝在手嗅蘂悲歌雙黛嚬遶臨溪對初弦月露下更深

眼兒媚 春情

自嚬雙黛聽啼鴂簾外翠烟斜社前風雨已歸燕子未

入人家　鞋兒試著無人看莫是忒寬些想它樓上悶
拈簫管憔悴鶯花

木蘭花慢 和答玉林韻

酒醒人世換碧桃靚海山春任青鳥沉沉紫鱗杳杳有
玉林人宫袍掉頭未愛愛荷衣不染市朝塵仙様蓬萊
翰墨雲間鸞鳳精神　笑呼銀漢入金鯨瓊苑自由身
羞咳唾成章香薰花霧音和韶鈞六丁夜來捧去使天
人也自歎尖新那得金戕飛洒浩歌飛步蒼旻

李耘叟

名芸子號芳洲昭武人石屏序其詞最稱賞予懷渺渺以下數語

木蘭花慢 秋意

占西風早處一番雨一番秋記故國斜陽去年今日落葉林幽悲歌幾回激烈寄疎狂酒令與詩籌遺恨清商易改多情紫燕難留　嗟休觸緒繭絲抽舊事續何由奈予懷渺渺羇愁鬱鬱歸夢悠悠生平不如老杜便如

它飄泊也風流寄語柯徑菊甚時得棹孤舟

連可久

名久道江湖得道之士也十二歲已能作詩其父携見熊曲肱適有漁父過前令賦漁父詞曲肱贈以詩且謂此子富貴中留不住後果爲羽衣多往來西山

清平樂 漁父

陣鴻驚處一網沉江渚落葉亂風和細雨撥棹不如歸

去　蘆花輕汎微瀾蓬窗獨自清閒一覺遊仙好夢任
它竹冷松寒
洪叔璵
名瑹自號空同詞客
月華清　春夜對月
花影搖春蟲聲吟草九霄雲幕初捲誰駕冰蟾擁出桂
輪天半素魄映青瑣窗前皓彩散畫闌干畔凝盼見金
波晃漾分輝鵲殿　況是風柔夜暖正燕子新來海棠

微綻不似秋光只照離人腸斷恨無奈利鎖名韁誰為
喚舞裙歌扇吟玩怕銅壺催曉玉繩低轉

水花吟 追和晁次膺

經年不見書來後期杳杳從誰問梅英蠟小柳枝金嫩
艷陽春近羅幕風柔泛紅浮緑連朝花信念平生多少
情條恨葉鎮長使芳心困 可是風流薄命鏡臺前鬅
鬆蟬鬢茜桃凝粉薰蘭潑膩翠愁紅損縱使歸來燈前
月下恐難相認卷重簾憔悴殘妝淚洗把羅襟揾

驀山溪 憶中都

潮平風穩，行色催津鼓。回首望重城，但滿眼、紅雲紫霧。分香解佩，空記小樓東，銀燭暗，繡簾垂，昵昵凭肩語。

關山千里，垂柳河橋路。燕子又歸來，但惹得、滿身花雨。彩箋不寄，蘭夢更無憑，燈影下，月明中，魂斷金釵股。

齊天樂 閨思

轆轤聲破銀牀凍，霜寒又侵鴛被。皓月疎鐘，悲風斷漏，驚起畫樓人睡。銀屏十二。歎塵滿絲簧，暗消金翠。可恨風流故人迢遥隔千里　相思情緒最苦舊歡無續處魂夢空費斷鴈無情離鸞有恨空想吳山越水花憔玉悴但翠黛愁橫紅鉛淚洗待剪江梅倩人傳此意

菩薩鬘　宿水口

斷虹遠飲橫江水萬山紫翠斜陽裏繫馬短亭西丹楓明酒旗　浮生長客路事逐孤鴻去又是月黃昏寒燈入閉門

又　湖上

吳姬壓酒浮紅蟻少年未飲心先醉駐馬綠楊陰酒樓三月春 相看成一笑遺恨知多少回首欲魂銷長橋連斷橋

踏莎行 別意

滿滿金盃垂垂玉筋離歌不放行人去醉中扶上木蘭船醒來忘却桃源路 帶綰同心釵分一股斷魂空草高唐賦秋山萬疊水雲深茫茫無著相思處

瑞鶴仙 離筵代意

聽梅花吹動涼夜何其明星有爛相看淚如霰問而今去也何時會面匆匆聚散恐便作秋鴻社燕最傷情夜來枕上斷雲零雨何限　且念人生萬事回首悲涼都成夢幻芳心繾綣空悵惆巫陽館況船頭一轉三千餘里隱隱高城不見恨無情春水連天片帆似箭

浪淘沙　別意

花霧漲冥冥欲雨還晴薄羅衫子正宜春無奈今宵鴛帳裏身是行人　別酒不須斟難洗離情絲韁如電紫騮

嗚腸斷畫橋芳草路月曉風清

南柯子 新月

柳浪揺晴沼荷風度晚簷碧天如水印新蟾一鋳清光

斜露玉纖纖　寶鏡微開匣金鈎半押簾西樓今夜有

人忺應傍妝臺低照畫眉尖

永遇樂 送春

歌雪徘徊夢雲容曳欲勸春住薄倖楊花無端杜宇抵

死催教去參差烟岫千回百匝不觧禁春歸路病厭厭

那堪更聽小樓一夜風雨　金釵鬬草玉盤行菜往事
了無憑據合數松免分香帕子總是牽情處小桃朱户
題詩在否尚憶去年崔護緑陰中鶯鶯燕燕也應解語

謁金門　春晚

風共雨催盡亂紅飛絮百計留春春不住杜鵑聲更苦
細柳官河狹路幾被嬋娟相誤空憶墜鞭遺扇處碧
窗眉語度

菩薩鬘　春感

玉琴不療文園病對花長抱深深恨恨入鬢霜邊才情輸少年　蛾眉梳墮馬翠袖薰蘭麝醉夢未全醒綠窻啼曉鶯

阮郎歸 壬辰卲武試燈夕

東風吹破藻池氷晴光開五雲綠情紅意兩逢迎扶春來遠林　花艷艷玉英英羅衣金縷明鬧蛾兒簇小蜻蜓相呼看試燈

行香子 代贈

楚楚精神楊柳腰身是風流天上飛瓊凌波微步羅韈生麼有許多嬌許多韻許多情　十年心事兩字眉婚問何時真箇行雲秋衾半冷窗月窺人想為人愁為人瘦為人顰

鷓鴣天 情景

意態嬋娟畫不如瑩然初日照芙渠笑捐瓊佩遺交甫肯把文梭擲幼輿　花上蝶水中鳬芳心密意兩相於情知不作庭前柳到得秋來日日疎

黄叔暘

名昇號玉林又號花菴

賀新郎　題雙溪馮熙之交游風月之樓

倦整摩天翼笑歸來點畫亭臺接行泉石落落元龍湖海氣更著高樓百尺收攬盡水光山色曾駕飈車蟾宫去幾回批借月支風敕斯二者慣相識　玲瓏窓戶青紅溼夜深時寒光爽氣洗清肝鬲似此交游真灑落判與升堂入室有萬象來爲賓客不用笙歌輕點宛看仙

翁手搦紅霓筆吟思遠兩峰碧對樓兩峰甚奇

又　遺悅亭即席作

風送行春步漸行行山回路轉入雲深處問信花梢春幾許半在詩人杖屨點點是祥烟膏露中有瑶池千歲種聳巖粧來作巢仙侶相嫵媚試凝竚　風流座上揮談麈更多情多才多調緩歌金縷趣取芳時同宴賞莫惜清樽緩舉有明月隨人歸去從此一春須一到願東君長與花為主泉共石聞斯語

又　菊

莫恨黄花瘦，正千林風霜揺落，莫秋時候。晚節相看元不惡，采采東籬獨秀。試攬結、幽香盈手。幾劫修來方得到，與淵明千載爲知舊。同冷淡，比蘭友。　柴桑心事君知否。把人間功名富貴，付之塵垢。不肯折腰營口腹，一笑歸歟五柳。悵此意而今安有。若得風流如此老，也何妨相對無杯酒。詩自可，了重九。

又　梅

自掃梅花下問梢頭冷蘂疎疎幾時開也間者濶焉今久矣多少幽懷欲寫有誰是孤山流亞香月一聯真絕唱與詩人千載為嘉話餘興味付來者　清癯不戀華亭榭待與君白髮相親竹籬茅舍喜甚今年無酒禁溜溜小槽壓蔗已準擬雪天霜夜自醉自吟仍自笑任解冠落佩從嘲罵書此意寄同社

木蘭花慢　題馮雲月玉連環詞後

自沉香夢斷風雨外失餘春悵袍錦淋漓金鑾論奏四

海無人蛾眉古來見妬奈昭陽飛燕亦成塵惟有空梁落月至今能為傳神　神遊八表跨長鯨誰是再來身愛雲月溪頭玉環一曲筆力千鈞人間不堪著眼但香名百世尚如新乞我九霞蜚珮梯空共上秋旻

又　乙巳病中

問潘郎兩鬢更禁得幾番秋悵病骨臞臞幽懷渺渺短髮颼颼雲邊一聲長笛這風情都屬趙家樓欹枕困尋藥裹熏衣懶訊香篝　悠悠老矣復焉求何止賦三休

念少日書魔中年酒病晚歲詩愁已攀桂花作證便從今把筆一齊勾只有烟霞痼疾相陪風月交遊

又　懷舊

問春春不語謾新綠滿芳洲記歷歷前遊看花南陌命酒西樓東風翠紅圍繞把功名一笑付糟邱醉裏了忘身世吟邊自負風流　風流莫莫復休休白髮漸盈頭悵十載重來畧無歡意惟有閒愁多情向人似舊但小桃婀娜柳纖柔望斷殘霞落日水天拍拍飛鷗

南柯子　丁酉清明

天上傳新火，人間試裌衣。定巢新燕覓香泥，不爲繡簾朱戶說相思。　側帽吹飛絮，憑欄送落暉。粉痕銷淡錦書稀，怕見山南山北子規啼。

又　丙申重九

蘭佩秋風冷，茱囊曉露新。多情多感怯芳辰，強折黃花來照碧鱗鱗。　落帽參軍醉，空樽靖節貧。世間那復有斯人，目送歸鴻西去一傷神。

行香子 梅

寒意方濃暖信才通是晴陽暗折花封氷霜作骨玉雪為容着體清癯香淡竚影朦朧　孤城小驛斷角殘鐘又無邊散與春風芳心一點幽恨千重任雪霏霏雲漠漠月溶溶

賣花聲 己亥三月一日

鶯蝶太匆匆惱殺衰翁牡丹開盡狀元紅俯仰之間增感慨花事成空　垂柳綠陰中粉絮濛濛多情多病轉

踈慵不是東風孤負我我負東風

又 憶舊

秋色滿層霄剪剪寒颸一襟殘照兩無聊數盡歸鴉人不見落木蕭蕭 往事欲魂消夢想風標春江緑漲水平橋側帽停鞭沽酒處柳軟鶯嬌

長相思 秋懷

天悠悠水悠悠月印金樞曉未收笛聲人倚樓 蘆花秋蓼花秋催得吳霜點鬢稠香箋莫寄愁

又 秋夜

砧聲齊杵聲齊金井欄邊敗葉飛夜寒烏不棲 風淒淒露淒淒影轉梧桐月已西花冠窗外啼

又 春晚

惜春歸愛春歸脫了羅衣著苧衣綠陰黃鳥啼 酒醒時夢醒時清簟踈簾一局棋丁東風馬兒

感皇恩 送饒溪臺遊浙

騎鶴上揚州腰纏十萬拈起詩人舊公案看山看水此

去勝遊須徧煩君收拾取歸吟卷　少日風流暮年蕭散佳處何妨小留欵沙河塘上落日繡簾爭捲也須拂拭起看花眼

蝶戀花　春感

百計留春春不住褪粉吹香日月催教去心事欲憑鶯語訴流鶯剗地無憑據　綠玉闌干圍綺戶一點柔紅應在深深處想倚翠簾吹柳絮淺顰惆悵芳期誤

月照梨花　閨怨

畫景方永重簾花影好夢猶酣鶯聲喚醒門外風絮交飛送春歸　修蛾畫了無人問幾多别恨淚洗殘妝粉不知郎馬何處烟草萋迷鷓鴣啼

摸魚兒　為遺蛻山中桃花作寄馮雲月

問山中小桃開後曾經多少晴雨遥知載酒花邊去唱我舊歌金縷行樂處正蝶遶蜂圍錦繡迷無路風光有主想倚杖西阡停杯北渚望斷碧雲暮　花知道應倩𧿶鴻寄語年來老子安否一春一到成虚約不道樹猶

如此煩說與但歲歲東風粧點紅雲塢劉郎老去待有日重來同君一笑拈起看花句

水龍吟 贈丁南鄰

少年有志封侯彎弓欲挂扶桑外一朝斂縮蕭然清興了無拘礙袖裏陰符枕中鴻寶功名蟬蛻看舌端霹靂劇談元妙人間世疑無對 閬苑醉鄉佳處想當年綠陰猶在羣仙寄語不須點勘鬼神功罪碧海千尋赤城萬丈風高浪快得踞龜食蛤相期汗漫與烟霞會

西河 己亥秋作

天似洗殘秋未有寒意何人短笛弄西風數聲壯倚闌感嘅展雙眸離離烟樹如薺　少年事成夢裏客愁付與流水筆牀茶具老空山未妨肆志世間富貴要時賢深居宜有餘味　大江東去日西墜想悠悠千古興廢此地閱人多矣且揮絃寄興氛埃之外目送蜚鴻歸天際

清平樂 宮怨

珠簾寂寂愁背銀釭泣記得少年初選入三十六宮第一當時掌上承恩而今冷落長門又是羊車過也月明花落黄昏

又宫詞

深深禁籞霽日明鶯羽風動槐龍文翠舞恰恰花陰亭午一簾暖絮悠颺金爐旋炷沉香天子方看諫疏内人休鬬新妝

酹江月戲題玉林

玉林何有有一彎蓮沼數間茅宇斷塹疎籬聊補葺那
羨粉牆朱戶禾黍秋風雞豚曉日活脫田家趣客來茶
罷自挑野菜同煮　多少甲第連雲十眉環座人醉黃
金塢回首邯鄲春夢破零落珠歌翠舞得似衰翁蕭然
陋巷長作溪山主紫芝可採更尋巖谷深處

酹江月　夜涼

西風解事為人間洗盡三庚煩暑一枕新涼宜客夢飛
入藕花深處氷雪襟懷琉璃世界夜氣清如許劃然長

嘯起來秋滿庭戶　應笑楚客才高蘭成愁悴遺恨傳千古作賦吟詩空自好不直一杯秋露淡月闌干微雲河漢耿耿天催曙此情誰會梧桐葉上疎雨

浣溪沙　熙壇

鐘磬泠泠夜未央梨花庭院月如霜步虛聲裏拜瑤章

紫極清都雲渺渺紅塵濁世事茫茫未知誰有返魂香

鷓鴣天

沈水香銷夢半醒斜陽恰照竹間亭戲臨小草書團扇
自揀殘花插淨瓶　鶯窕轉燕丁寧晴波不動晚山青
玉人只怨春歸去不道槐雲綠滿庭

又　張園作

雨過芙蕖葉葉凉摩挲短髮照橫塘一行歸鷺拖秋色
幾樹鳴蟬餞夕陽　花側畔柳旁相微雲淡月又昏黃
風流不在談鋒勝袖手無言味最長

秦樓月　秋夕

心如結西風老盡黃花節黃花節塞鴻聲斷冷烟淒月漢朝陵廟唐宮闕興衰萬變從誰說從誰說千年青史幾人華髮

重疊金 壬寅立秋

西風半夜驚羅扇蛩聲入夢傳幽怨碧藕試初涼露痕啼粉香 清冰凝簟竹不許雙鴛宿又是五更鐘鵶啼金井桐

又 冬

南山未解松梢雪西山已挂梅梢月説似玉林人人間無此清　此身元是客小住娱今夕拍手凭闌干霜風吹鬢寒

又 除日立春

銀幡綵勝參差翦東風吹上釵頭燕一笑繞花身小桃先報春　新春今日是明日新年至擘繭莫探官人間行路難

謁金門 初春

花事淺方費化工勻染牆角紅梅開未徧小桃才數點　人在暮寒庭院閒續茶經香傳酒思如氷詩思懶雨聲簾不捲

南鄉子夏夜

多病帶圍寛未到衰年已鮮歡夢破小樓風馬響珊珊缺月無情轉畫欄　涼入苧衾單起探燈花夜欲闌書冊滿牀空伴睡慵覯拈得漁樵笛譜看

又夜景

萬籟寂無聲衾鐵稜稜近五更香斷燈昏吟未穩淒清只有霜華伴月明　應是夜寒凝惱得梅花睡不成我念梅花花念我關情起看清冰滿玉瓶

花發沁園春芍藥會上

曉燕傳情午鶯喧夢起來檢校芳事荼蘼褪雪楊柳吹綿迤邐麥秋天氣翻階傍砌看芍藥新妝嬌媚正鳳紫勻染綃裳猩紅輕透羅袂　畫煖朱闌困倚是天姿妖嬈不減姚魏隨蜂惹粉趂蝶棲香引動少年情味花濃

酒美人正在翠紅圍裏問誰是第一風流折花簪向雲髻

阮郎歸 倣姜堯章體

粉香吹暖透單衣金泥雙鳳飛閒來花下立多時春風酒醒遲　桃葉曲柳枝詞芳心空自知湘臯月冷佩聲微鴈歸人不歸

鵲橋仙

青林雨歇珠簾風細人在綠陰庭院夜來能有幾多寒

已瘦了梨花一半　寶釵無據玉琴難托合造一襟幽怨雲窓霧閣事茫茫試與問杏梁雙燕

唐人作長短詞乃古樂府之濫觴也李太白首倡憶秦娥悽惋流麗頗臻其妙為千載詞家之祖至王仲初古調笑融情會景猶不失題旨白樂天始調換頭去題漸遠揆之本來詞體稍變矣騷雅名流儁語競爽蘇長公輩才情各擅所長其流風餘韻藉藉人口厥後元季樂府之盛概又不出史邦

卿蹊徑耳於時家握靈蛇非蛟伯巨臂疇能探其唅邪是編爲湻祐間黄叔暘所選計若干卷遡自盛唐迄于南宋凡七百年詞家菁英盡於是乎美哉富矣猶夫不入楚宫靡知細腰之多不蹈越海莫測大貝之廣昔之玉樹新聲花間艷染臨風一唱遂翩翩有鵾背扶摇之想假令我輩浮白倚瑟解嘲度曲固不可得而廢是編花源真隐顧起綸

更生撰

据玉林序中稱曾端伯所編乃樂府雅詞所謂涉諧謔則去之者也又稱復雅一集乃陳氏所謂鮦陽居士所編不著姓名者也二書惜未出見而兹編獨存巋然魯靈光矣先輩云草堂刻本多誤字及失名者賴此可証所選或一首或數十首多寡不倫每一家綴數語紀其始末銓次微寓軒輊蓋可作詞史云海隅毛晋識

余向謂散花庵乃叔暘所居玉林其號也既讀其

戲題玉林一詞酷似余水邨風景不覺卧遊而願學焉其詞曰玉林何有有一灣蓮沼數間茅宇斷塹疏籬聊補葺那羨粉牆朱户禾黍秋風雞豚曉日活脱田家趣客來茶罷自挑埜菜同煑又曰長作谿山主紫芝可采更尋巖谷深處殆五柳先生一流人也恨不能續玉林圖縣之研北旹讀詞選數過耳晉又識

花菴詞選卷二十

總校官進士臣程嘉謨
校對官編修臣許兆椿
謄録監生臣饒錫光

圖書在版編目（CIP）數據

花庵詞選 / (宋) 黄昇編. —北京：中國書店, 2018.2
ISBN 978-7-5149-1918-9

Ⅰ. ①花… Ⅱ. ①黄… Ⅲ. ①詞（文學）-作品集-中國-唐代②宋詞-選集 Ⅳ. ①I222.84

中國版本圖書館CIP數據核字(2017)第320415號

四庫全書·詞曲類

花庵詞選

作者　宋·黄昇編
出版發行　中國書店
地址　北京市西城區琉璃廠東街一一五號
郵編　一〇〇〇五〇
印刷　山東汶上新華印刷有限公司
開本　730毫米×1130毫米　1/16
印張　55.75
版次　二〇一八年二月第一版第一次印刷
書號　ISBN 978-7-5149-1918-9
定價　一九八　元（全二册）